诗国

新十五卷
（总第三十二卷）
《诗国》编辑组　编

中国书籍出版社
China Book Press

《诗国》编辑委员会

（以姓名首字笔画为序）

顾　问：丁国成　旭　宇　刘　征　李文朝　李旦初　李栋恒　沈　鹏
　　　　陈　晋　陈奎元　罗　辉　郑伯农　项宗西　贺敬之　袁行霈
　　　　顾　浩　高立元　商　震　梁鸿鹰

委　员：王　平：中国书籍出版社社长
　　　　刘庆霖：中华诗词学会秘书长、《中华诗词》副主编
　　　　江　岚：子曰诗社秘书长、《诗刊》编辑部副主任
　　　　李玉平：山西诗词学会副会长、黄河散曲社社长
　　　　李辉耀：《心潮诗词评论》执行主编
　　　　李增山：北京诗词学会常务副会长、《北京诗苑》主编
　　　　杨逸明：中华诗词学会顾问、《上海诗词》主编
　　　　沈华维：中华诗词学会副秘书长、《红叶》诗刊主编
　　　　范国甫：河南诗词学会副会长、《天下诗林》主编
　　　　林　峰：中华诗词学会副会长、《中华诗词》副主编
　　　　易　行：中华诗词学会顾问、中华诗词研究院顾问
　　　　周　迈：解放军红叶诗社副社长
　　　　周啸天：中华诗词学会副会长、《岷峨诗稿》主编
　　　　郑欣淼：中华诗词学会会长
　　　　星　汉：新疆诗词学会执行会长、《昆仑诗词》编审
　　　　秦麒明：中国社科院秋韵诗社执行社长、《秋韵诗词》主编
　　　　高　昌：中华诗词学会副会长、《中华诗词》执行主编

主　任：郑欣淼
副主任：王　平　易　行
主　编：易　行　沈华维

卷首语

《诗国》总第三十一卷后的变与不变

《诗国》从总第三十二卷开始改由我与沈华维主编。由于《诗国》已出版多年，很受作者、读者的欢迎，对中华诗词包括新体诗的改革创新也已产生了不小的促进作用。所以我们虽感到难以继任，但还是鼓足勇气接了下来。好在有原主编丁国成、朱先树二位老师的引领，有出版社的帮助，有以郑欣淼为主任的编委会和顾问团的指导，我们愿继承《诗国》既定的编辑宗旨与方针，把这一丛刊编好，以不负原主编的重托和作者读者的厚望。

由于主编的变更，加之原责任编辑的调离，《诗国》总第三十二卷拖期至今。为弥补这一缺憾，我们征得书籍出版社领导的同意，将《诗国》总第三十三卷与三十二卷同时编辑出版，敬请作者读者关注并继续支持我们的工作。

《诗国》总第三十二卷的栏目设置变动为：

第一编、特载。特载诗词界近期发生的大事要闻和相关领导的重要讲话，包括中国作协党组书记、副主席钱小芊和中华诗词学会郑欣淼会长在庆祝学会成立三十周年大会上的讲话和郑欣淼会长为学会编辑的《三十年大事记》《三十年论文选》《三十年诗词选》所作的"总序"，以及《文艺报》发表的《让诗词歌赋随时代迎来发展高峰》和与之相关的《诗颂抗日根据地的杰出共产党人》。

第二编：2017诗词创作征集作品选登。

第三编：诗国百家。选编了刘征、沈鹏、郑欣淼、梁东等诗词家近作。

第四编：诗家采风作品。选编了由《上海诗词》主编杨逸明组织的昆山采风作品。

第五、六、七编分别选编了古体诗近作、新古体诗近作和新体诗近作。

第八编：当代散曲选。这个栏目由山西黄河散曲社选编。

第九编：诗国论坛。这卷"论坛"选编了《华商报》发表的郑欣淼访谈录和周啸天等的诗论与林峰等的诗评。

第十编：中华诗词发展报告（2016）。这篇报告可与本卷《特载》中的重要讲话对读。

《诗国》总第三十三卷的栏目与三十二卷基本相同，也分为：特载、诗家采风及古体诗近作、新古体诗选、新体诗选、诗国论坛等。另增加一个"谁不说我家乡美"栏目，由各地诗词学会供稿。

易行

二〇一七年十一月九日

目录

卷首语

《诗国》总第三十一卷后的变与不变 …………………… 易　行（1）

第一编　特载

推动中华诗词事业进一步繁荣发展 ………………… 钱小芊（1）
把握历史机遇，加快发展步伐，开创中华诗词事业新局面 …… 郑欣淼（4）
中华诗词学会三十年：历程、积累与记忆 ………… 郑欣淼（16）
让诗词歌赋随时代迎来发展高峰 …………………… 欣　闻（19）
诗颂抗日根据地的杰出共产党人 ………………………………（22）
　赞宛平县抗日民主政府第一任县长魏国元 ……… 李树先（22）
　赞创建怀柔地区第一个县级抗日政权的伍晋南 …… 杨方良　纪杰尚（22）
　赞一二·九运动的急先锋董毓华 ………………… 赵永生（23）
　瞻白乙化烈士纪念馆有感 ………………………… 张桂兴（23）
　赞名垂青史的女英雄陈杰英 ……………………… 石理俊（23）
　赞民兵英雄隗合宽"隗大胆" ……………………… 赵清甫（24）
　重读吉鸿昌就义诗有感 …………………………… 易　行（24）
　让敌伪闻风丧胆的包司令 ………………………… 迟连庄（24）
　赞国际主义战士爱波斯坦 ………………………… 迟连庄（25）
　赞宁死不屈的抗日县长郭企之 …………………… 国印周（25）
　赞白文冠马本斋英雄母子 ………………………… 王改正（25）
　赞子弟兵的母亲戎冠秀 …………………………… 李文学（26）
　赞伟大的国际主义战士白求恩 …………………… 梁剑章（26）
　咏伟大的印度援华医生柯棣华 ………… 澳门·冯倾城（26）
　登狼牙山怀五壮士 ………………………………… 范诗银（27）
　赞冀东抗联特务大队长节振国 …………………… 韩存锁（27）
　赞大义不屈的女县委书记贾庭修 ………………… 范峻海（27）

赞太行勇士李殿冰	王清海（28）
赞宁死不屈的抗日铁汉姚铁民	杨海钱（28）
黄骅——渤海之滨的抗日丰碑	齐荣景（28）
赞抗日骁将朱良才	郑福太（29）
赞开创平原游击战争新局面的林铁	张梅琴（29）
赞地雷大王王来法	刘小云（29）
赞抗日神枪手刘二堂	郭翔臣（30）
抗日战场上我党牺牲的最高将领左权	徐世平（30）
赞爆炸英雄李德昌	李玉平（30）
赞特等射手陈炳昌	王德珍（31）
赞一等侦察英雄赵亨德	黄文辛（31）
赞抗日英雄黄小旦	郭宏伟（31）
赞忠心耿耿的关向应	刘鲁宁（32）
赞参与创建太岳根据地的安子文	高海生（32）
赞"华北抗战的向导"何云	张　杰（32）
赞大青山下传播抗日火种的白英	贾云程（33）
赞把最后一颗子弹留给自己的高桥	宋　丽（33）
赞英勇的抗联将领冯治纲	包文森（33）
咏打不败的铁团英雄王钧	赵素霞（34）
赞智勇双全的爆破英雄姬守先	任绍德（34）
赞多次粉碎日军"围剿"的李红光	胡小敏（34）
赞抗日义勇军英雄刘凤梧	白信光（35）
赞著名抗日民族英雄杨靖宇将军	张福有（35）
纪辽东·赞东北抗联的杰出将领周保中	蒋力华（35）
颂成功保卫奶头山根据地的王德泰	康永恒（36）
赞东满抗日游击队的创建者童长荣	吕可夫（36）
鹧鸪天·悼念镜泊英雄陈翰章将军	张玉璞（36）
赞名垂青史的"八女投江"	何云春（36）
赞黑嫩平原上的抗联名将李兆麟	尹国庆（37）
赞被日寇重金悬赏的民族英雄孙国栋	谢　华（37）
铁骨铮铮的抗联名将赵尚志	晨　崧（37）
视死如归的民族英雄赵一曼	沈华维（38）
赞东北抗联英雄夏云杰	贾雪梅（38）

赞青东抗日根据地的开创者顾复生	杨逸明	(38)
赞浦东抗日领袖连柏生	杨逸明	(38)
赞精忠报国的刘老庄连	布凤华	(39)
讴歌抗日英雄汤曙红	封玉华	(39)
赞中国的"保尔"吴运铎	单学文	(39)
赞抗日名将罗忠毅	朱荣军	(40)
赞新四军抗日名将罗炳辉	何晓明	(40)
赞抗日英烈符竹庭	赵丽萍	(40)
赞著名抗日将领彭雪枫	罗庆芳	(41)
赞骁勇善战的"彭猛子"彭雄	毕中信	(41)
赞全力支援新四军的马青	何智勇	(41)
西江月·颂开辟浙东抗日阵地的谭启龙	朱汝略	(42)
赞著名抗日将领项英	杨宏林	(42)
颂百战将军周子昆	李忠武	(42)
用无畏的生命守卫忠诚的袁国平将军	李明科	(43)
打响新四军抗战第一仗的顾士多	李正国	(43)
赞八路军的保卫部长曾仁文	胡迎建	(43)
赞成功破袭日寇"模范区"的王先臣	周广征	(43)
赞布雷英雄于化虎	何云春	(44)
赞爆破英雄马立训	王改正	(44)
"人在阵地在"的战斗英雄任常伦	蒋力华	(44)
赞威名远播的枣庄铁道队队长洪振海	李广林	(45)
赞身中数弹仍坚持指挥战斗的理琪	王同岁	(45)
赞牺牲自我保全群众的马石山十勇士	耿建华	(45)
赞创造爆破攻坚战术的王凤麟	宋贞汉	(46)
把最后一粒子弹留给自己的汪洋	朱荣军	(46)
掀起抗日海涛的刘海涛	李广林	(46)
打响胶东抗战第一枪的周浩然	李广林	(46)
赞抗战功勋团长叶成焕	何广才	(47)
赞英勇善战的抗日将领肖永智	李刚太	(47)
赞带领全家投身抗战的张之朴	江雪涛	(47)
赞鄂中抗战的先驱杨学诚	巴晓芳	(48)
赞豫鄂边区的抗战英雄朱立文	姚泉名	(48)

鹧鸪天·赤胆抗日忠心报国的朱早观 …………………… 高德臣（48）
"党员干部的一杆旗"张体学 ……………………………… 赵丽萍（49）
抗日烽火中的粤港神鹰尹林平 …………………………… 李经纶（49）
赞创建大岭山抗日根据地的曾生 ………………………… 周克光（49）
赞创建阳台山抗日根据地的王作尧 ……………………… 丁思深（50）
赞南粤抗日小英雄黄友 …………………………………… 苏些雩（50）
琼崖纵队的抗战先锋李振亚 ……………………………… 韦振前（50）
琼崖抗战的一面旗帜冯白驹 ……………………………… 郑邦利（51）
祭琼山抗日英雄黄魂 ……………………………………… 梁统兴（51）
赞琼崖华侨抗日英雄符克 ………………………………… 曾小云（51）
赞琼崖的"李向阳"符志行 ……………………………… 黄秀怀（51）
赞开辟琼西抗日根据地的名将马白山 …………………… 麦造海（52）
赞共和国功臣南汉宸 ……………………………………… 焦俊芳（52）
赞为人民的利益而牺牲的张思德 ………………………… 张四喜（52）
鹧鸪天·赞密切联系群众的马文瑞 ……………………… 封玉华（53）
赞"渡河英雄"何万祥 …………………………………… 张洪运（53）
鹧鸪天·赞大生产运动中的模范县长李培福 …………… 高德臣（53）

第二编　2017 诗词创作征集作品选登

朱士举　狼牙山五壮士 …………………………………………（54）
王井珍　高阳台·把泣焦桐成雨 ………………………………（54）
林明宝　冒着烽烟的 1937 年 …………………………………（54）
卢继清　"七七事变"八十周年感怀 …………………………（55）
王　锋　过台岛谒于右任先生墓 ………………………………（55）
朱雅轩　古剑篇 …………………………………………………（55）
邢峰铎　沁园春·长城 …………………………………………（55）
张　皞　生日的颜色 ……………………………………………（56）
刘桂芬　军旗 ……………………………………………………（56）
杜天明　老兵回家歌 ……………………………………………（57）
张项学　登古北口长城 …………………………………………（57）
李刚太　藏书行 …………………………………………………（57）
梅凤云　七七事变八十周年 ……………………………………（57）

张 戬	塞外金代遗址	(57)
张继农	过渊子崖烈士陵园	(58)
王亚涛	【双调·折桂令】深夜备课有感	(58)
王兴一	南京大屠杀祭	(58)
李国庆	学习中央关于"加强、扶持"中华诗词感怀	(58)
韩秀松	纪念建军九十周年	(58)
张春义	谒中山陵	(58)
冀玉泰	乡愁	(59)
陈 赫	即景	(59)
李传军	梦在北方	(59)
张金秀	月牙儿	(60)
周佳一	血与雪	(60)
董 淼	我是一根芦苇	(60)
高文峰	娘	(61)
孙清誉	教鞭	(61)
孙天彤	祖国,你是我心中最美的形象	(62)
刘 洋	行春风道中	(62)
徐艺峰	范公亭游记	(62)
张孝华	母亲	(63)
汪明通	徽杭古道	(63)
张卫国	吊角楼	(63)
王雪莲	蝶恋花·梨花	(63)
李 荣	父亲(新韵)	(63)
邱才扬	八一感怀	(63)
胡桂君	再访董振堂故居	(63)
时玉平	临江仙·半亩闲田	(64)
周达斌	水调歌头·登八达岭长城	(64)
齐鹏飞	端午客居杂感	(64)
周子健	消防战士	(64)
邹峰杰	鹧鸪天·游新屯村观太阳花	(64)
孙德廉	纪念长征	(64)
陈 立	清平乐·访山村古民居	(65)
王长征	博州倒春寒	(65)

杨　旭	故乡	(65)
周　伟	摊破浣溪沙·登泰山	(65)
李　云	写于八一建军节	(65)
刘进平	怀贺龙元帅	(65)
巴晓芳	贺新郎·深蓝之剑	(65)
李连庆	沁园春·纪念建军九十周年	(66)
吕春燕	过喀喇沁左翼蒙古族自治县双枪女司令乌兰碑有感	(66)
阙东明	八一颂歌	(66)
叶子金	咏淡竹	(66)
刘宗群	游狼牙山有感五壮士	(66)
李　军	苏轼（家国情怀三首）	(67)
徐承禄	水调歌头·华夏之春	(67)
杨　宏	沁园春·游怀柔神堂峪有感	(67)
魏新义	赞最美乡村邮递员	(67)
侯春光	中华正气	(67)
余志新	读书	(67)
郭兴勇	村居	(68)
杜传勇	鹧鸪天·重读《爱莲说》	(68)
曾孟良	游海花岛	(68)
柯　宏	春行黄沙古道三首	(68)
董金连	习主席检阅驻港部队感怀	(68)
左晓光	观近代史忆华夏风	(68)
甄树哲	阵地抒怀	(69)
龚大烈	驻村书记	(69)
史继武	鹧鸪天·国培感言	(69)
史高座	村景一瞥	(69)
高凤兰	卢沟桥事变八十周年感赋	(69)
黄蓝青	临江仙·梅花词	(69)
张远超	镇坪行	(70)
张永涛	台儿庄	(70)
高怀柱	退役军人	(70)
刘冬梅	天净沙·教师	(70)
周书章	鹧鸪天·贺天舟一号升空对接	(70)

刘宗庆	山里人家	(70)
王继德	登济南《超然楼》	(71)
刘明慧	卢沟桥沉思	(71)
肖唐健	踏青	(71)
王梓畅	游长城	(71)
陈金石	七·七事变有感	(71)
刘蕴智	蝶恋花·母亲初愈赏春	(71)
万俊敏	贺首艘国产航母下水	(72)
李乐观	十里长山怀张自忠将军殉国七十七年	(72)
黄立华	江城子·国庆六十八周年感怀	(72)
林大成	三沙威示	(72)
朱玉霞	春日所感	(72)
曹宇欣	祖国	(72)
柏金杨	爱的收藏	(73)
滕光华	大西北的守望者	(74)
王克勇	父亲	(74)
张培珍	假如我知道这是最后的时光	(75)
林俩传	经天纬地,与几首老歌有关	(76)
张菲菲	中国美	(76)
孙永强	父亲大人	(77)
孙文攻	中国,想起你的名字	(77)
潘玙琪	丝绸之路	(78)
张少伟	黄河的寻找	(78)
彭 琳	我的家乡	(79)
李广鑫	一起回老家	(80)
孙宇彤	啊!我亲爱的祖国	(80)
冯艳霞	红巾如火	(81)
张佳丽	守岛人	(81)
钟予婕	童年	(82)
吴丹丹	奉献是你手中的一支笔	(82)
金 玲	北方,我的家	(82)
唐文高	桃花	(83)
王显斌	印象——蓝田老街	(83)

王　淼	我的中国心	(84)
胡馨铭	心舍	(84)
高　悦	老师的爱	(84)
李志恒	五月，我们在北京	(85)
侯淑英	忠诚的盾牌	(85)
王阿籽	奶奶的臂弯	(85)
杜　娟	月满中秋	(87)
李增莲	走不出的记忆	(87)
赵　瑜	纪念碑下	(88)
代长雷	图腾	(88)
李昊阳	红领巾娃娃	(89)
张金海	家	(89)
邰延华	母亲，二月了	(90)
华　虹	父亲，老船长	(90)
李佰超	如果被梦惊醒	(91)
雷印伟	我的祖国	(91)

第三编　诗国百家

刘　征	水龙吟·贺中华诗词学会创建三十周年	(93)
	菩萨蛮·咏白发	(93)
	嫁书辞	(93)
沈　鹏	贺中华诗词学会创建三十周年	(94)
	忆秦娥·二〇一五年九月三日纪念大典	(94)
	读烈士遗书八首（选二）	(94)
	题李延声画伟大的先行者孙中山长卷	(94)
	闲吟	(94)
	吴为山君画余遇一长老二首	(94)
	八四本命年	(94)
	笔诗	(95)
	寄江油李白纪念馆	(95)
郑欣淼	七十咏怀五首	(95)
	浣溪沙	(95)

梁　东	海天十六拍	(96)
王玉明	浣溪沙二首	(97)
项宗西	登三清山	(97)
	婺源行夜宿民居	(98)
	乡风徽韵	(98)
	咏桂	(98)
	马头琴	(98)
	昙花夜放	(98)
	鹧鸪天·温州行	(98)
	赞南海军演	(98)
	桐城六尺巷	(98)
	运河之春二首	(99)
	水调歌头·登岳阳楼	(99)
钟家佐	喜迎十九大召开	(99)
	五指山竹枝词	(99)
	农村生活竹枝词六首	(99)
李一信	感时	(100)
	寒露	(100)
	重阳寄友	(100)
	冬日二首	(100)
	小雪三首	(100)
	山乡行	(100)
刘麒子	书感	(100)
	登泰山览摩崖诗碑感赋	(101)
	赞孙铁青老诗书合璧	(101)
	庚寅蓝天兰亭雅集	(101)
浪　波	周末温塘小住	(101)
	谒中山陵	(101)
	登阿芙乐尔巡洋舰遥望冬宫感赋	(101)
林星煌	鹧鸪天·途访力乍村竹林公园	(101)
	鹧鸪天·游海口火山群世界地质公园	(102)
	鹧鸪天·中秋情	(102)
许连进	晨起初见大青山	(102)

冯倾城	贺元宵	（102）
王明甫	大雁塔前驰思	（102）
	参观兵马俑兴感	（102）
	乾陵怀古二首	（102）
	诚昭日月勋耀河山	（103）
孙景超	延安纪行	（103）
	唯实清风驱迷雾	（103）
	回望神州绪万端	（103）
	豁达心宽寿自多	（103）
	国庆联欢赠诗社诸友	（103）
	沁园春·望星空	（103）
王贵民	春游京西双龙峡	（104）
	花溪看海棠	（104）
	谒千古圣地黄帝陵	（104）
	访扶风法门寺	（104）
	石碧山晚眺	（104）
	初夏月夜	（104）
李彦文	黄昏颂	（104）
	游船上的趣事	（104）
	琼海行	（104）
王礼琦	桂林象鼻山即景	（105）
	人生抒怀	（105）
莫作钦	迎春曲	（105）
	雪中散步	（105）
	游石林峡	（105）
郭兴仁	游鄂西神农架板壁崖有感	（105）
	瑞士卢塞恩湖即景	（105）
	重游大观楼再吟望山诗得句	（105）
	记四十五年后与同学重逢	（105）
梁星彭	题"槐中槐"	（106）
	玉兰花	（106）
	杨善洲离休种树赞	（106）
	纪念辛亥革命一百周年	（106）

咏竹林 …………………………………………………………（106）

第四编　诗家采风作品选登

高立元	到昆山 …………………………………………………（107）
	游阳澄湖 ………………………………………………（107）
易　行	初识昆山 ………………………………………………（107）
	登昆山望远 ……………………………………………（107）
	春游阳澄湖畔 …………………………………………（107）
	访千灯古镇顾炎武（亭林）故居 ……………………（107）
	观昆山琼花有感 ………………………………………（107）
	昆山采风回京得句 ……………………………………（107）
星　汉	游千灯镇 ………………………………………………（108）
	秦峰塔 …………………………………………………（108）
	顾坚纪念馆听曲 ………………………………………（108）
	过顾炎武墓一语问之 …………………………………（108）
	昆山琼花下留影 ………………………………………（108）
	过刘过墓 ………………………………………………（108）
	昆山拜祖冲之像自悟 …………………………………（108）
	阳澄湖岸散步 …………………………………………（108）
杨逸明	与诗友昆山赏琼花 ……………………………………（108）
	登昆山戏题 ……………………………………………（108）
	游千灯古镇 ……………………………………………（108）
	千灯镇大唐农业生态园 ………………………………（108）
鲍淡如	游昆山亭林公园 ………………………………………（109）
	阳澄湖畔散步二首 ……………………………………（109）
张立挺	昆山采风悠然雅居二首 ………………………………（109）
	参观顾炎武纪念馆 ……………………………………（109）
	参观千灯老街 …………………………………………（109）
	游亭林公园 ……………………………………………（109）
丁德明	昆山冈琼花 ……………………………………………（109）
	延福寺 …………………………………………………（109）
	千灯浦 …………………………………………………（109）

	千灯古镇	(110)
	余记老当铺	(110)
	老听客	(110)
刘鲁宁	题悠然雅居	(110)
	琼花	(110)
	昆曲	(110)
	游千灯	(110)
	谒顾炎武墓	(110)
李建新	雅居小聚	(110)
	千灯石板街	(111)
	昆山琼花	(111)
沈沪林	题悠然雅居	(111)
周啸天	昆山行竹枝词三首	(111)

第五编　古体诗近作

郭友琴	世界读书日自题	(112)
	秋夜吟	(112)
	守望	(112)
	嗜书	(112)
	无题	(112)
	秋日呓语	(112)
	自遣	(112)
	彷徨	(112)
	夜读	(113)
	心湖写意	(113)
李葆国	访鲧堤遗址	(113)
	题打虎武松像	(113)
	访武植祠	(113)
	过冢子村	(113)
	过徐州汴泗交汇处	(113)
	步和周逢俊兄立春随感	(113)
	题洛阳牡丹	(113)

	谒兰陵王墓	(114)
沈华维	消夏漫兴八首	(114)
张力夫	青海玛多乡黄河源咏	(115)
	唐山龙泉寺	(115)
	京郊白虎涧	(115)
	端午将至与诗书画友人宋庄雅聚	(115)
	过太行山怀杨成武将军	(115)
	寒食将至共友人登凤凰岭	(115)
	夏日丰宁坝上	(115)
	少年游·密云大岭	(115)
	水调歌头	(115)
曹　辉	夜游宫·听陈明"我要找到你"	(116)
	烛影摇红·等树参天	(116)
	安公子·南楼张官梨园赏梨花	(116)
	浣溪沙·晨漫步逢涨潮	(116)
	凤孤飞·刹那春来	(116)
	苏幕遮·营口老街	(116)
白林中	咏莲	(116)
	金沙岛	(117)
	重登苏峪口	(117)
	海瑞墓	(117)
	雄鸡	(117)
	农家小院	(117)
	夕照海航	(117)
	生查子·冬松	(117)
	鹧鸪天·雨中沙湖	(117)
	满江红·贺兰山	(117)
韩倚云	航天绝句四首	(118)
	缅怀航天之父钱学森先生	(118)
	菩萨蛮·航天感赋	(118)
	水龙吟·自天山返京有感	(118)
	水龙吟·长征五号运载火箭首飞成功感赋	(118)
	水龙吟·丙申夏送易行、星汉两先生之豫	(119)

	水调歌头·航天探源	（119）
	水龙吟·咏龙	（119）
张金英	湖边夕照	（119）
	题银行监控器	（119）
	人到中年	（119）
	陆绩	（119）
	无题	（119）
张　衡	夜空遐想	（120）
	对荷	（120）
	巫山一段云·北固山	（120）
	踏莎行·望海潮	（120）
刘松林	菜花	（120）
	浪淘沙·饮食难	（120）
	咏桃	（120）
	登鹳雀楼	（120）
马　犟	诉衷情·微信	（121）
	摊破浣溪沙·春满人间	（121）
	醉花阴·古堡新影	（121）
	渔家傲·时光	（121）
	天香·布龙湖明珠温泉	（121）
	御街行·秋叶	（121）
张金池	咏菊	（121）
	酒泉	（122）
	不忘乡愁	（122）
	天下第一关	（122）
	参观李大钊故居有感	（122）
	追思管桦	（122）
	夜闻蝉鸣	（122）
	望海	（122）
陈移新	康强女儿升学见赠	（122）
	女人茶	（122）
	木龙潭	（123）
	莲江泛舟	（123）

	琴亭咏莲	(123)
刁永泉	诗友韩作荣回乡寄言	(123)
	《星星》诗刊四十周年奉贺	(123)
	旅居加拿大悼陈忠实文兄	(123)
	读马丽华诗友赠文集	(123)
	书赠叶笛	(123)
	寄梅子	(123)
	与贾平凹论书道	(123)
何 鹤	临江仙·答友二首	(124)
	清平乐·春游	(124)
	清平乐·上班路上赏玉兰	(124)
	浣溪沙·上班途中	(124)
	浣溪沙·春日单车走通州	(124)
刘玉杰	除夕夜随想	(124)
	平生首次过老宅	(124)
	浣溪沙·岁末感怀	(125)
	散漫过春节	(125)
	初二回娘家日有怯而作	(125)
	虞美人·痛悼	(125)
	西江月·初一夜宿花野婆家书怀	(125)
盖 宇	感怀	(125)
	秋日遣怀	(125)
	杂感	(125)
	遣怀	(125)
	清明节祭友	(126)
	闲情偶寄	(126)
	无题	(126)
黄宝成	遥忆长城	(126)
	拓境	(126)
	攀登大丰山	(126)
高 昌	《飞旗山人赠翠兰新茶》	(126)
	絮儿歌	(126)
	寒露二绝	(127)

	沁园春·家	（127）
	攸县见米水西流有感	（127）
	丁酉年宵吟	（127）
王子江	过徐闻港	（127）
	苏二村杨桐树下吟	（127）
	谒调丰古官道遗址	（127）
	参观官湖村赠陈生	（127）
	参观乐民古城吟	（127）
	谒南路农军战场	（127）
	谒乐民镇赠砚亭	（128）
	谒黄学增纪念亭	（128）
	赠遂溪县钟力书记	（128）
	参观河头镇双村吟	（128）
	仙群岛上吟	（128）
	做客作家家庭	（128）
刘如姬	咏光孝寺菩提树	（128）
	秋谒广州光孝寺	（128）
	山景	（128）
	桃花	（128）
	喝火令·等到过年	（128）
江 岚	咏凤凰	（129）
	乙未秋日乘高铁过湖州即景有怀杜牧之	（129）
	乙未秋日乘高铁过杭州有怀工会故人	（129）
	丙申暮秋谒六榕寺花塔兼怀王子安	（129）
吕金超	南天一柱	（129）
	亚隆湾	（129）
	咏椰子树	（129）
	三角梅三首	（130）
	天涯海角行	（130）
	谒海上观音像	（130）
	舟行西岛途中	（130）
	"天涯"石刻	（130）
	游鹿回头公园有寄	（130）

邹积慧	垦荒第一犁	(130)
	航化作业	(130)
	喜雨	(130)
	秋吟	(131)
	秋日稻海	(131)
	秋钓	(131)
	北大荒开发建设纪念馆	(131)
	马永顺林	(131)
徐中美	燕归梁·台湾行吟	(131)
	杨柳枝·夜游西湖"柳浪闻莺"	(131)
	江南柳·癸巳夏日送友过黄岩	(131)
	一斛珠·品鉴"平湖秋月"	(131)
	浪淘沙·蒹葭	(131)
	长相思·秦淮河忆旧	(132)
	醉太平·游椒江大陈岛	(132)
曾齐禄	牛棚祭	(132)
	我的矿友	(132)
	丙申孟冬威海荣成观天鹅	(132)
	夜游竹天下园区	(132)
	无题	(132)
	观龙岭村丁酉春晚	(132)
	观友人发来雪后照	(132)
	题七十四届高中同学聚会	(132)
	家有越冬之燕	
黄心钦	参观圆明园归来	(133)
	三峡之歌	(133)
	西湖美	(133)
毕太勋	江岸酒家	(133)
	护稻	(133)
	茗山茶	(133)
	咏炎帝	(133)
郭立河	孔繁森	(133)
	悼张自忠将军	(133)

王 平	水调歌头·中秋夜在路上	（133）
	意难忘·新年抒怀	（134）
陈宗辉	旷野听风	（134）
	夜宿蓬莱山寺	（134）
	观上海世博园城市足迹馆	（134）
	南乡子·黄山归来	（134）
陈秀新	九日客中感怀	（134）
	重到诸暨	（134）
	随感	（135）
	丙申冬理事会席间拈得	（135）
	丁酉人日联吟	（135）
	斗岩山瀑布二首	（135）
	雁荡清洁工	（135）
曲汗青	梧桐	（135）
	乘京张线火车至八达岭上	（135）

第六编　新古体诗近作

刘建华	咏广丰	（136）
	题石林长湖	（136）
	题井冈龙潭	（136）
	咏银杏	（136）
	翠湖秋荷	（136）
	题兰茶坊	（136）
	题华首门	（136）
	咏梅关	（136）
	咏丫山灵岩寺	（136）
陈 友	咏月季	（137）
	颐和园咏荷	（137）
	咏雄鹰	（137）
	咏高粱	（137）
高华中	石语琐记	（137）
	玛瑙湖感怀二首	（137）

	补天遗石赞	(137)
	咏戈壁石二首	(137)
	疆北礼赞	(137)
	瞅石斋"梦语"	(137)
	戈壁联想	(137)
古　农	丙申立秋感怀	(138)
冯柏青	喜望东方红（外三首）	(138)
	美梦圆	(138)
	精彩人生贵求索	(138)
	沧州文化采风掠影	(138)
谷凤荣	丽江行九首（外八首）	(139)
	张掖马蹄寺二首	(139)
	张掖冰沟丹霞五首	(139)
	黄山	(140)

第七编　新体诗近作

赵　琳	我面向东方	(141)
苏俊敏	榕树上的弹孔	(142)
洪文斌	洁净·西藏（组诗）	(142)
	轮回	(142)
	山顶的歌声	(143)
	阳光里	(143)
	湖	(144)
温　斌	蓝色琴声（外三首）	(144)
	鱼群	(144)
	尘封的海	(144)
	漂流瓶	(145)
邓存波	理发（外三首）	(145)
	深浅	(145)
	寒冬里	(145)
	刨螺	(146)
伊　萍	六月（外四首）	(146)

	划过天空的闪电	（146）
	梦	（147）
	昨夜	（147）
	风的斜倾度	（147）
吴国明	美丽的海湾（外二首）	（148）
	海风吹过的地方	（148）
	午夜的海	（148）
洪三河	农事二十四节气（组诗）	（149）
吴洪伟	谁在呼救（组诗）	（155）
	养殖场与河流	（155）
	呐喊的皮手袋	（156）
陈宇啸	台风（外三首）	（156）
	端坐的黑	（157）
	暗涌	（157）
	我嫁给了岩石和风	（157）
洪三泰	台风·龙卷风（外一首）	（158）
	东洋·西洋	（158）
符骐骥	天上地下地等你（外二首）	（158）
	你的家园	（158）
	一只鸟在笼子里唱歌	（159）
袁志军	湘西凤凰印象（组诗）	（159）
	沱江水	（159）
	虹桥	（160）
	吊脚楼	（160）
	凤凰古城	（160）
	黄永玉·沈从文	（160）
	游客的余梦	（161）
梁雷鸣	鹰峰岭上空的鹰（外四首）	（161）
	台风什么也没盗走	（161）
	夜凉似水	（161）
	星空	（162）
	海风继续吹	（162）
洪　江	雨滴（外二首）	（163）

	除夕，送别父亲	（163）
	候鸟南飞	（163）
莫红妹	站台（外二首）	（164）
	世俗	（164）
	一首歌一个名字	（164）
陈宝梁	中国戏剧（外五首）	（165）
	海浪	（165）
	南方姑娘	（165）
	古村风景	（166）
	古宅	（166）
	古井	（166）

第八编　当代散曲选

马　凯	【中吕·山坡羊】日月人三首	（167）
郑欣淼	【双调·水仙子】原平四咏	（167）
张勃兴	【南仙吕·解三酲】游旧县衙感怀	（168）
	【中吕·山坡羊】宁夏美	（168）
丁　芒	【双调·殿前欢】题画《岩松》	（168）
	【双调·碧玉箫】题画《山中梅》	（168）
	【双调·水仙子】题画《野菊》	（168）
石理俊	【双调·沉醉东风】感怀	（168）
	【双调·水仙子】余年	（168）
武正国	【商调·挂金索】愧对母亲	（168）
	【正宫·塞鸿秋】回老屋	（169）
	【双调·风入松】五指山中二首	（169）
	【黄钟·人月圆】晋阳湖初夏	（169）
李旦初	【正宫·脱布衫带小梁州】	（169）
	【双调·雁儿落带得胜令】抗日名将郝梦龄	（169）
	【正宫·塞鸿秋】母亲的纺车二首	（169）
星　汉	【正宫·鹦鹉曲】游灵龟寺谭震林避难处也	（170）
	【正宫·鹦鹉曲】攸县诗词盛会闭幕作	（170）
	【正宫·鹦鹉曲】石山书院讲台留影	（170）

	【正宫·鹦鹉曲】晨兴洣水书所遇	（170）
胡迎建	【正宫·鹦鹉曲】故里过年	（170）
	【正宫·鹦鹉曲】咏益溪舍村史	（170）
	【正宫·鹦鹉曲】忆父	（171）
贾学义	【中吕·山坡羊】有感六中全会	（171）
	【双调·折桂令】带孙子外孙咏叹	（171）
	【中吕·山坡羊】忆父放羊重头四首	（171）
赵永生	【中吕·醉高歌带喜春来】贺原平市中华散曲之乡挂牌	
		（171）
李雁红	【双调·寿阳曲】题原平梨花节并贺原平荣获	
	"中华散曲之乡"称号	（172）
赵义山	【双调·凌波仙】忻州遗山墓园有吊	（172）
	【正宫·塞鸿秋】毕棚沟览奇	（172）
	【正宫·塞鸿秋】科尔沁草原之行二首	（172）
徐耿华	【南仙吕·醉罗歌】滑县西湖	（172）
	【南仙吕·傍妆台】卫河风采	（172）
黄小甜	【正宫·叨叨令】雨后于北流荔园摘荔枝	（172）
	【双调·楚天遥过清江引】访魏源故里	（173）
张四喜	【中吕·醉高歌带过红绣鞋】近闻贪官纷纷获刑	（173）
	【双调·折桂令】无题	（173）
	【双调·三棒鼓声频】年味	（173）
	【双调·雁儿落带过得胜令】梨花颂	（173）
	【中吕·迎仙客】手机三弄	（173）
南广勋	【中吕·山坡羊】有感而发说某君	（174）
	【中吕·山坡羊】在成都杜甫草堂所思	（174）
	【正宫·双鸳鸯】窗下读书，笑鹊儿飞临	（174）
	【仙侣·醉扶归】野菊	（174）
郑永铃	【双调·水仙子】春江	（174）
	【中吕·山坡羊】雨花台烈士陵园	（174）
	【中吕·山坡羊】退休离别校园	（175）
	【中吕·山坡羊】退休数年犹常梦回校园	（175）
胡　彭	【中吕·满庭芳】丁酉上元对月	（175）
	【仙吕·赏花时】重阳对菊	（175）

	【中吕·山坡羊】梅花笛与晾衣杆	(175)
	【正宫·鹦鹉曲】南昌起义九十周年	(175)
	【中吕·迎仙客】戏题手机五首	(176)
原振华	【双调·沉醉东风】题三轮载母行游图	(176)
	【仙吕·一半儿】我家有儿	(176)
	【越调·寨儿令】夏日雨	(176)
	【双调·沉醉东风】放风筝	(176)
	【双调·沉醉东风】手表	(177)
李　涛	【双调·折桂令】秋访湘潭诗词之乡二首	(177)
	【双调·凌波曲】吊冯海粟先生二首	(177)
王亚涛	【中吕·山坡羊】登广武长城三题选二	(177)
邢　晨	【中吕·普天乐】乡下的婆姨们	(178)
	【双调·折桂令】清明有话说	(178)
	【双调·水仙子】叶颂	(178)
刘江平	【双调·折桂令】登鹳雀楼	(178)
	【中吕·迎仙客】两会花絮三首	(178)
黄文新	【中吕·十二月带过尧民歌】王家峪朱德手植红星杨	(178)
	【黄钟宫·人月圆】壶口瀑布	(179)
	【双调·折桂令】长治小伙自行车娶亲记	(179)

第九编　诗国论坛

访谈：传统诗歌复兴"诗词曲"一个都不能少 …………… 郑欣淼（180）
《清平乐·六盘山》的时空意识与崇高美 ……………………… 张　铎（184）
论诗词题材 …………………………………………………………… 周啸天（190）
一啸扶摇入九重 ……………………………………………………… 林　峰（194）

第十编　中华诗词发展报告（2016）

总论 …………………………………………………………………………（197）
　一、中华诗词在复兴优秀传统文化的背景下受到普遍关注 ………（197）
　二、2016年中华诗词发展的突出特点 ………………………………（201）
　三、当前诗词发展需注意的几个问题 ………………………………（203）

三、当前诗词发展需注意的几个问题…………………………（203）
　　四、对今后诗词发展工作的几点建议…………………………（205）
　第一章　诗词创作……………………………………………………（207）
　　一、诗词创作基本生态……………………………………………（207）
　　二、题材的继往与开新……………………………………………（210）
　　三、体裁的探索与实践……………………………………………（213）
　　四、诗歌语言的多种实验…………………………………………（215）
　　五、诗词创作的特点与趋势………………………………………（217）
　第二章　诗词理论研究………………………………………………（218）
　　一、现当代诗词的价值取向和审美评价标准……………………（219）
　　二、现当代诗坛发展现状研究……………………………………（222）
　　三、现当代诗词的创作理论研究…………………………………（225）
　第三章　诗词文献整理………………………………………………（226）
　　一、文献整理的概况………………………………………………（227）
　　二、文献整理的特点………………………………………………（229）
　　三、文献整理的价值………………………………………………（233）
　　四、文献整理的趋势………………………………………………（236）
　第四章　诗词教育……………………………………………………（238）
　　一、诗词教育情况概述……………………………………………（238）
　　二、诗词教育存在的问题…………………………………………（244）
　　三、关于诗词教育发展的建议……………………………………（247）
　第五章　诗词文化活动………………………………………………（249）
　　一、发展概况………………………………………………………（249）
　　二、诗词文化活动特点……………………………………………（253）
　　三、诗词活动得失与展望…………………………………………（255）

第一编　特载

推动中华诗词事业进一步繁荣发展
——在庆祝中华诗词学会成立三十周年大会上的讲话

钱小芊

今天，我们在这里召开中华诗词学会成立三十周年暨促进诗词文化繁荣发展座谈会，我谨代表中国作家协会，代表铁凝主席，对中华诗词学会成立三十周年表示热烈祝贺！

中央领导同志十分重视和关心中华诗词学会，云山同志在中华诗词学会成立三十周年之际，专门赋诗予以祝贺；奇葆同志在中华诗词学会成立三十周年之际，专门作出批示：

祝贺中华诗词学会成立30周年！30年来，诗词学会在推动诗词创作、理论研究、以诗教人等方面，做了大量卓有成效的工作，团结了广大诗词工作者和诗词爱好者，为繁荣发展中华诗词、传承弘扬中华优秀传统文化作出了重要贡献。站在新的起点上，希望中华诗词学会深入学习贯彻习近平总书记系列重要讲话精神特别是文艺工作座谈会重要讲话精神，坚定文化自信，推动中华诗词传承创新，弘扬中华诗词之美，展示中华文化独特魅力。

中华诗词历史悠久，传统深厚，是历久弥新的精神文化创造形式。三十年前，中华诗词学会经中宣部和文化部批准，由民政部登记正式成立，成为一个由中国作家协会领导管理的社会组织。在中华诗词学会成立大会上，时任中共中央政治局委员、国务院副总理习仲勋同志发表重要讲话，充分体现了党和政府对中华诗词事业的高度重视、对诗词在我国新发展的殷切期望。三十年来，中华诗词学会在几任会长的带领下，经过艰辛探索和不懈努力，现已拥有三万余众的会员队伍，在广泛团结诗词界、培养诗词人才、普及弘扬诗词文化、推出优秀诗词作品等方面取得了优异的成绩，得到社会各界好评，为此，要感谢中华诗词学会长期以来，特别是这些年来所开展的卓有成效的工作。

借这个机会，我就继续做好中华诗词学会的工作，不断推动我国诗词文化繁荣发展谈几点意见，与大家共商。

第一，坚持正确方向，讴歌历史和时代。党的十八大以来，以习近平同志为核心的党中央高度重视文艺文化工作，高度重视弘扬中华传统文化，作出了一系列深刻论述，推出了一系列重大举措。2014年10月，习近平总书记亲自主持召开文艺工作座谈会并发表重要讲话，2016年11月，习近平总书记在中国文联十大、中国作协九大开幕式上又发表重要讲话。这两篇重要讲话，集中体现了习近平总书记的文艺思想。习近平总书记多次强调中华优秀传统文化是中华民族的精神命脉，是我们屹立于世界文化之林的坚实根基，他对诗词艺术很热爱、很有感情，在各种场合多次引用古典名句。2017年1月25日，中共中央办公厅、国务院办公厅印发《关于实施中华优秀传统文化传承发展工程的意见》，明确提出"加强对中华诗词、音乐舞蹈、书法绘画、曲艺杂技和历史文化纪录片、动画片、出版物等的扶持。"所有这些，为我们不断繁荣包括中华诗词在内的优秀传统文化注入了强劲动力，指明了前进方向，增强了发展信心。我们要继续深入学习贯彻习近平总书记文艺思想，把握其深刻内涵与核心要义，深入领会贯穿其中的马克思主义立场、观点、方法。要坚持不忘本来、吸收外来、面向未来，进一步发挥诗词文化、诗词艺术在弘扬中华优秀传统文化、弘扬党和人民创造的革命文化和社会主义先进文化等方面的积极作用。要引导广大诗词爱好者树立正确的历史观、民族观、国家观、文化观，把握历史发展主流，弘扬以爱国主义为核心的民族精神和以改革创新为核心的时代精神。要发扬伟大诗人屈原"路漫漫其修远兮，吾将上下而求索"的信念和理想，怀有"笼天地于形内，挫万物于笔端"的大视野、大胸怀、大境界，保持对中华历史、中华文化的尊重和敬畏，运用诗词艺术形式，形象反映中华民族文明史、中国共产党带领人民奋斗史、当代中国改革开放史，引导人们珍视中华民族长期奋斗的心路历程，礼敬民族英雄人物和时代先锋，不断增强做中国人的骨气和底气，激发人们的梦想，照亮人们的灵魂。

第二，坚持继承借鉴，多出精品力作。能不能推出更多在人民群众中传之久远的精品力作，能不能写出更多中华民族新史诗，是衡量诗词工作的根本标尺。三十年来，在中华诗词学会的努力下，我国诗词文化建设不断加强，诗词队伍不断壮大，诗词艺术走向振兴、初现繁荣。但诗词创作有数量缺质量，有"高原"缺"高峰"的现象仍然较为突出。要坚持古为今用，不断继承创新，善于借鉴世界一切有益文明成果，推动中华文化创造性转化、创新性发展。要更好地用包括中华诗词在内的优秀文化来滋养和提升民族凝聚力。要采取多种措施，把原创力的提升摆在突出位置，鼓励和发展诗词艺术的原创性独创性。有作为的诗人要有"见自己、见天地、见众生"的能力，就是要能够深刻地了解自我，同时能够最真实地表现个人情感，写出个性，写出时代性，就是要能够读懂自然，洞察天地之心，与自然交流对话，就是要心中有国家，笔下有人民。要动员广大诗词爱好者围绕实现中华民族伟大复兴的中国梦，发挥诗词艺术的特长，演绎伟大时代、反映多彩生活，更好地为国家写史、为民族塑像、为人民立传，以更多精品力作登临诗词艺术的高山之巅，不断重现诗词艺术瑰丽与壮观的风采。

第三，努力创新发展，开创事业新局面。中华诗词学会作为诗词界群众性社团组织，肩负着团结联系广大诗词爱好者、繁荣诗词创作、发展中华诗词事业的光荣使命。要增强文学社团组织的政治性、先进性、群众性，牢牢把握为实现中华民族伟大复兴中国梦而奋斗的时代主题，以奋发有为的精神风貌和工作业绩为推进中国特色社会主义伟大事业做出贡献。人才是事业发展的重要前提，中华诗词的群众基础广泛，中华诗词学会要加强人才培养，特别是加强对中青年人才的培养，使中华诗词事业发展后继有人。当前恰逢"国学热"与"诗词热"，越在"热"的时候，越要加强引导。要注重诗词理论研究和评论工作，通过研讨、改稿、争鸣、批评等，明辨是非，激浊扬清，引导诗词爱好者不断增强文化使命感和创新责任感，努力成为先进文化的践行者、社会风尚的引领者，克服诗词创作中的一些不良现象。《中华诗词》杂志是诗词人才成长的摇篮和广大诗词爱好者的精神家园，要坚守艺术理想，坚持办刊有责、办刊负责，高门槛、严把关，始终将社会价值和社会效益放在首位，以更多有筋骨、有道德、有温度的作品不断扩大刊物的影响力，打造诗词界"金字招牌"。要适应新媒体日新月异发展的现实，抓住互联网为诗词创作、传播、阅读和评论等提供的机遇，认真研究新媒体特点和规律，为诗词创作和传播拓展渠道、创新思路，开辟新的发展可能。要加强与《诗刊》杂志和《星星》、《诗潮》、《中华辞赋》等刊物的联系合作，推动格律诗与自由诗共同发展，共同造就中国诗歌艺术高峰。

二〇一七年五月三十一日

把握历史机遇，加快发展步伐，开创中华诗词事业新局面

——在庆祝中华诗词学会成立三十周年大会上的讲话

郑欣淼

今天，我们在这里隆重集会，庆祝中华诗词学会成立三十周年。这是个重要的日子。三十年前，伴随改革开放的铿锵步伐，合着朝气蓬勃的时代潮流，我国有史以来第一个全国性的诗词组织，中华诗词学会宣告成立。三十年来，我们奋力同心，积极进取，取得了有目共睹的成绩，开创了可喜的局面，中华诗词事业总体形势越来越好。抚今追昔，我们感慨万千。这应归功于党和国家的高度重视与正确指引，归功于社会各界的大力支持和各地诗词组织、广大诗友的共同努力。在此，我谨代表中华诗词学会，向各位领导和社会各界的朋友们表示诚挚的谢意！向曾为中华诗词学会的创立和发展做出重大贡献的包括已故的老前辈、老诗友们表示深切的怀念和敬意！也向全国的广大诗友们以及诗词工作者、诗词评论者和诗词爱好者表示诚挚的谢意！

一、中华诗词的复苏历程和学会三十年工作回顾

中华诗词是我们民族文化传统的重要组成部分，是我们民族精神的重要载体。中华诗词历经三千年的风云激荡，已植根于我们民族的血液之中，成为我们民族的文化基因。然而，中华诗词在长达半个多世纪的岁月里，长期被冷落歧视，处于困境之中。即使这样，中华诗词也显示了它的顽强的生命力。辛亥革命前成立、前后延续三十余年的"南社"，以及新文化运动中的不少有识之士，依然坚守着这块阵地。抗日战争爆发后，中华诗词一度焕发青春，吹响了抗战的嘹亮号角，形成了抗战"史诗"。特别是毛泽东同志，以自己的创作实践，为中华诗词的生存与发展开辟了道路。1976年的天安门广场诗歌运动，充分展示了中华诗词的时代性和战斗性。党的十一届三中全会以后，我国进入改革开放的历史新时期，中华诗词也随着国运的昌隆而复苏，逐渐蓬勃发展起来，催生了中华诗词学会的

成立。1987年5月31日（农历端午节），中华诗词学会第一次全国会员代表大会在北京召开。时任中共中央政治局委员、国务院副总理的习仲勋同志，代表党中央、国务院到会祝贺并作重要讲话。他郑重指出："成立中华诗词学会，这是件大好事。过去，我们从来没有这样一个全国性的诗词组织。现在，把这个空白补起来了。""对我国古典诗词这一优秀的文化遗产，不仅要努力加以抢救和研究，还要不断创新，使我国的古老文化能够发扬光大。这是摆在我们面前的一个重大任务。"从那时起到今天，中华诗词学会已经走过了三十个春秋，迈入了而立之年。经过艰苦创业，艰难发展，中华诗词学会成为全国诗坛上组织活动、创作研讨、沟通联络、引领方向的最大诗词平台。中华诗词由此真正开始走向了复苏。放眼当今中华诗坛，诗词队伍庞大，诗社林立，诗刊遍布，诗作纷呈，诗赛连绵，呈现出一派喜人景象。

三十年来，中华诗词学会同全国各省、市、自治区诗词组织一起，做了许多扎实的工作，也取得了一定的成绩，主要有以下几个方面：

第一，努力营造诗词文化生存发展的良好环境，确立中华诗词在群众文化生活和社会主义精神文明建设中的应有地位。中华诗词要振兴、要发展，必须要有一定的生存空间和环境。这个空间和环境有历史的机遇，也需要我们通过积极的努力去争取、去营造。为此，我们在前人努力的基础上，做了大量工作。我们通过多种形式的诗词活动，正本清源，充分评介中华诗词的历史地位和作用，并对"五四"新文化运动冲击传统诗词文化的功过是非作了实事求是的科学分析。为恢复中华诗词在群众文化生活中的应有地位，为确立中华诗词在文学艺术格局中的应有地位，我们和社会各界有志之士一道，利用各种会议（包括全国两会）、各种场合，大声疾呼，积极宣传，唤起人们对诗词文化的理解、重视和支持。我们积极倡导声韵改革，提倡以普通话为标准的新声新韵，提倡诗词语言和诗词体裁应与时俱进。初步完成了教育部委托我们的中华新韵研究课题。我们把"深入生活、兼收并蓄、求新求美、雅俗共赏"作为会刊《中华诗词》的主旨，被广大作者和读者所认可。《中华诗词》成为我国各类诗歌刊物中发行量最大、影响力最强的读物。我们制定了《21世纪初期中华诗词发展纲要》，在诗词界引起强烈反响。特别是党的十八大以来，习近平总书记高度重视传统文化，追思焦裕禄和军民情两首诗词的相继发表，引领中华大地诗风浩荡。我们积极适应形势发展，争取社会媒体加大对中华诗词的宣传力度，《人民日报》《光明日报》人民网、光明网、中央电视台等主流媒体都开辟了诗词栏目，增大了对诗词文化宣传推介的份量。积极组织参与中宣部和我们联合开展的系列活动，中华诗词开始进入主流舆论宣传阵地，在时代大舞台上展示风采。通过三十年的艰苦工作，中华诗词应有的社会地位已经被越来越多的人们所承认，许多优秀的诗词作品反映了时代的主流和人们的心声，爱好中华诗词的人越来越多，参与的积极性不断增强。2017年春节期间中央电视台"中国诗词大会"节目的热播热议，就从一个侧面反映出了中华诗词发展的大好形势。

第二，大力实施精品战略，诗词创作水平不断提高。诗词作品的水平和质量决定着诗词的社会地位和发展空间。学会成立三十年来，一直把出好诗、出精品作为诗词工作的着力点。学会每年的工作部署，所举办的各项重大活动，都突出强调精品意识并提出明确要求，鼓励诗人们向着艺术高峰努力迈进。学会已经连续举办了六届两年一度的"华夏诗词奖"，推出了不少优秀作品和优秀诗人。中华诗词学会与一些省、市、自治区诗词组织合作，数十次组织全国著名诗人赴延安、唐山、兰考、汶川等地采风，出了一批接地气、高质量的弘扬主旋律的诗词作品集，受到社会好评。中华诗词学会每年都联合各地诗词组织以及一些市县级政府，举办大量的不同主题、不同形式的诗词大赛，在扩大诗词影响、传播诗词知识、提高诗词创作水平等方面发挥了积极作用。作为弘扬主旋律的主流方阵之一的军旅诗词，其创作和研究也有了长足发展。《中华诗词》杂志的"时代风云"栏目、青春诗会、金秋笔会等，已形成品牌效应，推出了一批新人和高质量的诗词作品。当然，我们的创作水平还有待进一步提高，真正堪称传世精品的力作还是不多。

第三，积极抓好诗教和诗词组织建设，诗词活动空前活跃。普及诗词知识不是为了让每个人都写诗，而是人人需要用诗词来丰富心灵、塑造人格、提高人文素养和审美情趣。中华诗词学会成立三十年来，一直着眼国民诗教，着手校园诗教，着力社会诗教，积极组织开展创建诗词之乡、诗教先进单位活动。截至2016年底，全国共有"诗词之市（州）"20个，"诗词之乡"238个，"诗教先进单位"269个。这些先进典型产生了很好的示范和带动作用，推动了诗词事业的普及和繁荣昌盛。我们还认真贯彻中宣部等六部委文件精神，积极指导开展诗词朗诵、吟诵、演唱等活动，诗词入乐（音乐）也取得积极进展，推动了中华诗词的普及传播。我们把壮大队伍作为繁荣诗词创作的重要任务，始终抓住不放，诗人队伍、诗词组织得到较快增长。目前，各省、市、自治区和港、澳特区以及绝大多数市（地）、县（区）级都有诗词组织。中华诗词学会现有个人会员近3万名，团体会员260多个。加上各地各类诗词组织成员和广大诗词爱好者，中华诗词大军已有百万之众。近几年，网络诗词成为诗词创作传播的新领域，网络诗人增长迅速，且以中青年为主，也有百万之众。为培养人们对诗词的兴趣，为提高会员和诗词爱好者的水平，中华诗词学会和各地诗词组织采取办班培训，请专家授课；书面辅导，用通信的方式修改作业；举行诗会，大家相互切磋交流等形式，都收到了良好的效果。

第四，诗词理论研究不断深化，图书编辑出版工作取得新成绩。中华诗词学会成立以来，我们一直重视理论研究和评论工作，为中华诗词事业的发展提供有力的理论支撑。《中华诗词》《中华诗词学会通讯》和中华诗词学会网，除发表诗作外，还发表了大量理论、评论文章，同时编辑出版了《中华诗词十年作品选》《中华诗词二十年作品选》《中华诗词十年论文选》《中华诗词二十年论文选》，在诗词界乃至整个思想文化界都产生了一定影响。我们每年都要举行一次学术研讨会，就诗词发展所面临的重大问题，从学术层面上进行探讨，至今已连续举办了三十届，出版论文集三十本，受到广大诗友的欢迎。同时，中华诗词学会每年还与各地联合举行一些专题研讨会，发挥了诗词理论对诗词创作的引领和指导作用。诗词精品图书的整理、编撰、出版工作，一直被学会看成是推出优秀作品和优秀诗词人才、发展诗词事业的重要环节。三十年来，先后组织专家编撰出版了《中华诗综》《中华词综》《中华曲综》《当代中华诗词集》等。从2007年开始，《中华诗词文库》陆续出版，精选近现代诗词作品、理论评论、文献，涵盖了近现代诗词名家个人作品专辑和各省市区、港澳特区及台湾地区诗家及会员作品合集，目前已出版80多卷。我们从2013年开始启动了《当代中华诗词集成》大型诗词文库的编辑出版工程，得到各省、市、自治区积极响应。首批的湖北、新疆、内蒙等五省区和军旅卷，有望今年内出版。各地诗词组织和许多诗友都先后出版了大量的诗词作品集和诗词理论读物，为诗词事业的繁荣做出了贡献。在学会成立三十周年之际，《中华诗词学会三十年大事记》《中华诗词学会三十年论文集》《中华诗词学会三十年诗词选》三本书的出版，集中展现了学会的有关成果，反映了学会的发展历程。

第五，拓宽了诗词文化领域，内外交流取得新进展。三十年来，我们主要从两个方面着力。一是积极主动与辞赋、新诗、书法、绘画、戏剧、音乐、楹联等姐妹艺术形式进行交流与合作，成功组织了多次大型诗书画大赛和当代诗词作品吟唱会，让诗词插上翅膀，传播得更远，赢得更多的受众。2010年我们成立了中华诗词学会书画委员会、音乐委员会，成功举办了纪念中国共产党成立九十周年诗书画大赛并出版了获奖作品集，编辑出版了《中华诗词歌曲集》。2016年成立了散曲工作委员会，以期推动诗词曲的全面发展。为鼓励中华诗词与书法、绘画的结合，2016年设立了"沈鹏诗书画奖"，决定每两年举办一次。今年首届沈鹏诗书画大赛已圆满结束。二是积极推动海内外华人之间的诗词文化交流活动。先后多次与香港、澳门诗词界举办诗词学术活动。2006年和2009年，中华诗词学会与福建省龙岩市联合举办了两届"海峡两岸诗词笔会"，与台湾近百名诗友共同采风。2011年12月，中华诗词学会参访团赴台湾访问交流，获得圆满成功。在武汉连续举办了两届海峡两岸中华诗词论坛暨聂绀弩诗词奖颁奖大会，来自祖国内地及港澳台诗词界的专家学者300余人参加交流探讨，在海内外反响热烈。2006年和2008年，中华诗词学会与日本汉诗学会吟诵团两次在北京举办诗词吟唱会。2014年5月，中华诗词学会在广东省惠东县举办了"海内外中华诗词高峰论坛"，来自世界五大洲的近百位诗人、学者和社会各界人士参加。会议在充分酝酿讨论的基础上，通过了《海内外中华诗词高峰论坛海王子宣言》。这是中华诗词发展史上的创举，扩大了中华诗词在海内外的声誉，初步展示了"海外诗词兵团"的魅力。我们还同美国纽约诗词学会开展诗家互访，进行诗词交流。这些交流互动，扩大了中华诗词的影响力，增进了国际文化交流。

二、对三十年来诗词工作经验的思考

中华诗词学会成立三十年来，我们和全国诗友一起，见证了中华诗词走出低谷，经历复苏，开始走向复兴的艰难历程。从工作实践中我们深深体会到，要搞好学会工作，要持续健康地发展和繁荣中华诗词事业，必须认真解决好以下几个问题。

（一）正确把握继承与创新的关系，始终坚持在继承中创新，在创新中发展。我们对中华诗词的态度和对待一切民族文化遗产的态度是一致的，可以用两句话来概括，即批判地继承，创造性地发展。继承的目的正是为了发展。采用辩证的方法，对诗词文化遗产客观地判断是非优劣，以便扬弃和选择。习近平总书记在文艺工作座谈会上的重要讲话中指出："传承中华文化，绝不是简单复古，也不是盲目排外，而是古为今用，洋为中用，辩证取舍，推陈出新，摒弃消极因素，继承积极思想，'以古人之规矩，开自己之生面'，实现中华文化的创造性转化和创新性发展。"我们认为，对于传统诗词文化的继承，包括两个方面，一是用博大精深的诗词经典作品来满足当代人的文化需求，滋养当代人的精神世界；二是用相对成熟和规范的艺术形式和艺术经验，来表现今天的新生活。诗词是艺术规范很严谨的艺术。不掌握诗词所特有的艺术规范，不熟悉诗词表现的基本手法，不懂得历史上的诗词经典，就不可能自如地进行诗词创作。中华诗词的创新，首先体现在内容上，需要它的作者从已经熟悉的题材圈子里走出来，走向现实生活的广阔天地，到时代的大潮中汲取诗意诗情，使历史悠久的传统形式和生动活泼的现实生活统一起来，才有可能产生富有时代感的好诗。诗词的创新还涉及到声韵问题。诗词之所以要押韵，要讲平仄对仗，是为了达到形式上的美与和谐。诗词的声韵离不开语言的声韵，随着历史的发展变迁，我们的民族语言在词汇和发音方面都发生了很大变化，诗词的声韵不可能凝固不变。长期以来，中华诗词学会按照"求正容变"的思路，一直倡导以普通话为依据的新声韵，同时，主张双轨并行，得到诗词界的广泛认同。

（二）正确把握普及与提高的关系，始终坚持在普及的基础上提高，在提高的引领下普及。三十年来的工作实践使我们深深体会到，普及与提高，如同诗词事业发展繁荣车之两轮，鸟之双翼，缺一不可。我们这样的社团组织，既是群众性很广泛的社团，又是诗词专业性很强的社团。群众性是诗词生成之源，专业性是诗词生存之本。既要顶天立地，又要铺天盖地，两者相互依存，相辅相成。学会成立之初，我们就提出了"适应时代，深入生活，走向大众"的方针，围绕这一方针，我们坚持不懈地从三个方面入手，一是抓扩大队伍，只要热爱诗词并已具备了一定的写作能力者，就吸纳他们入会。如今，中华诗词学会会员加上各省、市、县诗词学会会员，人数超过百万，发表诗词的各种刊物多达八百余种。二是抓繁荣创作，每年发表的诗词新作，数量近百万首（还不包括网络上发表的诗词作品）。三是抓社会诗教，促进诗词进学校、进机关、进农村、进企业、进社区、进景区，使诗词普及的路子越走越宽，诗词的社会基础越来越厚。在大力抓好普及的同时，我们十分重视提高的工作，坚定地实施"精品战略"工程。通过理论引导、大赛催生、培训提高、研讨交流、推出新人新作等多种形式，营造有利于精品力作产生的环境，使广大诗词作者提高诗词素养，树立精品意识，在诗词创作上精益求精，力戒粗制滥造，力求创作出思想新、感情新、语言新、声韵新、意境新、艺术新的优秀作品。诗词的魅力在于质量。一个时代的艺术水平，归根结蒂是以精品力作作为标志的。一首感人至深的精品力作胜过千百首平庸之作。中华诗词普及与提高的路还很长，我们永远在路上。

（三）正确把握主旋律与多样化的关系，始终坚持正确的创作导向。白居易说过："文章合为时而著，歌诗合为事而作。"一个时代有一个时代的诗词。三十年来，学会历届领导班子始终保持清醒头脑，认真贯彻执行党和国家的大政方针和有关文艺工作的指示精神，坚持以人民为中心的创作导向。在学会每年工作方案的制定、每届理论研讨会思路的确立、重要赛事活动主题的把握、诗教工作的引导等重要环节上，都把主旋律的要求摆到突出位置，引导广大诗人和诗词爱好者把个人情感融入到时代的大潮及党和人民的视野之中。在诗词创作中坚持把思想性和艺术性更好地统一起来，用诗词记录历史、讴歌时代、赞美英雄、陶冶情操、滋养心灵，反映社会生活主流和精神风貌，使当代诗词成为传播社会正能量的工具。提倡诗人以自己的艺术个性进行创作。在题材、内容、手段、风格上展现多样性，形成宽领域、大视野、多层次的创作氛围。美刺并举，扬善惩恶，营造积极健康、宽松和谐的诗词生态环境。

当代诗词的主旋律和多样化不仅体现在思想性、内容创新等方面，在诗词的体裁和风格上也应提倡多样化。我们认为，唐诗、宋词、元曲构成了我国诗歌史上的三座高峰，三者鼎足而立，不可偏废，只有都发展了，才能实现完整意义上的传统诗歌复兴。散曲扎根民间，以其清新活泼、诙谐幽默、浅显易懂等独特方式，贴近百姓生活，反映人民心声，接地气、有温度，更易为普通百姓所接受。历经数百年的发展，至今长盛不衰，在全国许多地方仍很活跃。在当前构建社会主义核心价值观特别是"美丽乡村"建设中，具有很大发展潜力。我们借鉴"中华诗词之乡"的创建模式，开展"中华散曲之乡"创建活动，已批准山西省原平市为全国第一个"中华散曲之乡"。这项活动已得到山西、陕西、广西、湖南、北京、安徽、内蒙古、浙江等地的积极响应。创建争先活动又多了一个新种类，相信它必将产生深远影响。

（四）正确把握诗词创作与诗词评论的关系，始终坚持补评论短板，促精品力作。我们在实践中体会到，诗词创作要繁荣，诗词事业要发展，就需要强大的思想理论来支撑，来引领。为此，我们除了坚持办好每年一届的全国性诗词理论研讨会外，每年还联合各地诗词组织举行各种形式的小型、专题、个性化的研讨会、座谈会，探讨当代诗词在发展进程中所遇到的重大理论和实际问题。通过讨论与争鸣，澄清一些模糊认识，活跃诗坛，开阔思路，扩大视野，促进创作繁荣。习近平总书记在文艺工作座谈会上的重要讲话中指出："文艺批评是文艺创作的一面镜子、一剂良药，是引导创作、多出精品、提高审美、引领风尚的重要力量。文艺批评要的就是批评，不能都是表扬甚至庸俗吹捧、阿谀奉承。"我们每年创作和发表的诗词新作多达几十万首甚至百万首，这么多诗词作品，可以说是泥沙俱下，瑕瑜互见，亟待评论者加以品评、筛选，从中推出好诗。不然，诗词精品都被平庸之作淹没了。而且，优秀诗词的艺术经验也要进行总结，以便学习推广。诗词理论研究和评论需要有实事求是的科学态度，不看身份，不看背景，不看人脸，真正出以公心，不能一味说好，一味吹捧。总体来看，这些年来诗词评论有了长足进步，但仍显得薄弱。诗词评论落后于诗词创作，理论研究落后于创作实践，评论队伍小、散、弱（即队伍小，力量分散，研究能力弱），这些问题亟须予以解决。

三、中华诗词学会今后工作的基本构想

三十年来，中华诗词学会励精图治，砥砺前行，在中华传统文化，特别是中华诗词文化的传承发展上，发挥了重要作用，取得了可喜成果。展望未来，任重而道远。我们要发扬成绩，奋力进取，开创诗词事业的新局面。下面我就今后的工作谈几点意见。

（一）坚持正确方向，突出时代主题，进一步繁荣当代诗词创作。

习近平总书记的系列重要讲话精神特别是文艺工作座谈会重要讲话精神，贯穿着党的执政理念，是指导一切工作的行动指南，也是我们中华诗词创新发展的工作指针和不竭动力。习总书记在文艺座谈会上重要讲话中明确指出："伟大的时代需要伟大的精神，文艺的作用不可替代"。而"博大的精深的中华文化为中华民族克服困难，生生不息提供了强大的精神支撑"。中华诗词是中国传统文化的一颗璀璨明珠与重要的文学载体，在这一新的时代，我们要紧跟时代节奏，紧扣时代主题，感国运之变化，发时代之先声，为亿万人民，为伟大祖国鼓与呼，为诗词事业的繁荣做出贡献。

繁荣诗词创作，要坚持"二为"方向，与时代合拍。要把握诗词发展的正确导向，以人民的精神需求为己任，唱响时代的主旋律，为实现伟大

的中国梦呐喊助力，就要叫响"面向大众"、"走向大众"的口号。诗词创作只有走向大众、扎根大众才有生命力。我们必须看到，新中国成立60多年来的发展，特别是党的十八大以来对中华传统文化的重视与传承，人民大众的文化层次有了很大提高，富裕起来的人们精神需求强烈，其欣赏、鉴赏能力也不同以往，诗词已不再是少数人的奢侈品了。诗词这门文学体裁已经深入人心，活跃在社区、学校、田间地头。因此，诗词创作面向大众，走向大众，以人民大众为创作主体，以人民大众生活为创作的源泉，进一步推动诗词繁荣，正当其时。

繁荣诗词创作，要坚持"双百"方针，发扬"艺术民主"。要形成诗词创作与学术研究的宽松环境与氛围，鼓励不同流派、不同观点的争鸣与竞争。只要是统一在实现伟大的中国梦、为社会主义文艺服务这个大前提下，不同的诗词理念、诗词体裁、诗词风格都允许讨论、切磋与探索。目前，我们的诗词流派与风格不是多了，而是少了。我们要通过不断创新与改革，通过不断探索与争鸣，形成既有"阳春白雪"，也要有"下里巴人"；既有"典雅派"，也要有"土豆山药派"；既鼓励诗人们的个性创作，也要引导诗人把自己的个性与人民性、民族性、时代精神有机地结合起来，充分发挥诗词创作在新时代的认知、教育、讽喻、娱乐等作用，造成一个既宽松活泼又昂扬向上的繁荣局面。

繁荣诗词创作，要重视发挥诗词组织的联动作用，使其成为诗词传承发展的领头雁与排头兵。目前，省、市、自治区及大部分市、县，包括港澳台地区和海外的诗词组织，还有社会团体、学校、社区的诗词组织，越来越庞大，这些都是诗词文化传承发展的重要力量。各级各行业诗词组织要通过各种平台与形式做好普及推广工作，把广大诗友带动起来，把诗词事业推向前进。中华诗词学会要积极与各地诗词组织密切合作，针对重大社会主题，重大纪念日，重大政治事件，联合举办诗词活动，上下联动，优势互补，发挥各自特长，使各级诗词组织成为繁荣诗词事业的排头兵。

（二）立足新形势，不断开拓新思路，创造性地落实好《21世纪初期中华诗词发展纲要》。

中华诗词学会在2001年就制定了《21世纪初期中华诗词发展纲要》，这是中华诗词学会发展史上里程碑式的文件。纲要实施17年来，对诗词事业的发展起到了重要的推动作用。直到今天，纲要提出的许多理念、目标与课题仍有现实的指导意义。我们要结合新的时代主题，拓宽思路，加钢淬火，创造性地加以贯彻落实。

坚定走诗词改革之路。任何事物的发展都是一个不断变化扬弃的过程，诗词的发展也不例外，也需要改革超越、推陈出新。一是要善于在继承中挖掘新主题、丰富新内涵。传统诗词在我国文学史上有着特殊的地位，需要我们很好地继承与学习。但是，学习继承不是泥古仿古，食古不化，追求古诗的原装原味。是要善于"老瓶装新酒"，运用前人所积累的艺术经验和创造的艺术形式表现时代新内容。要善于创造新意象，善于将大众语言化成新诗语，讴歌新事物，书写老百姓生活的新诗篇，最大程度地发挥诗词的社会功能。二是坚持"倡新知古，双轨并行"，稳步推进新声韵改革。作为优秀的文化遗产，古韵理应保留，以传承其中国传统诗词的基因。但时代在发展，特别是新中国成立以来，国家制定了推广普通话方案，且一直在不断推进与完善之中。在整个社会都使用普通话发音的当下，倡导新韵入诗也是广大群众与诗词作者，特别是新生代诗词作者的普遍要求，是时代发展的必然。我们要在巩固诗韵改革成果的基础上，与教育部门一起，进一步做好以普通话为基础的新声韵改革和推广工作。三是倡导与新诗相互借鉴，共同繁荣。中华诗词与新诗同是诗歌园地的两枝奇葩，虽诗体各异，诗性却相同。其用以表达主题的意象意境多是相通的，许多诗词前辈都是两栖诗人。我们不妨多懂一点新诗，开阔眼界，学习新文化，让诗词作品更有新意。四是鼓励新诗体的创造与探索。从几千年诗歌的发展历史看，诗经、乐府、唐诗、宋词、元曲等，一代有一代之诗，且词兴而不废诗，曲兴而不废词，这是中国几千年文化发展已证明了的事实。反映社会变革的文学形式永远是求新求变的，而当今时代的发展与社会的繁荣，同样需要创造新诗体加以表现。一切有益的探索都要受到尊重，我们希冀新的诗体问世。

要重视网络媒体对诗词发展的推动作用。随着信息时代的到来，网络信息的传播呈几何式发展，网络媒体在现阶段的信息传播中发挥着极其重要的作用。我们要高度重视自身的网络建设，通过对网络平台的拓展与完善，实现在全国扛大旗、聚能量、打品牌的领军作用。2009年，中华诗词学会建立了自己的网站，几年来总的运行情况是好的。但在网站的建设质量、规模与影响力上，与中华诗词学会在全国诗词界的地位远不相称。2017年6月四届十七次会长会做出决定，要增加投入，重组力量，扩大规模，强化效能，对中华诗词学会网实施重大拓展，建立"中华诗词学会在线"网，增加音视频、图片等多媒体功能，实现网络教学；增加诗友互动论坛，增加各省、市、自治区诗词学会板块与行业诗词组织专栏，将"中华诗词学会在线"网，建成全国第一流诗词门户网站。通过网络平台，进一步强化中华诗词学会在诗词发展中的重要作用。

实施"三个倾斜"，改善队伍架构，扩展队伍规模，培养诗词新人。诗词精品创作与诗词普及教育，是推动中华诗词事业向前发展的"两个轮子"。近几年来，我们通过各种形式的诗教活动、诗词大赛、诗词理论研讨等措施，取得了良好的成效，但还远远不够。从现在起，我们要加快步伐，从改善诗词队伍结构，扩大诗词队伍规模，提高诗词队伍素质等方面着手，加大扶持力度，实施"三个倾斜"，即"向青年主体倾斜。向社区乡村倾斜，向大中院校倾斜"。并通过配套措施，比如组织诗词专家有计划地走进社区、乡村、校园开办诗词讲座与研讨，面对面地开展诗教活动，解诗友之所需，解诗友之所疑，圆基层诗友诗词之梦；主动参与社区、学校诗友们举办的诗词比赛，创作采风，诗词吟诵等活动，义务担任评委、辅导老师，贴近服务，贴近传教；利用《中华诗词》杂志、学会网站、微信公众号等诗词平台，开办"青年诗页""基层诗社作品精选""海外诗韵"等栏目，鼓励诗词创作，推出诗词新人；办好全国范围的诗词大奖赛与理论研讨活动等等。用措施和行动引导发展，依托机制与平台培养诗词新人。

（三）进一步加强诗教工作，把创建与巩固提高结合起来，着力推动新时期基层诗词事业再上新台阶。

我们要在现有的基础上，进一步总结经验，加大工作力度，使诗教成为落实习总书记在文艺工作座谈会上的重要讲话精神，落实诗词走向大众，走向社会的一项战略工程。一方面要继续抓好中华诗词之乡、中华散曲之乡、中华诗教先进单位创建工作。在深入宣传、争取党委政府重视、落实创建标准，抓好具体工作上下功夫，做到创建一个成功一个。突出重点，帮助一些省级单位解决空白问题，促进全国平衡发展。一方面要注重抓好巩固提高工作。一些开展比较好的省份，既要注意总结经验，建立长效机制；也要注意搞好"回头看"，在巩固的基础上提高创建水平。同时，要着眼发展，探讨创建工作新样式、新途径，包括考核标准定量化、程序规范化、管理归口化、资源集成化、经验材料共享等等。拟在合适时间召开全国诗教工作现场会，分析形势，交流经验，拿出新举措，不断把这项工作推向前进。要把创建诗词之乡的外延，向诗书、诗书画、楹联、诗词唱诵等方面延伸，使创建活动的内容更丰富，形式更多样，舞台更广阔。

（四）切实做好全国性诗词活动的制度性安排，培育学会工作的永恒活力，为中华诗词事业的持续发展打下坚实基础。

我们在工作实践中积累了不少经验，创建了许多行之有效的工作模式，探索了许多独有的工作方法。我们要利用这次庆祝学会成立三十周年的契机，从中华民族伟大复兴的高度，从新时期繁荣社会主义文艺的高度，从弘扬传统文化的时代要求的高度，从中华诗词学会长远发展的高度，进行认真梳理与总结，求正容变，避短扬长，形成工作机制，做出制度性安排。目前的工作格局，可概括为"二三三四六"，即实施两项诗词战略工程，打造三块诗词品牌，坚持办好三个诗教项目，倡导建立四个涉及诗词传承发展的长效措施，举办六项全国性诗词活动。

具体是：要继续推进精品战略与诗教创建活动两个战略工程，出台政策，跟上措施，积极扶持，以期长效；打造《中华诗词》《中华诗词学会通讯》、中华诗词学会网站三块诗词品牌，突出时代主题，体现诗词特色，畅通信息，凝聚人气，发挥导向作用；办好诗词骨干高级研修班、中级函授培训班、网络诗词教学栏目，为诗词普及、培养师资及提升诗词创作水平助力；积极推动、倡议建立诗词基金会、中华诗词出版社、中华诗人节、利用大学教育资源推进建立中华诗词学院；组织好华夏诗词奖、青春诗会、金秋笔会、沈鹏诗书画大奖赛、全国中华诗词研讨会、海峡两岸中华诗词论坛等六个大型诗词活动。注重质量，提高档次，形成长效机制，为繁荣中华诗词事业，夯实坚实基础。

同志们：九天时雨诗中落，万里春风掌上来。中华诗词的春天已经到来了。三十岁的中华诗词学会正值而立之年，经过岁月的洗礼，已经走向成熟，是干一番大事业的时候了。今天，我们正处于一个伟大的时代。中国的崛起，实现全面小康的伟大实践，政治、经济、文化、社会的全面繁荣，为中华诗词的传承、发展与创新，提供了广阔的天地。中华诗词学会肩负着时代的责任，诗友的重托，必须抓住机遇，以只争朝夕的精神，以干大事的责任感，以时代的使命担当，把诗词事业推向一个新阶段，创造一个新未来。同志们、诗友们！让我们大家携起手来，同心协力，为诗词事业的进一步繁荣做出自己应有的贡献。谢谢大家！

二〇一七年五月三十一日

中华诗词学会三十年：历程、积累与记忆

——《三十年大事记》《三十年论文选》《三十年诗词选》总序

郑欣淼

"闲云潭影日悠悠，物换星移几度秋"。不知不觉里中华诗词学会已经走过了三十个年头。三十年前的今天，在钱昌照、周谷城、赵朴初等著名文化界、诗词界人士的倡导下，中华诗词学会在北京宣告成立。时任中共中央政治局委员、国务院副总理的习仲勋同志代表党中央、国务院到会祝贺并作了重要讲话。钱昌照先生被选为第一任会长。自中华人民共和国成立以来，我国有了第一个全国性的诗词组织，它的成立标志着传统诗词在沉寂了半个多世纪以后，开始了复苏、复兴的征程。

三十个春夏秋冬，三十载风霜雨雪。中华诗词学会从无到有，白手起家。从东城区北兵马司的四合小院到西城区太平桥大街的4号9层。东西两地虽然相隔不是很远，但中间的坎坎坷坷、跌宕波折却远非人们想像的那么简单。这中间充满着历届党和国家领导人的亲切关怀，浸润着历届学会领导的无私奉献，饱含着历届学会工作人员的辛勤劳动。还有海内外诗人词家、专家学者、数千万诗词爱好者以及社会各界有识之士对中华诗词学会的关注和支持。正是由于大家的同心协力，众志成城，才有了中华诗词学会现在的发展态势，才有了中华诗词事业又一个春天的到来。

习近平总书记2013年3月在中央党校80周年校庆时的讲话中明确指出："中国传统文化博大精深，学习和掌握其中的各种思想精华，对树立正确的世界观、人生观、价值观很有益处。学史可以看成败、鉴得失、知兴替；学诗可以情飞扬、志高昂、人灵秀；学伦理可以知廉耻、懂荣辱、辨是非。""诗为六艺之首"、"不学诗，无以言"。千年古训至今犹在耳边回荡。传统诗词是中华民族优秀文化的代表，是中国历史长河中最耀眼的明珠。多少年来，它虽然历经磨难，历尽风霜，但依然精光四射，灿烂无比。中华诗词自古以来就孕育着我们的精神、陶冶着我们的情操、塑造着我们的灵魂。在中华民族全面实现"中国梦"的伟大进程中，重视诗词的认识、教化、娱乐、讽喻和审美功能，充分展示传统诗词在现实生活当中

的作用和意义，让中华诗词真正走向大众、深入生活、服务时代，成为中华民族生生不息的精神血液和文化基因，是中华诗词学会今后不断地努力实践与认真总结的重点工作。

中华民族是诗歌的民族，中国自古就有着诗国之美誉。创作诗词、整理文献是中华诗国千年不变的传统。周代就有采诗制度。班固说："孟春之月，群居者将散，行人振木铎徇于路以采诗。献之太师，比其音律，以闻于天子。"（《汉书·食货志》）这里所说的行人，指的是天子派出的使者，负责采集各地的歌谣。《汉书·艺文志》亦称："故古有采诗之官，王者所观风俗，知得失，自考正也。"这就是我们常说的"王官采诗"。到了秦汉时期，国家成立了专门的音乐文学机构——乐府。乐府除了创作诗文歌词、谱曲演奏以外，很重要的一项工作就是整理乐工创作的诗词音乐作品和收集民间原生态的民歌民谣并逐步完善汇编成册。

中华诗词学会成立已经三十周年了，三十年的风雨征程见证了当今社会发展的突飞猛进，也见证了中华诗词事业从复苏、复兴到逐步繁荣的整个过程。用大事记的形式整理记录中华诗词学会成立三十年来的一系列重大事件、重要文献和主要工作，是非常必要的。整理大事记，保存一份完整的历史资料，全面系统地展示中华诗词学会三十年来的发展过程，记录中华诗词学会的历史变迁，不仅让后人对中华诗词学会能有一个全面深入的了解，而且对于中华诗词学会回顾走过的道路、认真总结经验、迈出新的前进步伐，也有着重要的历史意义。

大事记从1983年中华诗词学会最初的缘起开始撰写，一直到2016年。时间跨度为整整34年。其中有党和国家领导人的题词、讲话、贺信，有历任会长简介，有中华诗词学会历届领导成员名单，有历届中华诗词研讨会的内容介绍，还有1987年中华诗词学会成立时的详细资料；有1988年《中华诗词年鉴)》首卷的出版记要，有1991年首届夏承焘词学奖颁奖大会的记录。有1994年《中华诗词》杂志创刊的情况记录；也有中华诗词终身成就奖、历届华夏诗词奖和历届中华诗词学会主办的诗词大奖赛以及历届中华诗词吟唱会、诗会的情况记录等等。可谓资料祥实，弥足珍贵。透过历史的尘埃，再来回忆往日的点点滴滴，我们会觉得前人的不易和艰辛、也会觉得历史的厚重和永恒。

同样，三十年来，中华诗词理论的研讨和发展也取得了长足的进步。

诗词理论体系的构建和打造对于把握诗词方向、引导诗词潮流、梳理诗词流派、指导诗词创作、总结诗词经验、探寻诗词规律、开展诗词鉴赏、批评、考证等各项工作都有着极其重要的现实意义。它为诗词的创作、传播、普及和研究提供了坚实的理论基础。

三十年来，主体理论不断强化，创新研究不断深化。这次学会编辑出版的《三十年论文集》里既收录有马凯同志的《再谈格律诗的求正容变》，也有周谷城老的《论诗的重要性》。既有孙轶青老的《开创社会主义时代诗词新纪元》，也有霍松林老的《总结经验，发扬优秀传统》等专论。文集分为六个部分，分别是"综合论述""诗词的继承与创新""毛泽东诗词研究""诗词创作与精品战略""诗词流派与边塞诗""诗词普及与诗教"等。每个栏目都有重点作者和重点文章。文集中既有老一辈诗人词家和文艺理论家的诗论作品，也有中青年实力派和后起之秀的诗论力作。可以说文集基本上反映了中华诗词学会成立三十周年来的诗词研究成果。三十年论文集的问世也集中展示了老中青诗词理论工作者的研究风采，起到了联系纽带和沟通桥梁的作用，它的出版丰富和充实了中华诗词理论文库，进一步推进了诗词理论的研究和发展，使中华诗词的百花园更加艳丽多彩。

诗词创作是诗人的生命线，是中华诗词学会的重心所在，也是中华诗词事业赖以发展的源头活水。历届学会领导都要求广大诗人词家写出精品力作，写出传世名篇。学会一直把打造诗词精品工程作为重中之重，作为学会的头等大事来抓。《中华诗词》杂志是中华诗词学会创办的海内外发行量最大的专业刊物。多年来她为海内外的诗词读者奉献了大量形象生动，意境优美，思想深刻、语言凝炼的优秀作品，为社会奉献了众多堪称传世经典的精神食粮。中华诗词学会也通过各种诗词大赛的举办，推出精品，鼓励创作，挖掘新人。事实证明，各种诗词大赛的成功举办，能极大地激发广大诗人词家的创作激情和创作灵感，每次大赛结束都能收获一大批优秀的诗词作品。这次《三十年诗词选》就是以三十年来全国各大赛事获奖作品为基础编选的，同时也特别收录了一些其他有代表性的诗词。其中有领导人的，如马凯的《写在中华诗词学会第四次代表大会召开之际》等；也有老一辈诗人，如孙轶青的《晤远别老抗日战友》、霍松林的《写给孩子》、叶嘉莹的《水龙吟·秋日感怀》、刘征的《红豆曲并序》、李汝伦的《日本投降》等；还有中青年诗人的一批佳作。虽尚未臻群贤毕至、老少咸集之佳境，但也大体上反映了中华诗词学会成立三十周年来的创作水平和创作风貌。

这三种书籍的编辑出版，既是对中华诗词学会三十年发展历史的回顾，也是对学会三十年诗词创作和理论研究的梳理和归纳。我们不能说就是在书写历史，但对过去的三十年作一个阶段性的总结，会让后人对学会三十年来的发展历程有一个总的印像和判断。它为我们自己找到一面镜子，照出我们的得失、照出我们的优劣、照出我们的不足和希望。也可以为我们的未来找到一个定位、一个坐标、一个参照。以史为镜，观今鉴往。继承老一代诗坛前辈的优良传统，弘扬经典文化，推动诗词建设，是我们义不容辞的责任和义务，也是我们这一代人肩负的使命和荣耀。

在此，我代表中华诗词学会对参与三种书籍编辑出版的所有工作人员致以真诚的谢意！由于时间紧、任务重，由于资料的不够完备和编辑人员的水平所限，差错和遗漏在所难免，恳请读者朋友批评指正！

丁酉年春

让诗词歌赋随时代迎来发展高峰

欣闻

中华诗词是我国文化百花园中最为葳蕤芬芳的一枝，是我们精神源流中极富思想力量的一脉。传承和弘扬优秀的诗词文化，用富有时代气息的作品促进传统诗词在当下的复兴，成了每一个诗词写作者的共同责任。正是在一代又一代诗人的共同努力之下，诗词这一古老的文体才不断焕发出新的生机。

近日，《诗词飞扬作品精选》座谈会在京举行。该书是在中宣部的领导和部署下，由中央和地方有关部门密切配合，历时两年多，从数万首征稿中精选出约1500首诗词作品汇编而成。书籍由中宣部《党建》杂志社、中华诗词学会联合编辑，中国书籍出版社出版。其中既有对祖国伟大成就、党的光辉历程、人民伟大创造的歌颂，又有对优秀共产党人、革命先烈、战斗英雄、劳动模范、时代先锋、感动中国人物、道德模范、最美人物的赞美。与会诗人、诗评家谈到，该书展示了如何用古体诗词来宣传当代火热生活、宣传时代楷模人物、弘扬社会主义核心价值观。我们的时代需要这样"有筋骨、有道德、有温度"的文学作品。

这本书的出版，以及前段时间由中国诗词大会引发的古典诗词热潮，让我们看到了中华诗词的永恒魅力。一方面，许许多多的人通过阅读、背诵经典的诗词作品，感悟古人的情怀；另一方面，越来越多的诗词爱好者提起笔，运用中华诗词的传统艺术形式来反映时代、反映现实，创作出具有时代风采和气派的诗词精品。在传承中发展，在传承中创新，中华诗词在当下得以重新飞扬。中华诗词学会常务副会长李文朝谈到，一个时代总要有一批记录这个时代特征和反映这个时代人民心声的精品力作。繁荣中华诗词，中心环节是抓好创作。只有优秀作品大量涌现，才能为中华诗词的生存发展拓展空间。当代中华诗词精品力作，不是某些人自封或小圈子内相互吹捧的脱离现实的"假古董"作品，而是充分体现习近平总书记强调的"有筋骨、有道德、有温度"的"三有"作品，是时代精神与诗词艺术的完美结合。

如果我们稍加注意，就会很容易发现，中华诗词的创作队伍是如此之庞大。叶嘉莹、刘征等老人已过鲐背之年，但依然笔耕不辍，写出了一系列极具生命感悟力的佳作。刘征曾说："于今许找、能找的乐子所剩无几了。独有诗之门依旧豁然开朗。诗已同我的血脉连在一起，可是又大有不同，身子老了，诗却未老，大约同古木上依然长着青枝绿叶差不多吧。"传统诗词虽是短短数句，但如果没有丰富的人生经验作为积淀，很难写出浑厚之作。但这并不意味着年轻人不可以写出优秀的诗词作品。挥斥方遒的青春激情、忧愁徘徊的青春苦闷、甜蜜忧伤的青春情感，无不在青年写作者们的笔下得以展现。

当下的文化生态，为诗词复兴提供了一个春意融融的宏阔背景。传统诗词源于中华美学精神的恒久魅力，把汉语言的音韵美、形式美推向极致。青春本身就是一首动人的诗，再加上手机和电脑等现代科技的助力，很多年轻人就将自己的情思安放在诗词作品之中。诗人高昌谈到，当下写作诗词的年轻人很多。一年前，由上海交通大学主办的全球华语大学生短诗大赛，吸引了全球1560所高校2.3万名学子，其中传统诗词作者超过1/4。《中华诗词》杂志社每年举办诗会，投稿的年轻诗词写作者也非常多。年轻人的诗词作品鲜活生动，有一股冲劲。当然也有不足之处，比如部分诗人的取材角度偏窄，时见符号化的意象和类型化的情感。一首好诗需要血气的光芒和洞穿灵魂的力量。致力于创造才能丰富多彩，勇于创新才能活力无限。一些年轻人的诗词作品就以新颖的视角和别致的用词为我们提供了新鲜的经验。

伴随着诗词创作群体的涌现，各种诗词类刊物也迎来了更好的发展机遇。《中华诗词》自2011年改版以来，通过"时代风采"、"情系河山"、"吟物寄意"、"诗词自由谈"等栏目推出了一系列优秀的诗词作品和理论文章，培养了一批诗词新人。《诗刊》杂志社于2013年成立子曰诗社，并推出诗词专刊《诗刊·子曰》。刊物既推出名家新作，也聚焦子曰诗社社员们的创作动态，甚至集体推出各地诗词社团的作品，让那些默默无闻的写作者们快速地成长起来。子曰诗社还举办了年度评奖，从当年发表在《诗刊·子曰》和《诗刊·上半月刊》"当代诗词"栏目的作者中评选出"子曰年度诗人奖"。子曰诗社还将借鉴新诗青春诗会的经验、依托子曰创作基地举办古典诗词爱好者的青春诗会。

与诗词密切相关的辞赋创作也重新获得了生机。《中华辞赋》由双月刊改为月刊，更为及时地反映当代辞赋创作的情况。《中华辞赋》总编辑闵凡路介绍，当下的辞赋写作者越来越多。正所谓盛世兴赋，辞赋以其巨大的容量、华丽的辞藻赢得了当下人的喜爱。它可以详细叙述一事或一物的来龙去脉，多方面呈现一个思想、一种观念的复杂性。"古赋为体，新词为用"，当代的辞赋创作要与时代的发展同步，要体现出新的思想、使用新的词语，让读者读得懂，让作品传得开。

一种文化形态是否有生命力，要看它能绵延多久、流传多广。中宣部《党建》杂志社社长刘汉俊谈到，诗词滋养文化，文化成就诗词，中华文化的密码隐藏在诗词里。中国的语言文字在抑扬顿挫平仄韵律之中，在点横撇捺篆隶楷行之间，构建了中华民族绚丽的文化图谱。对包括中华诗词在内的中华优秀传统文化进行创造性转化和创新性发展，是我们共同的文化责任。笔墨当随时代，希望当下的写作者们能够写出更多属于这个时代的精品力作，让诗词歌赋等传统文体迎来发展的高峰。

(原载《文艺报》)

诗颂抗日根据地的杰出共产党人

二〇一五年五月十九日，中宣部在山东荷泽召开了"抗日根据地的共产党人"座谈会。根据会议精神，由全国二十五个与抗日根据地相关的省（区、市）的党委宣传部、党史研究部门提供资料，中宣部《党建》杂志编辑出版了《抗日根据地的杰出共产党人》增刊，共收集整理了一百位（含部分英雄群体）共产党员的简要事迹，并邀请全国各地诗人为他们分别创作礼赞诗词和对联各一百首，现经过必要的调整，将它们转载于此并将刻入黄河诗墙，以便这些抗战英雄的事迹和精神更广泛更持久地流传。

赞宛平县抗日民主政府第一任县长魏国元

李树先

连天烽火忆英名，光汉迄今鉴史青。
率众游击摧贼寇，剖肝奋力卫民生。
更凭政绩拨罹乱，常将筹谋利宛平。
从此斋堂飞赤帜，东方日照水清清。

魏国元（一九〇六——一九六〇），字光汉，北京门头沟青白口村人，一九三八年三月任宛平县抗日民主政府第一任县长。一九四〇年六月调平西专署，先后任秘书室主任、副专员、专员。一九六〇年五月病逝。

赞创建怀柔地区第一个县级抗日政权的伍晋南

杨方良　纪杰尚

万里长征志气高，滦怀抗日逞英豪。
星驰山野催征马，敢向倭头初试刀。
新建政权红一片，屡教敌伪望风逃。
唤醒民众千百万，平北红旗处处飘。

伍晋南（一九〇九——一九九九），广东兴宁人，一九三八年五月任八路军第四纵队政治部主任，后任八路军冀热察挺进军政治部主任等。新中国成立后曾任广西省委副书记。一九九九年三月病逝。

赞一二·九运动的急先锋董毓华

赵永生

学运精英董毓华，投身抗日救国家。
校园布阵精谋划，衢巷宣威避检查。
敢冒水龙夺路进，巧于闹市将旗插。
沿途演讲呼民众，智勇双全战绩嘉。

董毓华（一九〇七—一九三九），湖北蕲春人，一九二六年由董必武介绍加入中国共产党。曾投身发动与领导了震惊中外的一二·九运动和冀东抗日大暴动。一九三九年六月逝世。

瞻白乙化烈士纪念馆有感

张桂兴

投笔从戎小白龙，英雄赤胆裂长空。
横刀日寇头颅落，挥手敌营枪炮隆。
埋伏穿插千帐里，冲锋攻打万山中。
捐躯血染枫林叶，接地连天起彩虹。

白乙化（一九一一—一九四一），辽宁辽阳石场峪村人，满族，一九三二年五月在家乡组建"平东洋抗日义勇军"，任司令。由于他好穿白衣，人称"小白龙"。一九四一年二月，在指挥战斗中牺牲。

赞名垂青史的女英雄陈杰英

石理俊

陈生牺牲志谁承？素服严装对日兵。
大恨入心人无畏，活埋出土气犹雄。
赴汤蹈火寻常事，报国复仇未了情。
昂首又奔沙场去，名垂青史女杰英。

陈杰英（一九二六—二〇〇七），原名刘杰英，北京平谷杨家会村人，丈夫陈生牺牲后，为承遗志改为陈姓。一九四四年二月十四日，她为保护区干部遭活埋，后被乡亲救活。二〇〇七年病逝。

赞民兵英雄隗合宽"隗大胆"

赵清甫

兵本民兮民本兵，平西抗日出英雄。
秋风几度生萧索，春意终将对彩虹。
顽敌偏逢隗大胆，地雷一炸日军惊。
大鹏展翅堪冲日，岭上霞云岭上红。

隗合宽（一九二二—二〇〇〇），北京房山霞云岭上石堡村人，曾用两颗地雷炸出抗日民兵的威风，人称"隗大胆"。二〇〇〇年病逝。

重读吉鸿昌就义诗有感

易行

因未阵前征战死，强压国恨作国囚。
砍头不过风吹帽，洒血犹如热汗流。
怒气一腔冲宇宙，豪情万丈振神州。
英雄当日昂扬去，身影于今映夏秋。

吉鸿昌（一八九五—一九三四），河南扶沟人，一九一三年入冯玉祥部，因骁勇善战，屡立战功，从士兵递升至军长。一九三四年十一月被蒋介石下令杀害。就义前，他在刑场雪地上写下"恨不抗日死，留作今日羞。国破尚如此，我何惜此头？"

让敌伪闻风丧胆的包司令

迟连庄

荡寇英雄遍宇尘，燕松蓟柏悼包森。
青纱帐演奇兵计，赤本身消众寇焚。
渭北甘从义帜引，平南胜在白茆存。
秋风吹雨千林暗，落叶翩翩作悼文。

包森（一九一一—一九四二），原名赵宝森，陕西蒲城人。一九三八年六月率四十多人到冀东，在兴隆蓟县一带开辟抗日游击区。一九三九年被任命为冀东军区副司令员。一九四二年二月在战斗中牺牲。

赞国际主义战士爱波斯坦

迟连庄

寇乱兵灾罪无涯，洋腔义笔助中华。
津门报撰伐倭乱，汉口文征鼓汉笳。
敢护英豪脱虎穴，能从禹鼎试唐纱。
延安旭照华沙路，奋力辛勤共为家。

伊斯雷尔·爱波斯坦（一九一五—二〇〇五），生于波兰，一九一七年随父母到中国天津定居。一九三〇年，进入天津泰晤士报社，写了大量抗战报道，披露日军野蛮暴行。二〇〇五年五月病逝。

赞宁死不屈的抗日县长郭企之

国印周

抗倭杀敌志如钢，慷慨捐躯大义扬。
自古人生谁不死，大江涌浪正汤汤。

郭企之（一九一五—一九三九），河北南宫安宋庄人。一九三八年他到曲周县组织抗日武装，成为冀南区第一个民选抗日县长。一九三九年三月牺牲。

赞白文冠马本斋英雄母子

王改正

两代英雄母子魂，忠贞肝胆铸昆仑。
慈萱泪有民族恨，壮士情含社稷尊。
万马狂飙驱日寇，满腔碧血映朝暾。
如今浪起东洋外，一曲悲歌启后昆。

马本斋（一九〇二—一九四四），河北献县东辛庄（今本斋村）人，回族。一九三九年六月任回民支队司令员。因领队给日寇以沉重打击，日寇便设计抓走他的母亲白文冠。其母为鼓励他抗日，绝食殉国。

赞子弟兵的母亲戎冠秀

李文学

太行藏锦绣，火炼此心丹。
救死凭崖险，支前忍夜寒。
情牵众儿女，怀抱大家园。
祀者询归处，娘魂尚在山。

戎冠秀（一八九六——一九八九），河北平山人，曾任下盘松村妇女救国会会长、八路军伤病员转运站站长。一九八九年八月病逝。

赞伟大的国际主义战士白求恩

梁剑章

太行深处小山村，来了医疗队里人。
救死扶伤无昼夜，疏餐废寝忘晨昏。
情关正义浮名少，步揽风烟亮节存。
热血红心连两地，中华世代奠忠魂。

诺尔曼·白求恩（一八九〇——一九三九），著名胸外科医生，一九三八年三月，受加拿大共产党和美国共产党派遣，率领医疗队到中国支援抗战。在抢救伤员时受到感染，于一九三九年十一月十二日病逝。

咏伟大的印度援华医生柯棣华

澳门·冯倾城

抗战惊雷动九天，援华志士闯硝烟。
前方频展回春手，中印深情世代传。

柯棣华（一九一〇——一九四二），一九三八年十一月随印度援华医疗队到中国，支援中国抗战。一九四二年十二月病逝。

登狼牙山怀五壮士

范诗银

重来岭上忆硝烟,秋紫春红可计年。
半段青锋沉绿海,两行热泪向苍天。
碧云相约说灵魄,翠石攀摩认铁肩。
我敬英雄双绶酒,一声长啸一潸然。

狼牙山五壮士是指在晋察冀根据地反"扫荡"战斗中,为掩护部队和群众安全转移而英勇跳崖的五位八路军战士。他们是:马宝玉、葛振林、胡德林、胡福才(胡德林的侄子)、宋学义。

赞冀东抗联特务大队长节振国

韩存锁

煤焰擎旗火样红,三千人马尽英雄。
横刀敢夺宪兵首,驱寇相呼矿井工。
酣战凤山仇未报,巧端碉堡志无穷。
悲歌赋就开滦曲,振国飞魂华夏风。

节振国(一九一○——九四○),河北故城人。在冀东抗日大暴动时任冀东抗联第二路司令部工人特务大队长。一九四○年八月在反"扫荡"战斗中壮烈牺牲。

赞大义不屈的女县委书记贾庭修

范峻海

柔情侠骨一婵娟,国难当头敢向前。
志对党旗宣海誓,怒朝倭寇刺龙泉。
敌牢刑酷百般烈,松柏忠贞千种坚。
欲问英魂何处去,春风化雨洒江天。

贾庭修(一九一三——一九四五),山东青州人,一九三八年七月奉命到冀南工作,被任命为南宫县委书记

赞太行勇士李殿冰

王清海

军民抗战意如钢，万丈烽烟燃太行。
麻雀战灵削寇胆，地雷阵巧断敌肠。
游击制胜疗膏布，嗔怒犹除鬼魅洋。
手捧丹心亮华夏，铮铮铁骨铸金汤。

李殿冰（一九一三——一九八二），河北曲阳尖地角村人，抗日战争期间任尖地角村党支部书记兼民兵队长。

赞宁死不屈的抗日铁汉姚铁民

杨海钱

恨绕关山入梦频，向来谋国不谋身。
从戎肯筑长城险，易帜全为主义真。
牢狱难销人杰志，热河可洗马蹄尘。
一封遗嘱留肝胆，夫复何言是铁民！

姚铁民（一八九八——一九四四），辽宁海城人，在八路军第四纵队挺进冀东后，任包森支队参谋长，率队转战长城内外。一九四四年四月三十日在承德监狱就义。

黄骅——渤海之滨的抗日丰碑

齐荣景

主义深钳此亮怀，投身革命不疑哉。
红军队里小兵士，抗日潮中大将才。
日寇闻风惊破胆，同胞有苦挂心台。
云霞每见英雄血，浴出朝阳照九垓。

黄骅（一九一一——一九四三），湖北阳新人。一九四一年七月，任八路军一一五师教导六旅副旅长兼冀鲁边军区副司令员。一九四三年六月三十日壮烈牺牲。

赞抗日骁将朱良才

郑福太

每说卢沟彻骨疼，男儿怒发义填胸。
无情笔落悲喷火，含恨刀扬血染锋。
百唤军民齐抗日，千呼魂魄共眠松。
太行北麓涛难老，岁岁年年吟赤龙。

朱良才（一九〇〇——一九八九），湖南汝城人。一九五五年被授予上将军衔，曾任北京军区政治委员。著有《朱德的扁担》等传世佳作。

赞开创平原游击战争新局面的林铁

张梅琴

旅法留苏返冀中，抗倭志气贯长虹。
埋雷断路护坚壁，掘地连村修暗宫。
芦苇淀心擒旱鸭，青纱帐里惑盲熊。
平原游击开新境，一曲豪情唱大风。

林铁（一九〇四——一九八九），四川万县人，一九四四年秋任冀中区党委书记兼军区政委，一九四九年八月任河北省委书记兼省军区政委，一九八九年九月十七日病逝。

赞地雷大王王来法

刘小云

东洋犯我好河山，万里烽烟似火燃。
血泪横流云水怒，军民奋起日酋完。
暴风滚滚连天吼，倭寇惶惶满地翻。
试问功勋谁显赫，地雷奇迹至今传。

王来法（一九〇八——一九七二），河北沙河人。一九四二年，担任自卫队队长的王来法以地雷阵重创日寇。一九四四年被授予"地雷大王"称号。

赞抗日神枪手刘二堂

郭翔臣

自古国家危难日，沉吟接续步雄浑。
还家尽忆千操典，出战还牵百姓魂。
离膛子弹无虚发，露宿民兵得聚伸。
抗日英雄虽病逝，黄钟大吕颂枪神。

刘二堂（一九一四—一九九三），河北武安人，抗战爆发后，他参加了民兵自卫队，积极投身抗日运动，曾先后荣获"神枪手"和"杀敌英雄"称号。

抗日战场上我党牺牲的最高将领左权

徐世平

猎猎军旗烈烈生，拼将热血染丹红。
油灯演阵倭奴灭，野炮飞烟困兽惊。
八路挥戈高奏凯，左权驰马浅吟风。
清漳恨水哀君逝，只愿波澜永向东。

左权（一九〇五—一九四二），湖南醴陵人，黄埔军校第一期毕业生，曾赴莫斯科苏联陆军大学学习。一九三〇年回国后任红一军团参谋长和代军长等，一九四二年牺牲。

赞爆炸英雄李德昌

李玉平

长忆英雄万世功，又从稼穑又从戎。
官军村亮钟馗剑，圣佛关腾啸命风。
百里神行惊敌胆，万声雷响震苍穹。
劲松高挺张旗帜，一捧朝阳太岳红。

李德昌（一九二五—二〇一一），山西沁源人，先后担任民兵班长、村武委会主任，积极投身抗日运动。二〇一一年七月病逝。

赞特等射手陈炳昌

王德珍

兽兵踏碎团圆梦，激起男儿反抗心。
痛惜青山流血泪，怎容白刃对乡邻！
挽弓自奋千钧力，报国何惜七尺身。
赤子威名谁记取？太行山上柏森森。

陈炳昌（一九一四——一九六四），河北武安人。一九四二年任区民兵联防中队长，英勇杀敌。一九六四年病逝。

赞一等侦察英雄赵亨德

黄文辛

雄关内外育英才，报国临危虎将来。
倒海翻江擒贼寇，炸车掀轨唤风雷。
侦察捉舌倭心颤，破袭排兵敌胆摧。
战到硝烟全散尽，太行飞雪绽红梅。

赵亨德（一九二二——一九四七），山西平定人，曾带领侦察排给予日寇沉重打击。一九四七年一月牺牲。

赞抗日英雄黄小旦

郭宏伟

青纱帐里任纵横，烽火硝烟路几程。
微子镇中摧敌胆，太行山上记威名。
马蹄何惧冲锋险，战士胸怀报国情。
莫诧号称黄大胆，皆因事迹让人惊。

黄小旦（一九一七——一九九四），山西潞城人，在他担任民兵游击队长期间，勇猛杀敌，屡立战功。

赞忠心耿耿的关向应

刘鲁宁

将军行色太匆匆，魂逐黄河水向东。
不是杜鹃啼血死，何来遍野映山红？

关向应（一九〇二—一九四六），辽宁金县人，曾任中共中央政局委员，一九三七年任八路军第一二〇师政治委员，与贺龙一起开辟了晋绥根据地。一九四六年七月病逝。

赞参与创建太岳根据地的安子文

高海生

六陷牢笼非运骞，早将信仰种心田。
广收失地兵谋远，偷袭贼营己争先。
犹记秦城新愤慨，不忘太岳旧烽烟。
常留正气冲天地，无愧英名宇内传。

安子文（一九〇九—一九八〇），陕西绥德人，曾任中共中央组织部部长，全国政协常委。一九八〇年六月病逝。

赞"华北抗战的向导"何云

张杰

余山姚水汇文英，不忘柔肠侠骨名。
斗志从来凭鼓舞，战场一向以身行。
阵前可带二三旅，纸上曾赢百万兵。
记取新闻须血汗，至今报界仰高风。

何云（一九〇七—一九四二），原名朱士乔，浙江余姚人，曾任国民御侮自救会宣传部长等。一九四二年牺牲。

赞大青山下传播抗日火种的白英

贾云程

驱寇除奸不顾身，一心斗匪保乡亲。
救亡真理传民众，革命摇篮育子孙。
土默特川留壮举，大青山岭荡英魂。
八年抗战谈何易，每祭先贤泪满襟。

白英（一八九〇——一九四六），内蒙古包头人，曾担任中共临河支部的宣传兼农运委员。一九四六年病逝。

赞把最后一颗子弹留给自己的高桥

宋丽

又逢铭恨望乡关，革马狼烟隐涕潸。
赤帜高张击日寇，丹心激越沥鸿篇。
弹绝殒首身先死，志笃冲天义永坚。
但看今朝旗似血，升平应让万魂安。

高桥（一九一四——一九四四），辽宁辽阳人，历任冀东抗日总队长、营长、团参谋长等。一九四四年三月在宁城壮烈牺牲。

赞英勇的抗联将领冯治纲

包文森

白山黑水炮声隆，铁骨将军正气雄。
抗日旌旗彰赤胆，挥师号角败东戎。
汤原县破天兵降，三岔河滔热血冲。
壮士英年昭万古，龙江大地贯长虹。

冯治纲（一九〇八——一九四〇），吉林公主岭人，一九三九年任东北抗联三路军龙江北部指挥，率部英勇抗战。一九四〇年二月壮烈牺牲。

咏打不败的铁团英雄王钧

赵素霞

白山黑水育栋梁,侠骨柔肠气血刚。
倭寇觊心侵沃土,儿郎啸马成戎装。
文韬善用毛公策,武略当能驱虎狼。
炸毁敌机端堡垒,铁团铁甲美名杨。

王钧(一九一四—二〇〇〇),黑龙江汤原人。一九三七年六月曾率部队西征。新中国成立后,先后任黑龙江省军区副司令员、省体委主任等。2000年7月病逝。

赞智勇双全的爆破英雄姬守先

任绍德

弱龄守志力争先,投笔从戎智勇全。
遥控指挥人有识,焚烧爆破火冲天。
出津入沪经心苦,被捕临刑斗敌顽。
慷慨牺牲成大义,豪雄千古美名传。

姬守先(一九一〇—一九四二),吉林伊通人,早年就投身抗日救亡运动。一九四二年十二月慷慨就义。

赞多次粉碎日军"围剿"的李红光

胡小敏

负辱离乡,青春饮尽东洋恨;
舍身抗日,碧血凝成中国魂。

李红光(一九一〇—一九三五),朝鲜族,朝鲜京畿道龙岩郡丹洞人,一九三一年任吉林磐石中心县武装赤卫队(又叫"打狗队")队长。一九三五年五月十二日壮烈牺牲。

赞抗日义勇军英雄刘凤梧

白信光

匪劫关东四省亡，凤梧豪气黑山藏。
倭奴魔爪辽西断，义勇军歌热北扬。
碧血边城生与死，枯蒿深谷雪和霜。
风雷过后家山昇，志士英名岁月长。

刘凤梧（一九〇〇——九八八），辽宁黑山人，曾任抗日义勇军二军团骑兵旅一团三营营长，参加热河抗战。一九八八年病逝。

赞著名抗日民族英雄杨靖宇将军

张福有

白山风起雪纷纷，七十五年呼将军。
南满林间疯讨伐，东山道上立殊勋。
树皮棉絮充饥腹，身躯头颅葬义坟。
不信英灵神不在，三江涌处是雄魂。

杨靖宇（一九〇五——九四〇），原名马尚德，河南确山人。曾任东北抗日联军第一军军长兼政委。一九四〇年二月二十三日壮烈牺牲。

纪辽东·赞东北抗联的杰出将领周保中

蒋力华

富贵岂能由命定，拼死不贪生。
烽烟北伐初尝试，铁狮挥剑征。
抗日请缨飞马镫，鸣镝愤填膺。
先机抢占掠天地，文韬更武功。

周保中（一九〇二——九六四），原名奚李元，云南大理人，白族。曾任东北抗日联军第二路军总指挥。新中国成立后，曾任云南省军政委员会主任等。一九六四年二月二十二日病逝。

颂成功保卫奶头山根据地的王德泰

康永恒

义胆堪夸,枪林弹雨驱倭寇;
忠魂不泯,黑水白山忆英雄。

王德泰(一九〇七——一九三六),辽宁盖平(今盖州市)人,曾任东北抗日联军第一路军副总司令等。一九三六年十一月在战斗中壮烈牺牲。

赞东满抗日游击队的创建者童长荣

吕可夫

救国保家,坚持抗日成壮举;
舍生忘死,掩护突围更英雄。

童长荣(一九〇七——一九三四),安徽桐城(今枞阳县)人,一九三一年十一月任中共满洲省委东满特委书记。一九三四年在掩护部队突围的战斗中牺牲。

鹧鸪天·悼念镜泊英雄陈翰章将军

张玉璞

威震白山黑水间,东倭丧胆更心寒。大沙河畔红旗舞,岭上寒葱捷报传。怀伟烈,忆当年,奇功屡立写宏篇。镜泊湖水铭功绩,大地关东悼俊贤。

陈翰章(一九一三——一九四〇),吉林敦化人,满族。一九三九年秋任抗联第一路军第三方面军指挥,一九四〇年十二月英勇牺牲。

赞名垂青史的"八女投江"

何云春

投江八女惊长海,巾帼雄姿泣鬼神。
黑水腥风欣恶浪,白云细雨祭忠魂。
苍天作证英雄奋,大地讴歌壮士闻。
抗日硝烟终远去,流芳万古是昆仑。

冷云(一九一五——一九三八),原名郑香芝,黑龙江桦川人。一九三八年十月,为掩护主力部队转移,冷云与胡秀芝、杨贵珍、郭桂琴、黄桂清、王惠民、李凤善、安顺福等八名女战士在弹尽援绝后，毅然投入乌斯浑河，为国捐躯。

赞黑嫩平原上的抗联名将李兆麟

尹国庆

征战白山黑水间，独撑危局度艰难。
飞驰三省旌旗壮，横扫千军敌胆寒。
铁岭绝岩兴壁垒，长缨浩气镇关山。
英灵毅魄余芳烈，诚铸国魂碧血丹。

李兆麟（一九一〇——一九四六），辽宁辽阳人。东北抗日联军第三路军总指挥。一九四六年三月，被国民党特务杀害。

赞被日寇重金悬赏的民族英雄孙国栋

谢华

远震威名献赤身，一腔热血染星辰。
驱除倭寇长刀举，收拾河山不顾身。
报国虔诚凭正义，酷刑不惧见精神。
英灵足迹难消泯，傲骨铮铮励后人。

孙国栋（一九一六——一九四五），河北大名人，曾任东北抗联第三路军二十五大队大队长，在绥棱一带坚持抗日达十年之久。一九四五年八月十四日被日寇杀害。

铁骨铮铮的抗联名将赵尚志

晨崧

抗日将军驰满洲，锋芒猎寇善筹谋。
黎明雪夜施奇计，义勇珠河越激流。
铁狱三番心永固，肢头两解怒增仇。
忠魂碧血松江韵，一世英雄万古讴。

赵尚志（一九〇八——一九四二），辽宁朝阳人，历任中共满洲省委军委书记、东北抗日联军第二路军副总指挥等。一九四二年二月在战斗中负伤牺牲。

视死如归的民族英雄赵一曼

沈华维

持节英名播远天，头颅一掷为国捐。
红颜跃马驱倭寇，侠胆挥师战塞关。
残日黑心刑更酷，铁窗冷雨骨犹坚。
为求独立身先去，血沃松辽与白山。

赵一曼（一九〇五——九三六年），女，原名李坤泰，四川宜宾人，曾任东北人民革命军第三军二团政治部主任等。一九三六年被日寇杀害。

赞东北抗联英雄夏云杰

贾雪梅

危难挺身，每立中流撑砥柱；
弥留嘱语，誓驱日寇复河山。

夏云杰（一九〇三——九三六），山东沂水人，是东北抗日联军高级指挥员。一九三六年十一月壮烈牺牲。

赞青东抗日根据地的开创者顾复生

杨逸明

转战青东与浙东，难忘故事忆丰功。
烧桥敌后曾驱寇，解甲江南只务农。
经历辉煌留史册，指挥淡定见心胸。
至今多少军民口，传颂神奇九五翁。

顾复生（一九〇〇——九九五），江苏青浦人，曾任苏中军区"联抗"部队政治部主任。新中国成立后，曾任江苏省农林厅党组书记等。一九九五年二月病逝。

赞浦东抗日领袖连柏生

杨逸明

抗日曾留二队名，援朝路筑几工程。

弹林陷阵无难色，烽火驱倭有吼声。
付出当年肝胆勇，结来先辈沪川情。
追思人杰千千万，百位之中连柏生。

连柏生（一九〇八——一九九二），上海南汇祝桥镇凉亭乡人，一九四一年五月，他参加浙东抗日游击根据地工作，曾任浙东临时行政委员会主席等。一九九二年三月病逝。

赞精忠报国的刘老庄连

布凤华

似听杀声震远天，当年此地起硝烟。
血花作弹携伊进，炮火如流带恨燃。
天际赤霞怀烈士，眼前碧草化春鹃。
欣看来者多奇志，更铸神州宝剑篇。

刘老庄连即新四军三师七旅十九团第四连。这个连在淮北刘老庄战斗中全部壮烈殉国。他们是连长白思才，指导员李云鹏，副连长石学富，排长尉庆忠、蒋元连、刘登甫等八十二名官兵。

讴歌抗日英雄汤曙红

封玉华

生逢乱世疮痍甚，血雨腥风战事频。
演戏读书心志远，武装自卫意相亲。
金戈铁马驱倭寇，赤胆忠肝泣鬼神。
抗日救亡歌一曲，抛颅洒血洗乾坤。

汤曙红（一九一五——一九三九），江苏灌南人，抗日战争爆发后，在家乡组织汤沟民众抗日自卫队，任总指挥。一九三九年七月牺牲。

赞中国的"保尔"吴运铎

单学文

受命国危铸剑工，强军爱党献忠诚。
恒将引信爆光热，敢借枪膛唱大风。
重任艰难拼九死，激情深切著一经。

千锤百炼成钢后,弹道人生靓彩虹。

吴运铎(一九一七——九九一),湖北武汉人,历任新四军淮南根据地子弹厂厂长、军工部副部长和华中军工处炮弹厂厂长等。一九九一年五月病逝。

赞抗日名将罗忠毅

朱荣军

绩著闽苏,运筹每夺千军帜;
风扬英烈,报国能捐七尺躯。

罗忠毅(一九〇七——九四一),湖北襄阳人,曾任新四军第二支队参谋长。一九四一年十一月在与日寇激战中壮烈牺牲。

赞新四军抗日名将罗炳辉

何晓明

立马横刀大将风,中原驰骋气如虹。
滇峰毓秀迎朝日,粤海从龙缚恶凶。
赣水云腾潮浪阔,西山雪舞战旗红。
挥军抗日奇勋著,名共天长壮皖东。

罗炳辉(一八九七——九四六),云南彝良人,彝族。一九三八年,他被任命为皖南新四军第一支队副司令,与司令员陈毅并肩战斗。一九四六年六月病逝。

赞抗日英烈符竹庭

赵丽萍

烽烟飘散忆英雄,六角亭松静穆中。
疆土何容兽凌踏,丹心策作炮连攻。
克郯鏖战惊天术,灭寇翻边振国风。
感慨赣榆捐热血,化为霞染九州红。

符竹庭(一九一二——九四三),江西广昌人,一九三九年秋奉命率部转入鲁西,创建了鲁西、鲁南抗日根据地。一九四三年十一月二十六日在战斗中牺牲。

赞著名抗日将领彭雪枫

罗庆芳

一生戎马度春秋，辗转奔波壮志酬。
拯救民族兴大义，拼搏敌寇扫貔狓。
枪林弹雨英雄胆，北战南征睿智谋。
留我人间深厚爱，环球共建泯恩仇。

彭雪枫（一九〇七—一九四四），河南镇平人，中国工农红军和新四军杰出指挥员，共参加三千七百余次战斗，是抗日战争中牺牲的最高将领之一。

赞骁勇善战的"彭猛子"彭雄

毕中信

东瀛鬼子犯神州，多少无辜血泪流。
抗日英雄彭猛子，舍身杀敌雪冤仇。
蒙山运计惊酋胆，滨海施谋削鬼头。
壮士流芳千古敬，后人接力写春秋。

彭雄（一九一五—一九四三），江西永新人，历任鲁西军区副司令、黄河支队司令、新四军三师参谋长等。一九四三年三月牺牲。

赞全力支援新四军的马青

何智勇

生在鉴湖名士乡，轮囷肝胆砺冰霜。
青燐蔽地倭兵恶，赤帜遮天壮志扬。
警世醒民抗盐霸，竭诚勠力送军粮。
英风未偃仪型在，磊落山高水复长。

马青（一九〇八—一九八九），浙江绍兴人，他曾开辟诸北抗日根据地，打击日伪军，支援新四军。解放后曾任江西省经委副主任。一九八九年四月一日病逝。

西江月·颂开辟浙东抗日阵地的谭启龙

朱汝略

惊世龙吟赣北，跃身虎踞浙东。反顽自卫战旗红，赤水丹山梁弄。
三载谭何容易，四明壮志长虹。矗天碑耸想英风，一曲西江月颂。

谭启龙（一九一三—二〇〇三），江西永新人，曾任新四军浙东纵队政委。新中国成立后，曾先后任浙江、山东、福建、青海、四川五省省委书记。二〇〇三年一月病逝。

赞著名抗日将领项英

杨宏林

身经百战一将军，抗日情怀实感人。
转哉纵横名享誉，指挥精湛敌惊魂。
志存高远忠诚在，血溅沙场炽热存。
率领皖南游击队，丰功伟绩灿霞云。

项英（一八九八—一九四一），湖北黄陂人，曾任中华苏维埃共和国临时中央政府副主席等。红军主力长征后，在赣粤边坚持游击战争。一九四一年三月被叛徒杀害。

颂百战将军周子昆

李忠武

南昌星火井冈存，骁将子昆出桂林。
北伐二桥传捷报，长征三草见丹心。
临危受命善谋战，严格治军有秘箴。
胜利不忘家国恨，南方抗大育新人。

周子昆（一九〇一—一九四一），广西桂林人，一九三七年任新四军副参谋长。一九四一年三月被叛徒杀害。

用无畏的生命守卫忠诚的袁国平将军

李明科

从戎黄埔铁衣新，万里征途不惜身。
洗马延河风正暖，枕戈岩寺月难匀。
气吞皖北凶残寇，血染江南悲愤春。
听取湘江歌一曲，雨花台上唱军魂。

袁国平（一九〇六——一九四一），湖南邵东人，一九三八年三月任新四军政治部主任。一九四一年一月牺牲。

打响新四军抗战第一仗的顾士多

李正国

似见徽峰一将雄，感恩皖水展英风。
五湖放眼忠魂碧，四海清身傲骨铮。
驱鬼安民凭韬略，拯乡救国握长弓。
粉墙丹瓦江山美，遍地旌旗血样红。

顾士多（一九一四——一九四〇）河南罗山（今 湖北大悟）人，一九三一年参加中国工农红军，历任营长、团长等。一九四〇年牺牲。

赞八路军的保卫部长曾仁文

胡迎建

护送艰危一路通，挺身怒对寇围重。
纵然弹尽拼拳脚，一跃跳崖化鬼雄。

曾仁文（一九〇六——一九四三），江西吉水人，一九三一年参加红军，次年由毛泽东同志介绍入党。曾任八路军政治部保卫部部长。一九四三年五月牺牲。

赞成功破袭日寇"模范区"的王先臣

周广征

破袭敌区，出奇制胜扶天道；
围歼日寇，取义成仁铸国魂。

王先臣（一九一四——一九四五），江西吉安人，曾任八路军团政委、军分区司令员等。一九四五年七月牺牲。

赞布雷英雄于化虎

何云春

布雷到处山花漫，敌寇心惊又胆寒。
四面荒塬挖陷阱，三环岔路设迷团。
硝烟滚滚军情迫，炮火隆隆喜报传。
招远民兵明远志，胶东半岛战犹酣。

于化虎（一九一四——二〇〇四），原名晋生，山东海阳人，曾任海阳县"化虎营"营长，以地雷战著名。二〇〇四年病逝。

赞爆破英雄马立训

王改正

阎东村外忆英雄，爆破惊雷震耳鸣。
据点都成火牛阵，碉楼翻做豆腐营。
仇敌犯我家园苦，神炮轰他日寇惊。
眼底江山皆锦绣，岂容魔怪再横行。

马立训（一九一九——一九四五），山东淄川于家庄人，一九四五年八月在山东滕县阎村战斗中英勇牺牲。

"人在阵地在"的战斗英雄任常伦

蒋力华

狭路相逢烈火燃，英雄百战势犹酣。
夺刀虎胆旌旗引，嵌弹钢肩道义担。
攻袭出奇无定法，突围制胜谱新篇。
青春血性驱魔鬼，震撼栖霞多少山！

任常伦（一九二一——一九四四），山东黄县（今龙口市）人，曾获"一等战斗英雄"称号。一九四四年牺牲。

赞威名远播的枣庄铁道队队长洪振海

李广林

锄奸杀寇自英豪，扒路飞车谋略高。
敢仗雄心除日伪，不凭绝技去逍遥。
微山月夜兴风雨，铁道中宵舞剑刀。
纵目英雄殉难处，春风骀荡百花娇。

洪振海（一九一〇—一九四一），山东滕州市羊庄镇人，一九三八年任枣庄铁道队队长，组织抗日活动。一九四一年牺牲。

赞身中数弹仍坚持指挥战斗的理琪

王同岁

矢志不渝，丹心化作红旗谱；
献身无悔，热血铸成长城魂。

理琪（一九〇八—一九三八），原名游建铎，河南太康人，系天福山起义的主要组织者和领导人，曾任山东抗日救国军第三军军长。一九三八年二月壮烈牺牲。

赞牺牲自我保全群众的马石山十勇士

耿建华

胶东大地腥风卷，扫荡焚烧敌寇狂。
百姓无辜沉血海，健儿有志举钢枪。
十人勇立马山口，千鬼哀嚎乱石旁。
铁壁铜墙血肉筑，身躯伟岸映朝阳。

一九四二年冬，八路军的王殿元、赵亭茂、王文礼、李贵、杨德培、李武斋、宫子藩等十名战士，为掩护部队和群众转移与日寇进行殊死搏斗，最后拉响手榴弹，与敌同归于尽，是为"马石山十勇士"。

赞创造爆破攻坚战术的王凤麟

宋贞汉

爆破奇招丧寇魂,凤麟可咏;
英雄伟绩垂青史,凌阁宜歌。

王凤麟(一九一一——一九四二),原名李芳,号凌阁,黑龙江宁安卧龙河村人,山东纵队爆破攻坚战术的创造者。一九四二年十一月牺牲。

把最后一粒子弹留给自己的汪洋

朱荣军

投笔从戎,壮怀誓扫狼烟净;
捐躯不疹,傲骨能令泰岳轻。

汪洋(一九一三——一九四二),山东东阿人,曾任八路军山东纵队政治部主任、军分区政治委员等。在一九四二年十月的一次战斗中把最后一粒子弹留给了自己,壮烈殉国。

掀起抗日海涛的刘海涛

李广林

铁马金戈巧纵横,蒙山沂水忆曾经。
雪原杀敌朔风吼,林海行军月色明。
三打蒙阴施妙计,几攻铁壁见忠诚。
为民自有民歌哭,万古千秋颂美名。

刘海涛(一九〇七——一九四一),山东东阿人,在八路军山东纵队先后担任支队长、副旅长和鲁中军区司令员等。一九四一年十一月牺牲。

打响胶东抗战第一枪的周浩然

李广林

曾经吟咏笑西风,投笔从戎志未穷。
抗日救亡情切切,登高演讲意重重。
书生喜抱千秋志,侠士空求万世荣。

纵目英雄埋骨处，青峦翠嶂耸云空。

周浩然（一九一五——一九三九），山东即墨县瓦戈庄人，曾率领抗日义勇军打响胶东抗日第一枪。一九三九年九月牺牲。

赞抗战功勋团长叶成焕

何广才

戎马驰驱太岳东，横戈歼寇仗精忠。
岂容夷虏旗遮月，敢率精兵剑啸风。
三战连传三捷报，数征屡建数奇功。
沙场洒尽英雄血，红透天台一叶枫。

叶成焕（一九一四——一九三八），河南新县郭家河乡人，抗日战争爆发后，任八路军团长。一九三八年四月，在战斗中为国捐躯。

赞英勇善战的抗日将领肖永智

李刚太

少小从军冀鲁间，关河百战跃征鞍。
除倭勇震神头岭，驱虏强攻广獭团。
八路军中称虎将，陈官营外献英年。
临清魂魄邯郸墓，万代千秋仰泰山。

肖永智（一九一五——一九四三），河南新县人，曾任八路军一二九师抗日先遣队政委等。一九四三年十月牺牲。

赞带领全家投身抗战的张之朴

江雪涛

巍巍嵩岳起风云，率领神兵击日军。
诛虏阵前凭义勇，救亡旗下树奇勋。
请缨与共妻儿赴，罹难何妨尸骨陈。
烈烈英名天可鉴，丰碑光照后来人。

张之朴（一八九五——一九四五），河南偃师牙庄人，河南早期豫西党的领导人之一，曾任河南抗日义勇军司令员。一九四五年十月五日牺牲。

赞鄂中抗战的先驱杨学诚

巴晓芳

书生投笔请缨时，如晦鸡鸣雨似丝。
烽火途中辞帝阙，武昌城外树旌旗。
八年血贯长虹气，而立躯捐绝命诗。
战士从来魂不死，木兰湖畔两征衣。

杨学诚（一九一五—一九四四），湖北黄陂人，曾任豫鄂边区行政公署副主席。一九四四年四月病逝。

赞豫鄂边区的抗战英雄朱立文

姚泉名

侏儒山外索河长，芳草萋萋忆俊良。
百色风云擎义帜，延安烽火焠精钢。
只身愿献抗倭死，名姓欣缘殉国香。
一派川原曾沃血，群峰依旧着戎装。

朱立文（一九〇九—一九四一），广西百色人，抗日战争时期，任新四军第五师第十五旅副旅长兼第四十三团长、政治委员。一九四一年十二月在战斗中牺牲。

鹧鸪天·赤胆抗日忠心报国的朱早观

高德臣

国弱强欺欲举拳，弃文从武闯硝烟。
有谋有勇中军壮，能打能教剑刃尖。
熄战火，整河山，开言建策写新篇。
一生辗转轩辕路，甘献忠心血化丹。

朱早观（一九〇三—一九五五），湖南凤凰人，一九四四年十月，随王震三五九旅南下，任参谋长。一九五五年八月病逝。

"党员干部的一杆旗"张体学

赵丽萍

干戈起处陆沉时，驱寇刃倭纵马驰。
激战黄冈传捷报，扬威楚水壮雄师。
历经八载天中晓，告慰千秋泉下知。
战地如今成胜迹，青山长忆一杆旗。

张体学（一九一五——九七三），河南光山（今属新县）人。一九四一年二月任新四军第五师十四旅政治委员。新中国成立后，任湖北省委副书记、湖北省省长等。一九七三年九月病逝。

抗日烽火中的粤港神鹰尹林平

李经纶

残山剩水哀鸿泣，雾惨云愁天失明。
国难儿男挥热泪，峰巅振臂展旗旌。
龙潭虎穴枪声震，剑簇刀丛猛士行。
粤海云深高鸟尽，神鹰长是尹林平。

尹林平（一九〇八——九八四），江西兴国人，抗战期间，先后任中共广东省委常委兼军委书记、广东人民抗日游击总队政治委员等。新中国成立后，先后任广东省副省长、广东省政协主席等。

赞创建大岭山抗日根据地的曾生

周克光

飞云麓下骋风云，血肉为城突一军。
莫道承平宜放马，剪涛南海亦推君。

曾生（一九一〇——九九五），广东惠阳坪山人，一九三六年十二月任中共香港海员工委组织部长，后接任书记。新中国成立后，历任广东军区副司令员、国务院交通部部长等。一九九五年十一月病逝。

赞创建阳台山抗日根据地的王作尧

丁思深

阳台山上赤旗扬,东突西奔抗战忙。
自是东江遗爱在,罗浮有树说甘棠。

王作尧(一九一三——一九九〇),广东东莞人,一九三五年组织抗日救国十人团,开展抗日救亡运动。新中国成立后,任广东军区副参谋长等。一九九〇年七月病逝。

赞南粤抗日小英雄黄友

苏些雯

战火当年迹未删,东纵赫赫忆斑斓。
飞鹰血溅红猪岭,南粤威扬小鬼班。
抗日何曾分老少,捐躯且当垒关山。
韶华十六原多梦,梦里千家逐笑颜。

黄友(一九二八——一九四四),广东东莞人,东江抗日游击队"小鬼班"班长,多次参加战斗。一九四四年七月在战斗中牺牲。

琼崖纵队的抗战先锋李振亚

韦振前

烽烟岁月写忠诚,八桂儿郎盖世雄。
百色山城擎义帜,赣江两岸缚苍龙。
传经播火扬真理,灭寇惩奸立大功。
烈士英年遗怅恨,高歌一曲贯长虹。

李振亚(一九〇九——一九四八),广西藤县人,抗日战争时期任琼崖抗日独立纵队参谋长。一九四八年九月在战斗中牺牲。

琼崖抗战的一面旗帜冯白驹

郑邦利

纭纭豪杰古今传,琼岛百年此最贤。
为庶丹心昭日月,驱倭伟绩耸云天。
雄风横扫平狂浪,赤帜高擎荡黑烟。
欲效拳拳白驹志,奔腾万马誓当先。

冯白驹(一九〇三——一九七三),海南海口人,抗日战争时期任中共琼崖特委书记、琼崖抗日独立纵队司令员兼政委。一九七三年七月病逝。

祭琼山抗日英雄黄魂

梁统兴

丰碑久祭近黄昏,几酹新醅洗泪痕。
既发豪情移日月,应留浩魄定乾坤。

黄魂(一九〇三——一九四四),海南琼山人,抗战时期任琼山抗日民主政府县长,琼山抗日游击总指挥。一九四四年牺牲。

赞琼崖华侨抗日英雄符克

曾小云

千里不辞,力行抗日救亡路;
一身虽死,永励同舟共济人。

符克(一九一四——一九四〇),海南文昌人。任琼崖华侨回乡服务团总团长。一九四〇年八月遇害。

赞琼崖的"李向阳"符志行

黄秀怀

志行事迹动南天,赢得千秋一片丹。
不让妖风掀恶浪,敢凭铁手奋长鞭。
躬身只向民心拜,昂首无忘国步艰。
战绩已随云彩艳,孜孜圆梦换人间。

符志行（一九一九—二〇一三），海南临高人，历任琼崖抗日独立敌工队长、琼崖纵队副总队长和空一军副参谋长等。二〇一三年逝世。

赞开辟琼西抗日根据地的名将马白山

麦造海

投笔横刀卫国疆，白山威武若关张。
风传澄迈男儿勇，浪颂青春意志刚。
犹忆抗倭提铁胆，曾经洒血浴沙场。
当年名震琼西地，鬼子闻声心已慌。

马白山（一九〇七—一九九二），海南澄迈人，历任琼崖抗日独立纵队参谋长、海南军区副司令员等。一九九二年八月病逝。

赞共和国功臣南汉宸

焦俊芳

边区抗战忍饥寒，赖有英才大任担。
无米成炊能巧做，临危营救可周旋。
筹资后勤添军火，助力前方斩寇顽。
领导银行兴贸促，功垂青史永流传。

南汉宸（一八九五—一九六七），山西赵城县（现并入洪洞县）人，抗日战争时期，协助中央抓财政工作，新中国成立后任中国人民银行首任行长。一九六七年一月逝世。

赞为人民的利益而牺牲的张思德

张四喜

伐薪烧炭大山中，劳作平凡事亦雄。
尤有锵锵樵斧势，也随猎猎战旗风。
长征励志士难死，窑铸修身火染红。
盛誉英名传四海，一篇哀悼五湖融。

张思德（一九一五—一九四四），四川仪陇人，一九四四年九月八日，毛泽东亲自参加了他的追悼会，献了花圈并题写了"向为人民利益而牺牲的张思德同志致敬"的挽词，并发表悼念讲话。

鹧鸪天·赞密切联系群众的马文瑞

封玉华

黄土高坡吹热风，延安抗大炉火红。
山呼水唱援前线，税减民拥固后庭。
挽手臂，筑长城，统一口径对东瀛。
披肝沥胆为国富，荡寇扬旌立大功。

马文瑞（一九一二—二〇〇四），陕西子洲人，曾为抗日民族统一战线的形成做了大量工作，曾任中共陕西省委第一书记等。二〇〇四年一月病逝。

赞"渡河英雄"何万祥

张洪运

浩气凌云贯斗牛，拼将热血护金瓯。
横眉剑阵凶神惧，跃马贼营恶寇愁。
初渡黄河穿弹雨，平型首战震敌酋。
英灵虽去泉山在，不朽丰碑万古留。

何万祥（一九一五—一九四四），原名朱二满，甘肃宁县人，他一生参加大小战斗四百多次，以能攻守、善突击著称。一九四四牺牲。

鹧鸪天·赞大生产运动中的模范县长李培福

高德臣

抗战强基建政权，但将星火去燎原。
平息匪患求安定，垦地增粮解困难。
官跃马，士争先，一方风净艳阳天。
爱民县长谁堪比，领袖题词耀万年。

李培福（一九一二—一九八三），甘肃华池人，在抗日根据地的大生产运动中被评为模范县长。解放后曾任甘肃省副省长。一九八三年四月病逝。

第二编　2017 诗词创作征集作品选登

朱士举

狼牙山五壮士

九月风高易水寒，铁军斗士困孤山。
兵临险境生杀气，阵布危崖战虏顽。
碧血当为故乡洒，头颅应向禹门悬。
纵身一跃重渊下，雄魄永存天地间。

王井珍

高阳台·把泣焦桐成雨

枝举蓝天，根生漠土。株株挺立如旌。碧海林涛，当年大漠谁凭。轻轻合抱难成语，泪横流、唤却无声。再凝眸，玉树葱葱，碧血晶晶。

三灾九患围攻处，叹黄灯苦夜，瘦骨铮铮。训水归槽，追沙追到云停。为官尽瘁徂方已，把仁心，都付清明。念英魂，山水歔欷，日月牵萦。

注：①焦裕禄当年为了防风固沙，帮助农民摆脱贫困，提倡种植泡桐。如今，兰考泡桐如海，焦裕禄当年亲手栽下的幼桐已长成合抱大树，人们亲切地叫它焦桐。②焦裕禄临终前说我死后只有一个要求，要求党组织把我运回兰考，埋在沙丘上。活着我没有治好沙丘，死了也要看着你们把沙丘治好！

林明宝

冒着烽烟的 1937 年

炮楼，一枚旧印章
盖在小镇最高的坡地上
戳的好深
让我们的土地
多么受伤

楼顶的探照灯
泛着白光
在夜间四处晃荡
仿佛，两把刺刀
对着我们的心脏
对着平静如水的村庄

冒着烽烟的 1937 年
一截燃烧的光阴
我们的长棍和短枪
后来的幸福时光

如今，狼群已被逐到远方
海岛四季的阳光
搂住

斑驳的楼面
一些人在其间来来往往
把胜利的消息
带到了五大洲七大洋
那个贴身墙体的小伙
把一串笑声
搁到镜框。

卢继清

"七七事变"八十周年感怀

雨花夕照泣歌行，夜望卢沟听吼声。卅万冤魂嘶冷月，百年血泪铸强兵。

屠刀立地贼心纵，亮剑劈倭壮志横。若是明朝军号响，重回沙场卫和平。

王锋

过台岛谒于右任先生墓

松涛起落有乡音，此地沉埋国士心。名满九州怀远影，身栖一岛散微襟。

百年风雨悲难尽，万里烟云慨莫寻。想是凭栏朝复暮，于思惝恍海天吟！

朱雅轩

古剑篇

剑，古器也，于今世，则无用武之处。观博物馆古剑，思郭元振《古剑篇》，因托其名作此篇。

暗匣隐秋水，凝光沉不鸣。
旦夕开匣视，幽泉入眼清。
魄侵霜华冷，月照开流荧。
格分明暗调，脊划双从倾。
昆山玉饰茎，血色洗飘缨。
沉埋重经世，吟啸凭谁听。
首山铜铸锷，干越百炼兵。
铁精五处汇，六合收金英。
淬成光耀日，山动鬼神惊。
邓师名下器，宛冯手中精。
铸来随明主，仗义轻令名。
仁侠恃行义，飞将用调兵。
五陵弃娇客，风尘逐豪英。
渌酒浇尘垢，霜锋沥血青。
忽忽日月往，光蕴隐身形。
浮沉千百载，不染世间腥。
肝胆还依旧，弹铗似旧声。
犹念秦时月，照人岭上情。

注：格、脊、从、茎、缨、锷均为剑的部位。

邢峰铎

沁园春·长城

沧海听涛，荒漠穿沙，崇岭披

风。望闲云静谧，长思绥靖，惟独护佑，甘自孤零。胡马羌笛，琵琶美酒，虏将寨旗秋点兵。沉浮事，捍疆国边土，免受侵凌。

穿梭幽远时空，有谁问硝烟鼓角鸣。眺雄关嘉峪（1），平畴鸿禧，英姿山海（2），都邑激情。塞北菱歌，江南夷舞，南北东西大畅通。清和治，剪神州华彩，共济和同。

注：（1）嘉峪，指嘉峪关。（2）山海，指山海关。

张皡

生日的颜色

我向往的生日，
充满了缤纷而幸福的色彩。
像是晨间剔透晶莹的露珠，
蕴藏着升华为碧空云朵的希望；
像是路边生机勃勃的花苞，
满怀着绽放成美丽花蕾的力量；
像是林中的破土而出的幼苗，
饱含着挺拔出参天身躯的梦想
但是，这希望、力量、梦想，
又都是这样相像，
希望的碧绿欲滴，力量的火红向上，
梦想的金碧辉煌；
都蕴含着清澈坦荡、明亮浑厚的爱之底色，
是对蓬勃生命的敬畏与歌唱，
是对伟大母亲的感恩于颂扬，
更是对温暖人间的憧憬与凝望；
我向往的生日，
充满了缤纷而幸福的色彩，
也欣欣然的洋溢着与生相伴的爱之荣光！

备注：此现代体诗为庆祝建国67周年所做。

刘桂芬

军旗走近你

这迎风飘舞的军旗
每一丝；每一缕
都警示着人民政权的来之不易
荡尽的是屈辱
书写的是豪气
抚摸你
这备受血火洗礼的军旗
每一起；每一伏
都讲述着滴血的经历
凝聚的是气节
舒展的是真理
追随你
这嘹亮着前进号角的军旗
记录了中华民族强盛的履历
无论是南昌城头还是雪山草地
无论是洗雪国耻还是和平时期
只要有你的召唤
成千上万的中华儿女
就会义无反顾；前赴后继
高擎你
这记忆永不退色的军旗

你是军人的骄傲
一生守护心里
有你指引
我们的队伍所向披靡

杜天明

老兵回家歌

鸡叫人精神，春牛动犬吠。
长街满印泥，鞭缀梅花佩。
细雨润无由，秉持家乡味。
炊烟生气多，老母思儿泪。
此刻在身边，装成无所谓。
军装穿在身，守土驱妖魅。
一碗小米粥，一腔热血沸。
遥遥青草香，思念风沙焙。
鬼小惯偷儿，月圆圆也未。
何当话别离，拥握心音碎。
尽孝诚然小，男儿心有愧。
国强赖大家，乐业关兴废。
一别一踟蹰，当庭还一跪。
再回或经年，托雁声声慰。

张项学

登古北口长城

挂壁牵云势壮豪，千年未敢越鸿毛。
倭儿痴梦吞尧地，铁血雄心灭尔曹。
碑耸虽安平寇志，风旋犹响断魂刀。
南疆若是新波涌，吼起群山淹海涛。

李刚太

藏书行

少小家贫借书读，熟背西厢王实甫。中年落魄屡乔迁，积来散去如云烟。年来老眼昏花甚，赐书方家忽成阵。日进斗书年添柜，四壁琳琅溢祥瑞。崭新巨著烟熏黄，偶翻只读两三行。看朱成碧已作怪，血压增高更无奈。复有嘤鸣书相赠，堆上地板失路径。老妻唠叨欲清仓，东里呼来破烂王。唇枪舌剑我不售，斯为文物非四旧。赠我书者多人杰，一部书稿一腔血。珍重藏入惠风斋，留与清风和明月。

梅凤云

七七事变八十周年

漫天风雨又七七，旧痛新伤不忍题。
那年今日残阳色，信是卢沟血染衣。

张戬

塞外金代遗址

边墙脚下上都西，牧草萋萋百鸟啼。
雁阵横秋兵气敛，高原落日角声稀。
金城暮霭湮人迹，古道晨霜没马蹄。
滚滚烟尘多少事，胡沙落尽走耕犁。

张继农

过渊子崖烈士陵园

园角蔷薇凝血光，石碑侧目对东洋。
坚竹犹记当年恨，拔笋尖尖似剑铓。

王亚涛

【双调·折桂令】深夜备课有感

挂星月、又照窗明，正当时、廊下花香，案上茶浓。伴良宵，执卷归真，凝思入定，握笔催耕。笑吟吟、且守着、良田万垄，绿盈盈、莫负了、花树千丛。喜今生、三尺台前、抛却浮名，倾洒真情。好男儿、只作它个、渡海渔灯，化雨春风。

王兴一

南京大屠杀祭

万里长江泛血痕，家仇国恨卷流深。
码头关下云翻墨，燕子矶旁梦绕魂。
千里怒帆皆戴孝，一声哀乐早揪心。
三十万个漩涡里，个个瞳眸瞪到今。

李国庆

学习中央关于"加强、扶持"中华诗词感怀

浩荡春风吹际涯，艺园无处不飞花。
知时好雨心田润，担道华章肝胆发。
旷野涓流思远海，茂林古木盼新芽。
老夫不理黄昏事，只把夕晖做早霞。

韩秀松

纪念建军九十周年

先驱血染状元麾，弹雨枪林百战归。
九秩年间人浴火，八千里外电逐雷。
民族魂铸追风剑，正义师催踏浪骓。
檄报又闻生海警，杀蛟可待亮军威！

张春义

谒中山陵

掀天勋业复谁同，净扫王朝自此空。
万里驱驰酬素志，一身劳瘁尽丹衷。
山河力振终归汉，揖让风衰复有公。
今我登临重吊古，纷然霜叶坠阶红。

冀玉泰

乡愁

身上洋装煮海鲜,南国远赴品西餐。
临行那碗清汤面,温暖儿心多少年。

陈赫

即景

柳树青青桃正开,蝴蝶飞过蜜蜂来。
声声欢笑人何去,燕子歪头细细猜。

李传军

梦在北方

撩开深邃幽远的天幕
舒展绵延千古的畅想
我静默在月夜下的北方
任思绪在旷野中信马由缰
古老的童谣伴着夜风生长
金戈铁马的恢弘升华了我无尽的遐想

是谁打造一把神梳
梳去塞北弥漫的荒凉
是谁制成一张神弓
射透时光尘封的门窗
是谁锻造一枚金色的钩儿
为农家钓来了幸福绵长
是谁惊破荒原亘古沉睡的鼾声
让富庶的脚步在白山黑水间踏响

疯长的野草地呦
被雪亮的犁耙掀开了崭新的篇章
荒蛮的土地到处闪烁着蓬勃的力量
小麦在冬雪的呵护中
痴情地把秋的神话酝酿
稻香默默染黄了苍凉的岁月
大豆欣然摇响了丰收的铃铛

哦 北方
沧海桑田中你演绎着自己生动的故事
每一串足迹都是慷慨壮丽的诗行
钻机隆隆驱走虎豹豺狼
乌金滚滚把生活的热情燃旺
林立的塔吊勾勒着座座拔节的新城
大地织锦的画图铺展着醉人的希望
哦 几代北方汉子真诚的守望呦
如今正把黑土地醉人的梦想照亮

张金秀

月牙儿

故乡那柄镰刀，
不知什么时候，
悄悄爬上了树梢，
你瞧，
它缓缓而又轻盈地前进，
却一不小心割破了这片夜空，
许多金色的麦子，
从天而降，
落进了我的家园。

注：夏夜里，我在院子里的枣树下躺着乘凉，正是月初时节，看到天上慢慢游走的亏月像是在把一颗颗银灿灿的果实——星星割落，送给人间的千家万户

周佳一

血与雪

贯穿在黑土间的江岸
在时间的轮回里，静静地旁观
它为人们描述着，曾经的一天
一群、一群衣着褴褛的战士，走到河边；
陪伴他们的不是庞大的盛典，而是红旗的鲜艳
胸腔里赤子的忠诚，让他们冲在最前
那一切为了祖国的高喊
振彻在他们的心间；
这里，成了有些人旅途的终点
坚持着，忍受着
因为他们的背后——是祖国和亲人嘱托的沉甸
寒风吹倒了他们的身
却吹不倒他们的魂
一阵阵冲锋号的声音
叫醒了在冰雪中，快要睡着的人
江岸弯曲延伸
数不清埋藏了多少人
他们高高举起血的旗帜，踩着厚厚的白雪
那些人说：要奋战到最后一刻！
胜——利——了！
他们在唱着，用血与雪，谱写的壮歌
如今的一切已然无恙
穿过一道又一道的年轮，您已安归故乡
您是否还记得，那一天
战斗与胜利的曙光，还有
血与雪的歌唱

董淼

我是一根芦苇

我是一根芦苇
一根会思想的芦苇
静静地、静静地立于水中央

只为在每一个漆黑的夜晚
守候那一轮皎白的月亮
那一份皎白凝结千年的风霜
我听得到屈子的行吟
看得见东坡的疏狂
还有
李白醉眼中荡漾着的
美丽的亮光
我是一根会思想的芦苇
瘦瘦的筋骨挑起生命的诗行
无论脚下的土地多么贫瘠
都会开出洁白的花朵
在苍凉的月色中
轻轻地、轻轻地歌唱

高文峰

娘

不知为何，
娘的头发白了的时候，
我却记起了，
她年轻时梳着两条浓黑辫子的美丽模样；
不知为何，
娘拄着拐杖走路蹒跚的时候，
我却记起了，
小时候坐在她腿上玩耍的幸福模样；
不知为何，
娘把饭烧糊的时候，
我却记起了，
家里来人时她烧的一桌子美味的自豪模样；
不知为何，
娘吃饭把米粒掉到桌上的时候，
我却记起了，
上学时她每天清晨为我准备早饭的麻利模样；
不知为何，
娘生病言语不清的时候，
我却记起了，
小时候她每次站在门口大声喊我回家吃饭的微笑模样；
不知为何，
娘怎么就老了，
我却记不起来了……

孙清誉

教鞭

她；
其貌不扬，
却在文明大河里赤足先行。
波纹里的倒影，不过是红柳一丛。
而她；
负重进化的使命，
诠释讲堂的神圣。
她坐化虹桥，
横跨人和猿的彼岸，
在石头铸就电脑的丹炉里，
把自己烧成白炽的升腾。
她；
勾出一条抛物线，

竟超越得鬼斧神工。
三千年过去，
五千年未来，
在浊涛中拯救绿的生命。
她；
无偏激，
无宽宥，
忠实母亲的嘱托，
小孙的赤诚。
要检验命运的质量吗？
她紧握筹码，
盯着权衡的天平。

孙天彤

祖国，你是我心中最美的形象

用金色描绘你的模样
你是不落的太阳
用银色描绘你的模样
你是永恒的月亮
用绿色描绘你的模样
你是蓬勃的森林
用蓝色描绘你的模样
你是浩瀚的海洋
啊！我亲爱的祖国
你是我心中最美的形象

飞进你的晴空
我是奋飞的白鸽
流入你的月色
我是闪光的江河
走进你的森林
我是挺拔的青松
汇入你的大海
我是奔腾的碧波
啊！祖国
我愿用汗水天天浇灌你的美丽
我愿用创造永远把你的故事诉说

刘洋

行春风道中

石勒燕然总有期，转头花事便荼蘼。
踏歌晴日映桃露，走马春风斗酒旗。
行旅茫茫知料峭，江山隐隐感逶迤。
宜将子路问津去，莫效阮车悲道岐。

徐艺峰

范公亭游记

昔为他乡客，曾上岳阳楼。
临窗西风烈，远眺千帆流。
先人志高远，少小别苏州。
此地一为记，万古怀此游。
楼在君已去，碑残志不休。
修身兼天下，胸怀感千秋。
先忧几多愁？后乐几多忧？
把酒临风叹，九州在心头。

张孝华

母亲

一世辛劳一个家，青丝转眼变霜华。
夜来有梦听星雨，早起无心赏杏花。
牵挂淌成孤夜泪，相思化作满天霞。
两双儿女千山远，独自偎炉煮饭茶。

汪明通

徽杭古道

徽杭绝顶势摩空，商韵绵绵诗韵浓。
远去辚辘车马迹，行来坎坷路人踪。
千峰宛转林泉秀，一径悠长皖浙通。
雾绕云鬟天欲雨，歌吟今古与谁同？

张卫国

吊角楼

依天挂地好凭风，端丽玲珑韵最工。
一叶孤舟残照里，不知谁在画图中。

王雪莲

蝶恋花·梨花

谁展苍山新画卷？树树银装，十里春风软。绊惹行人凝望眼，恍惊仙子飞长练。半掩玉容如酒盏，暗送幽香，未饮芳心乱。斜月沉沉劳辗转，相思一片天涯远。

李荣

父亲

腰弯每愈深，一世守清贫。
雨雪染须发，风霜老皱纹。
应怜犁地苦，犹忆治家辛。
教诲时盈耳，何时可报恩？

邱才扬

八一感怀

一弯冷月照苍穹，骤起枪声震夜空。
碧血浇成先烈梦，青春化作战旗红。
当年号角军威凛，此后征途胆气雄。
钢铁长城今铸就，龙泉犹祭阵云中。

胡桂君

再访董振堂故居

点点曾经细探巡，读书有志少年人。
从戎只为国仇大，革命原非家道贫。
万里铁流彪智勇，一朝歧路起风云。
论说功过凭青史，信是明珠不染尘。

时玉平

临江仙·半亩闲田

半亩闲田藤绕舍，清风几缕悠然，花开花落不须怜。殿前珠履客，物外碧云天。

常傍溪桥观野水，沙鸥并立荷船，居于此地世无牵。今生唯有墨，往事已成烟。

周达斌

水调歌头·登八达岭长城

久蓄登高志，今日得凌空。隐隐蜿蜒如带，天际走长龙。莫道当年血泪，筑此人间巨构，莽莽势何雄！绝顶临风啸，高唱大江东。

尧之都，舜之壤，禹之封。江山万里如画，极目九州通。群彦京华聚首，共议龙腾大计，浩气贯长虹。国势蒸蒸上，赫赫日当中。

齐鹏飞

端午客居杂感

怅望家山久未归，萍踪难住意多违。风吹雨树怜黄发，露伴清宵羡紫薇。客邑今朝空佩艾，故园此际应烹肥。功名谁记千年后，思共蝉吟万里飞。

周子健

消防战士

临危自敢逞英雄，步步惊心赴险程。一命往来生死地，万家牵挂喜忧情。

抛身烈火存无惧，放眼苍天愿有灵。目送同袍为祭礼，匆匆洒泪又前行。

邹峰杰

鹧鸪天·游新屯村观太阳花

王母桃源入画廊，新屯六月好风光。田边地角栽瓜菜，舍后屋前种果粮。

时雨润，惠风香，葵花笑靥仰骄阳。颗颗壮籽团团聚，只待归仓上雅堂。

孙德廉

纪念长征

岁月悠悠荡淖浑，些微物事可留痕。

雪山应记英雄恨,草地犹留烈士魂。
热血贲张为主义,头颅抛却立昆仑。
而今猎猎红旗壮,喜告先贤正气存。

陈立

清平乐·访山村古民居

溪边鸭小,坝上门墙老,曲径落英缘客扫,乱了篱旁花草。

邻厨烹味飘香,谁家天井海棠。人面不知何处,相闻鸡犬徜徉。

王长征

博州倒春寒

朔风一夜降春寒,雪霰飞来覆塞关。
蓓蕾迷茫银作帽,枝条懵懂玉镶边。
羊咩阵阵重归圈,雁唳声声又返南。
谁最焦心田野里,新苗瑟瑟正衣单。

杨旭

故乡

总角青山上,梧桐小院中。
月明人不在,疏影亦重重。

周伟

摊破浣溪沙·登泰山

为觅豪情忆少年,当时吟啸越青山。独上云崖玉皇顶,不觉寒。

今把老夫余勇唤,一心拼却到天边。更望险石高立处,意翩翩。

李云

写于八一建军节

年年今日忆戎生,铁马金戈血气冲。
莫问廉颇能饭否,老兵月下正弯弓。

刘进平

怀贺龙元帅

扛鼎英雄气不磨,挥师百战定山河。
菜刀两把依然在,犹向人间砍鬼魔。

巴晓芳

贺新郎·深蓝之剑

丁酉春,我海军首次举行授剑仪式,南海舰队某支队 13 名舰长政委被授予深蓝之剑。

大海罡风烈。战船前,虎贲列阵,戎衣如雪。三尺青锋扬眉际,挑起心头热血。最难忘、长鲸饕餮。干将莫邪湮没久,把英风豪气都磨灭。悲与恨,常呜咽。

匣中宝剑呼声切。聚魂气、炼肝淬胆,断金截铁。当斩东南鼍龙爪,固我金汤城阙。更远望、狼烟生灭。犹记当年戚武毅，护海疆、万里无疏懈。守梦想，邀明月。

李连庆

沁园春·纪念建军九十周年

眺望神州，千载家园，万里海疆。忆南昌起义，开天辟地；峥嵘岁月，正道沧桑。继往开来，安邦华夏，热血丹心奏凯章。军魂在，树汉唐锐气，屹立东方。

天宫北斗翱翔。九十岁，征程百炼刚。赞嫦娥探月，威风航母；中流砥柱，铁壁铜墙。唤醒雄狮，巨龙长啸，一面红旗代代扬。从头越，愿劈波斩浪，再创辉煌！

吕春燕

过喀喇沁左翼蒙古族自治县双枪女司令乌兰碑有感

天辽地自宽，畴绿晓烟阑。
鸥鹭翻狼水，牛羊点芷滩。
落花香弹迹，古柳老征鞍。
燕塔悠然立，闲听花木兰。

注：乌兰：解放战争中，朝阳籍女司令乌兰骑青鬃马，善使双枪，出生入死，破敌落花流水，名震辽西。

狼水：大凌河古称白狼河，自古兵家必争之地。

阙东明

八一颂歌

曾经大义起南昌，举世惊闻第一枪。
剑啸西风征腐恶，旗辉北斗破迷茫。
绿营盘砺峥嵘骨，红岁月吟豪迈章。
筑梦尤从空海陆，敢拼铁血御强梁。

叶子金

咏淡竹

碧透深秋气愈雄，万竿劲骨萃成峰。
岁寒自许亲良友，名淡何须斗艳红。
一地枯荣浑未睬，四时忧乐总相通。
不知今夜扬州客，画到青云第几重？

良友：指松、梅，与竹并称岁寒三友。

扬州客：郑板桥，扬州八怪之一。以诗书画三绝著称于世，尤擅画竹。曾在扬州卖画多年。

刘宗群

游狼牙山有感五壮士

慷慨悲歌士，巍巍山岳崇。
云岚峻岭绿，炮火夕阳红。
气已夺倭胆，魂犹作鬼雄。
谁言烽火尽，试看海之东！

李军

苏轼《家国情怀三首》

豪词扬劲骨,瘦笔著兰章。
身挫乌台案,心灰御史窗。
远谪悲五岭,苦诉满三江。
不见苏堤柳,怀君夜夜伤。

徐承禄

水调歌头·华夏之春

瑞气漫华夏,大地换新颜。春风化雨随愿,甘露洒人间。上考三皇五帝,下比康乾唐宋,盛世史无前。乐奏和谐美,人唱太平年。

红梅绽,桃符换,捷音传。神舟几莅霄汉,探月系飞船。且看蛟龙探海,高铁长风万里,航母出辽湾。且趁春光好,大笔写江山。

杨宏

沁园春·游怀柔神堂峪有感

郁郁神堂,处处仙泉,步步奇峰。看青杨白桦,争荫客径;古藤新蔓,齐够天穹。鹰啸苍崖,雁栖翠谷,世外桃源恍梦中。惊石瀑,若银河倒挂,一泻无声。

山花满岗燃红,再祭奠寒潭闻血腥。记倭狼暴虐,凝仇堆恨;豪英奋勇,驱虎擒鲸。烽火高擎,弹痕铭刻,剑吼长城跃巨龙。重宣誓,正扬帆踏浪,引领东风。

魏新义

赞最美乡村邮递员

件件邮包连你我,走乡串户步风尘。
骄阳总曝匆忙影,暴雨常淋疲惫身。
行走街头穿小巷,送完书信送新闻。
忠诚绿衣人称道,一颗真心系万心。

侯春光

中华正气

九重紫日开天眼,两袖清风去垢尘。
不忘初心寻正道,红旗一杆铸国魂。

佘志新

读书

东风偷进检查忙,昨夜贪眠忘掩窗。
晓看书刊扬一地,似嗔主懒不悬梁。

(写于2017年4月23日世界读书日)

郭兴勇

村居

极目小村头，斜晖一望收。
三山排云上，二水循壑流。
云飘达万里，水流通九州。
有此方寸地，王孙自可留。
倦鸟入杂树，羊牛下高丘。
几家炊烟起，农人渐归休。
远灯次第明，遥望如星游。
卧听风声过，涧水梦中幽。
好梦连山水，绝无名利忧。

杜传勇

鹧鸪天·重读《爱莲说》

艳色倾城捧牡丹，华堂市井乐追攀。
风风雨雨春归去，小苑空庭一惘然。
花委地，月周天，谁凭静气步尘寰。
山山水水初心在，永忆濂溪最爱莲。

曾孟良

游海花岛

新潮涌上旧沙堆，别墅长廊水色陪。
情语半湾天未晚，游人伞下笑依偎。

柯宏

春行黄沙古道

芳菲四月艳阳天，谷雨兰亭碧水边。
为觅豪情行古道，春风调墨润朱笺。

董金连

习主席检阅驻港部队感怀

阵横维港翠华临，气贯长虹日色新。
海阔天空龙壮丽，涛生云灭梦雄浑。
堪凭铁甲擎天柱，更铸灵魂定海针。
百载悲风推卷底，一行热泪落前襟。

左晓光

观近代史忆华夏风

五千年来路不平，一路坎坷至明清，
闭关锁国生恶果，虎门销烟战云生。
国因积弱兵戈废，士因身腐难争雄，
坚船利炮叩京津，金陵辱签城下盟。
欧美列强争下手，八国联军恣横行，
太阿易手金瓯碎，明珠蒙尘大厦倾。
志士应扼腕，羞将泪偷零！
君不见孟子长养浩然气，
荆轲悲歌易水风，
祖逖闻鸡急起舞，班超投笔甘从戎，
手托日月于少保，心系河山岳精忠。
国危自当以身殉，华夏风骨自传承。

举身赴海邓管带，横刀向天谭嗣同，
鉴湖十万头颅血，武昌三千虎贲兵。
民国初建根难稳，中山革命未成功，
军阀混战无天日，东洋倭奴最汹汹。
兄弟阋墙御外侮，军民血肉筑长城，
八年抗战妖氛扫，睡狮猛醒啸苍穹。
先烈以身换和平，六十余年四海宁，
最怕志气消磨尽，智勇湮灭逸豫中。
中国梦，望星空，巨龙腾翔起于东，
水击三千扶摇上，更应长忆华夏风！

甄树哲

阵地抒怀

横枪北望气如虹，塞外风光落照中。
野色苍茫秦月朗，山容壁垒汉关雄。
家乡音信连千梦，战士情怀唱大风。
笑看边云浓几许，神州万里是晴空。

龚大烈

驻村书记

支书不是口头夸，下驻乡村巨细抓。
俯首青春扶老幼，挺胸热血染云霞。
晨曦翻弄千方土，月夜闲谈百姓家。
莫笑小官谋世祉，心怀大道伺桑麻。

史继武

鹧鸪天·国培感言

落尽秋花唤玉梅，夕霞晓月总相催。一朝磨剑霜锋舞，几度回眸锦绣堆。

君引领，众追随，流馨教苑竞芳菲。学思自有新天地，渐入桃源不忍归。

史高座

村景一瞥

半畦韭菜半畦瓜，红日光临穿树桠。
吵就一锅欢乐去，乡邻三五笑开花。

高凤兰

卢沟桥事变八十周年感赋

连拱大桥河上横，弹痕怀恨刻曾经。
石狮尚有锋刀迹，迸水犹旋怒吼声。
血溅卢沟驱鬼魅，旗开华北斩顽凶。
八年抗战铭青史，朗朗乾坤日月明。

迸水：奔腾的河水。出自唐代骆宾王《晚渡黄河》诗："通波连马颊，迸水急龙门。"

黄蓝青

临江仙·梅花词

望去茫茫絮海，竟含一点微红。乾坤只此最从容。朔风冰雨后，新蕊玉花中。

自在枝头展翅，由他大雪严冬。

所知偏汝不相同。雪中歌半曲，杯酒论辞风。

张远超

镇坪行

陕渝之交有镇坪，山高路陡少人行。
斧劈万仞随边立，一条河水自在清。
凉风习习暑不至，深林可藏十万兵。
相传海拔九百米，浴日华兮得月精。
秦风楚韵留此地，炎黄血脉孕英灵。
而今匆匆一别后，惟得残篇自叮咛。

注：镇坪，位于陕西省东南部，大巴山北麓。东与湖北省竹溪县接壤，南与重庆市巫溪县、城口县毗邻，西北与本省平利县连界。是中国版图的自然国心。

张永涛

台儿庄

地利傍京杭，清波浮贾商。
光阴孳市镇，兵燹变沧桑。
举城御倭碎，令名抗战扬。
我今来凭吊，慷慨念国殇。
焉知七十载，古庄又重光。
寻常人家燕，复飞王谢堂。
世事率如此，盛衰岂有常？
唯有运河水，南北浩汤汤。

高怀柱

退役军人

三秋边境月，百炼柳营身。
哨位风中挺，关山雪里巡。
一朝闻号令，永世是军人。
时刻听召唤，梦常披战尘。

刘冬梅

天净沙·教师

春深花绽雨声，小楼昏照晚灯。风落西窗瘦影，蚕丝未尽，经年月过三更。

周书章

鹧鸪天·贺天舟一号升空对接

破雾穿云作远游，星河浪里任飞舟。有缘今日蓝桥会，欲解千年织女愁。

情款款，路悠悠，相逢一吻竞风流。如今不再参商苦，往返天宫凭自由。

刘宗庆

山里人家

清晨荷锄去，戴月晚归家。

山幽禽鸣树,溪浅鱼戏沙。
陌上思旧友,松下试新茶。
野居无俗念,推窗见杏花。

王继德

登济南《超然楼》

超然楼上意超然,满目风光造化篇。
佛岭巍峨仙界地,明湖荡漾水中天。
金蝉柳岸吟名士,古寺禅堂卧大贤。
东望蓬莱沧海处,烟波浩渺醉心田!

注:佛岭,即千佛山;明湖,即大明湖。

刘明慧

卢沟桥沉思

云散卢沟晓月弯,依稀战燹隐残烟。
宛平城染倭刀血,翼北原冲汉将冠。
勍寇穿崤燃欲火,英雄奋起拯江山。
风声又送南湖涌,秣马还须箭上弦。

肖唐健

踏青

踏青结伴仰山游,奥海清涟曲径幽。
莺啭杏林花似雪,一行归雁下沙洲。

王梓畅

游长城

好汉坡前不见城,云风何处过山陉。
铁车载脚朝天立,银汉吹笙俯首听。
取照即寻人间路,闻香才有上林行。
古来任意皆成景,曲水先将酒付清。

陈金石

七·七事变有感

芦沟晓月暗云天,腥雨悲风一夜寒。
剑影刀光鲜血染,白山黑水战旗残。
凝眸怒火仇敌忾,卫我金瓯斗恶顽。
抗日精神豪气在,扫奸除寇九州还。

刘蕴智

蝶恋花·母亲初愈赏春

十里春波风细细,檐羽初飞,满眼皆新意。拂去杖藜微步起,临风不禁舒双臂。

一曲轻吟和洛水,也品春光,也品当年味。云鬓凭添些许媚,回眸一笑桃花醉。

万俊敏

贺首艘国产航母下水

一弯碧水染霞红，重器凌波气宇雄。
恰似蛟龙征远海，犹如猛虎啸长空。
安澜驭浪军威壮，固域巡天国运隆。
捍卫和平迎挑战，潮头亮剑练神功。

李乐观

十里长山怀张自忠将军殉国七十七年

勒石鄂北功，浴血丧英雄。
刀落杀敌尽，弹飞斩寇穷。
将军千战死，戎马一生从。
国难当躯赴，煌煌浩气弘。

黄立华

江城子·国庆六十八周年感怀

峥嵘岁月费思量。抗豪强，逐扶桑。拉朽摧枯，决战试鹰扬。最是秋高风送爽，龙奋起，立东方。

卅年改革着新装。紫荆香，白莲芳。奥运宏开，霄汉任翱翔。几代丰功光史册，期大统，铸辉煌。

林大成

三沙威示

几度三沙起祸殃，西方一霸计东窗。
八千里路山和水，十亿排兵盾与墙。
利剑及锋除野兽，快刀在手宰天狼。
但将宝岛作前哨，休教冷风度海疆。

朱玉霞

春日所感

和风煦日暖云霞，归燕衔泥落万家。
蕾润枝盈含秀色，蕊香叶翠蕴风华。
空中鹊影成双过，月下新芽次第发。
梦醒方知春已至，莺飞蝶舞醉天涯。

曹宇欣

祖国

捧起一把泥土，我说，这是我的祖国；

溅起一朵浪花，我说，这是我的祖国；

翻开发黄的《四库全书》，我说，这是我的祖国；

弹起一曲悠扬的《高山流水》，我说，这是我的祖国！

祖国啊！

我在圆明园里，认识您的屈辱，

您的悲愤；
　我在八达岭上，认识您的磅礴，您的巍峨；
　我在呼伦贝尔，认识您的宽广，您的辽阔；
　我在茶马古道，认识您的悠久，您的坎坷！
　祖国啊！
　您是昂首引吭的雄鸡 唤醒黎明的沉寂，
　您是冲天腾飞的巨龙 叱咤时代的风云。
　您是威风凛凛的雄狮 舞动亚洲的雄风，
　您是四大古国的巨头 点燃人类文明的圣火！
　祖国啊！
　我是你十四亿分之一，
　是你九百六十万平方的总和。
　你以血迹斑斑的身躯，
　温暖了，
　　彷徨的我，沉思的我，激昂的我。
　那就从我的血肉之躯上去取得，
　　你的繁荣，你的昌盛，你的富强。
　祖国啊！我亲爱的祖国！

柏金杨

爱的收藏

秋天的街巷
弥漫着的是纷纷扬扬的落叶
想起了昨天的油纸伞
却找不到徐先生的雨巷
也寻不着一位丁香一样的姑娘
只剩下我在默默彳亍着
徘徊着的寒风
不是刺痛我的心头
跟随着我走的脚印
渐渐被风吹散

九月初升的阳光
洒落在门前三尺高的小树
九月的寒风
吹落了枝头仅剩的一片落叶
伫立在低矮的树旁
眺望远方
何时飘近一位姑娘
静静的站在身旁
任时光把合影收藏

风拂过街巷
时间把记忆存档
回顾身旁
只看见远方被风吹散的身影
夕阳划过心房
照片被时间染黄
彩色的记忆依然伴在身旁

找一个只属于鼹鼠的角落
将落叶埋葬

记忆太脆弱
经不住时间的碰撞
只好学黛玉葬花
也许泥土会是它的归宿
放任风筝去翱翔
快乐不是自私的收藏

赏一朵花
把它摘下，那是喜欢
品一朵花
把它放在心底，不轻易去触碰，那是爱
爱是付出，不一定要放在手心里欣赏

凌晨盛开的花朵
等不到朝阳
再灿烂的烟花
也只有几秒钟的绽放
不如放手去飞翔
也许下次相遇
彩虹挂在天边
鲜花怒放

滕光华

大西北的守望者

那年春天 尘沙飞扬
我站在黄土地的高坡上
默默遥望着点点的绿意沧桑
我知道
那是故乡沙枣树叶子的淡装
一面翠绿；一面银光
伴随着童年快乐的成长
那年夏天；莺飞草长
我陪伴父亲散步在村庄
悠然感觉到少有的神清气爽
我知道
那是故乡沙枣树花朵的芬芳
沁人心脾；神怡心旷
蕴含着少年无限的梦想
那年秋天；四野飘香
我打点好了出发的行囊
回首看到沙枣树变得满树透亮
我知道
那是故乡沙枣树果实的金黄
北雁南飞；一路引吭
激励着游子对征程的渴望
那年冬天；傲雪凌霜
沙枣树的叶子已全部落光
像临风而立的壮士仗剑边疆
我知道
那是故乡沙枣树特有的苍凉
岁暮天寒 斗志昂扬
守望着大西北无尚的荣光

王克勇

父亲

一双粗糙温暖的大手
轻轻地把我举起

骑在父亲的脖梗儿上
记不清那些似懂非懂的剧情
眼花缭乱的光影
迷乱我天真的眼睛
现在才明白
那一场露天电影
父亲挺立的身姿
已站立成一道最动人的风景
满满的父爱
洒落成夏夜里闪烁的繁星

皱纹爬过父亲的额头
一道道、一条条
比犁铧翻起的垄沟还深
斑驳的短发已遮不住曾经年轻的容颜
日渐佝偻的脊背再也驼不动岁月的艰辛
北墙上悬挂的那壶老酒
盛装过多少酸甜苦辣
深秋那沉甸甸的金黄
无法掩饰眼角憨憨的笑意

故乡的炊烟
在思念中升腾成一种绝美的意象
父亲的背影
已在凝望的泪眼中定格成记忆中的永恒

张培珍

假如我知道这是最后的时光

假如我知道这是最后的时光
我一定送你回到家乡
总以为你是军神
这一次还能战胜死亡

假如我知道这是最后的时光
我会带你去孟良崮战场
那是你英勇负伤之地
你牺牲的战友又怎能遗忘

假如我知道这是最后的时光
我会录下你的声音拍摄你的影像
你有中国现代军人的风骨
你是我们国家民族的脊梁

假如我知道这是最后的时光
我一定给你穿上军装
这是你一生的酷爱
愿你在天国也英姿飒爽

总以为你还有很多的时光
总认为你还能走出病房
你突然地不辞而别
怎不让我们痛断肝肠

没有你的家乡是多么地空旷
没有你的日子是多么地忧伤

家乡的父老迎接忠魂啊
定把英雄的精神传播发扬

请及时地关爱脆弱的老兵吧
不要让遗憾成殇
捧来一颗感恩的心吧
让老兵的心田洒满阳光

林俩传

经天纬地，与几首老歌有关

舍不下那道山，离不开一方亲人
一曲缠绵的《十送红军》
以袖掩脸，把一条忐忑的经线
引到热情好客的陕北
以大豆高粱的名义，集结
流浪的松花江，失眠的黑土地
奔腾的山海关，指挥
大半个中国的《黄河大合唱》
一曲《军民大生产》，唱得边区
不舍日夜，唱得黄土地心花怒放
纺出太阳的光，月亮的芒
一条足够长的纬线
心系天下苍生，横穿上下五千年
每当一个人发呆的时候
山丹丹开花画面就会漫卷
九十年过去，领袖慈祥的脸
像一朵祥云，总游不出我的蓝天

张菲菲

中国美

你是我执起笔墨，
书于纸上的横平竖直。
顶天立地的方块字，
让我将你的刚直铭记。
你是我翻阅诗词，
萦绕在指尖的诗意。
优美缠绵的韵律，
让我将你的优雅铭记。
你是我轻启唇齿，
吟诵出最动听的话语。
字正腔圆的语句，
让我将你的音色铭记。
你是我穿越时空，
从历史中找回的霓裳衣。
随风翻飞的裙裾，
让我将你的飘逸铭记。
你是我展开地图，
尽收眼底的雄壮和秀丽。
九百六十万的辽阔大地，
让我将你的伟大铭记。
你是刚毅的美，
你是柔和的美，
你是灵动的美，
你是雄浑的美，
你是博大的美，
你是包容的美。
请允许我高呼你的名字，
引人入胜的中国美！

孙永强

父亲大人

叫一声父亲，我拜倒在一座山下

喊一声老爹，我跪伏在一条河旁

白日的太阳知道您是多么辛劳

夜晚的月亮明白您是如何变老

您把汗水洒在几亩薄田

您省吃俭用积攒银钱

您把双脚迈向未知的天涯

梦想为家人支盖起一幢温暖的房厦

您把自己累成一张弓

却语重心长的教导：儿呀，做人就得站直了，千万别趴下

您是用自己的血养育我呀！

您有没有发现？

儿子越来越沃若，您却慢慢变得枯干

您是用自己的心教育我呀！

您有没有发现？

儿的眼神里，传递的正是您的信念

如今您已年逾七旬

把自己活成了村口那棵枣树

饱经风霜的遒枝显出倔强，硬刺儿透出点点锋芒

向路人展示，平凡人生里的沧桑

如今我也做了父亲，为自己的孩子操劳奔忙

体会到，天下寒门为父的责任与担当

如今我也做了父亲，想用自己的文字，把您赞扬

父亲呀，少操点心吧！

劳累一生也该歇歇了

岁月长长，路长长；

泰山不屈，青松茁壮

愿天下的老父亲们吉祥安康

日子如溪水一样缓缓流淌

幸福如溪水一样绵延悠长

孙文攻

中国，想起你的名字

中国，想起你的名字，

我的心里就无比的安稳；

触摸你的脸庞，

如婴儿和母亲般血脉难分。

你用屈原的求索，

告诉我做人要求真。

你用李白的月光，

装饰我白衫上的酒痕。

你用文天祥正气，

塑造出千万个大写的人。

你用岳飞的长啸，

砥砺大中华抵御外侮的血性和精神。

你有江河奔流、沃野千里，

你有海阔鱼跃、有青山翠峰

千寻。
你有春花秋月、夏阳冬雪，
你有小桥流水、有春雨江南温存。
你有大漠孤烟、有塞外草原，
你有渔歌唱晚、有金樽美酒醉人。
你更有亿万优秀儿女，
为捍卫你的平安和荣誉奋不顾身！
中国，想起你的名字，
心里就无比的安稳。
翻阅你的历史，
追寻我们的共有的根。
呼唤你的名字，
豪情万丈胸中容乾坤。
捍卫你的尊严和荣誉，
我们有手里的钢枪铁肩担重任！
你有五十六个民族十三亿儿女，
却有个共同的名字龙的传人！

潘玛琪

丝绸之路

推开历史斑驳的朱门
揭开丝绸之路的神秘面纱
你是一道虹
一道横跨亚非欧的彩虹
传响着张骞使西域的阵阵驼铃
映衬着卫青战沙场的飘飘旌旗

这一道虹

凝视大漠孤烟的壮美
俯瞰苍茫昆仑的巍峨

这一道虹
细嗅清茶香茗的浓酽
触碰绫罗绸缎的细腻

这一道虹
聆听画舫笙歌的缠绵
萦绕昭君倩影的清纯

茫茫大地，滚滚风尘
幽幽笛声，嘶嘶瘦马

丝绸之路
曾经
是你丰盈了文明古国的辉煌
是你让关外胡杨不再沧桑寂寞
如今
愿你勾连起万众国人的中国梦
让中国傲立于世界民族之林

张少伟

黄河的寻找

从东经95度的高原出发
黄河一直在寻找
有时浩浩荡荡
有时步履蹒跚
有时横冲直撞
有时宁静安澜
就像西天取经的僧侣

一路上诱惑与艳遇常常出现
平原和丘陵对它含情脉脉
绿洲和沙漠对它恋恋不舍
山峦和峡谷不断将它挽留
连夕阳也想与它同枕共眠
可是它就是停不下来呀
它咆哮着，怒吼着
浊浪翻卷
冲出了柔情的包围圈
依稀听到羌笛折杨柳的哀怨
依稀看到风吹稻花香的壮观
依稀听到那船工号子的铿锵
依稀看到那大宋的菊花，盛唐的牡丹
终于，它找到了
找到了那蔚蓝色的浩瀚
终于，它见到了
见到了那美丽的渤海湾
奋不顾身地跳进去
去完成一个沧桑辽阔的梦啊
它将自己的黄；汇入了
汇入了
那广袤无垠的
蓝

彭琳

我的家乡

曲曲绕绕的黄河穿过兰州缓缓流淌，
这里是生我养我的家乡。
一座千古传奇的丝路重镇，
犹如古老的琴弦弹奏着东西方文明的抑扬。
历史的风烟不曾掩埋那些伟大的历程，
沉重而沧桑的脚步在悠久的岁月中奔放，
开启了盛世，沟通了文明，
传播着华夏民族之魂，推动着世界文明的进程，
永不停息的马蹄与驼铃承载着中华民族的情谊，
这就是丝绸之路的伟大光芒。
今天，舞动千年的丝绸从东土大唐卷土重来，
二十一世纪的惊涛骇浪卷起了一个民族五千年的梦想。
第一次向世界宣告心中那条永无疆界的天路，
在东半球的地图上画出一道跨越时空的闪亮。
笔直的铁轨标记出无与伦比的时速，
将长风万里化作咫尺、化作光阴，
亚洲的辽阔，欧洲的恢宏，
都随着丝绸之路的纽带开放、共享，
再次相逢于先祖未尽的旅途，
从陆地延伸向了海洋。
我心中的梦也在黄河岸边悄然生长，
正沿着古老丝路的荣光流向一个名叫未来的地方。

李广鑫

一起回老家

如果有一天我们都累了
一起回咱的老家
陪陪想念的老爸老妈
住住冬暖夏凉的老房子
看看开遍满山的小野花
无论住哪
不管吃啥
那才是真正意义上的家

如果有一天我们都累了
一起回咱的老家
走走那条小山道
再感受一次踩进雪地里不能自拔
再看一场露天电影
宁愿一宿冻的脚发麻
看看那所小学校
找找光屁股长大的那个娃
吹吹牛
揭揭疤
儿时的故事
能让人笑掉大牙

如果有一天我们都累了
一起回咱的老家
种点绿色小菜
养几只小鸡小鸭
一起上山采蘑菇
一起下河摸鱼虾
扭扭大秧歌
听听小戏匣
看看蓝天白云
把多年的疲惫都放下

孙宇彤

啊！我亲爱的祖国

啊！祖国
我亲爱的祖国
你有着
奔涌的江河
广阔的平原
巍峨的昆仑山是你的脊梁

啊！祖国
我亲爱的祖国
你有着
奔腾的骏马
成群的牛羊
宽广的内蒙古草原是你的衣裳

啊！祖国
我亲爱的祖国
你有着
可歌可泣的英雄人物
享誉世界的唐诗宋词
五千年的悠久历史是你的涵养

啊！祖国
我亲爱的祖国

我是你孕育的少年
我是你未来的希望我承诺
我会用我的生命
捍卫你的形象
维护你的尊严

啊！我亲爱的祖国

冯艳霞

红巾如火

急奔在那条硝烟弥漫的小路，
来不及看青纱帐外蒲公英轻舞。
系着红纱巾的少女，手中的军鞋已握不住。
曾经山一样健壮的少年，眼中的仇恨已凝固。
抗战的烽火，烧灼了少年一身傲骨，
牺牲了，也以战斗的姿势冲出。
轻抚那张坚毅的脸，只对自己说不！
说好的天长地久，田园画图，
都成了炮火中绝美的祝福。
告诉自己，没时间去哭，
拿起少年的军帽，奔向抗战的征途。
硝烟里一方红纱巾猎猎飞舞。
家国天下，驱除外侮，
这最朴素的情感，不需要语言的描述。
战争是痛苦，战争是杀戮，

保卫自己的家园，中华儿女义无反顾。
只愿献血浸染的黄土，
能开遍蒲公英，把和平的种子飞渡。
让世界的每一个角落，都成为幸福归处。

张佳丽

守岛人

我来到这世上
为了
看看大海
听听涛声

我来到天涯海角
带着我的青春
化而为岛

我看深海里的星星
看星星上游走的鱼
以及
漫天的海水载着月亮奔跑

我才发现
原来
我守着孤岛
也守着整个世界

钟予婕

童年

童年
它是一幅画，一幅美丽的画，
五彩缤纷的色彩充斥着整幅画卷。
画上，勾勒着我们的笑脸。
童年
它是一首诗，一首快乐的诗，
没有枯燥的文笔，没有华丽的词藻。
诗里，颂出了我们的欢乐。
童年
它是一曲乐章，一曲青涩的乐章，
不是很动听，也不是很悠扬。
乐声里，奏出了我们的稚气。
童年
它是一个梦，一个懵懂的梦，
香甜而又绵长，梦里，理想的彼岸，就在前方

吴丹丹

奉献是你手中的一支笔

寒风刮过了十里
你才觉自己只着了件薄衣
坚持是你手中的一支笔
写出你志向的千言万语

桃色刚刚落地
你愿做一个谦逊的人
心细是你手中的一支笔
汇集你付出的点点的曾经
月光才浅了几米
你不觉自己日日早起
坚定成了你的铭记
奉献是你生命的意义
勤劳是你手中的一支笔
记录你的为人不为己

奉献是你手中的一支笔
写一生路程
记一身坚韧
奉献是你手中的一支笔
书你的人生
传承钉子精神
我们会拿起这支笔
带上一身的善意
邪恶成不了阻力
我们会攥紧这支笔
一笔一划写下你的名字
学你精神的一点一滴
走遍千山万水留下你的足迹

金玲

北方，我的家

我喜欢北方，
喜欢北方初春的阳光，
把影子拉得很长很长，
仿佛梦想也跟着长了翅膀，

飞去我不曾到过的远方。
我喜欢北方，
喜欢北方炎炎的烈日，
蒸发了许多伤感的文字，
融化了尘封许久的故事。
我喜欢北方，
喜欢北方铺满落叶的街，
自由地骑着单车，
在窄窄的小巷里穿梭，
听风掠过耳畔，
回荡着青春的歌。
我喜欢北方，
喜欢北方寒冬的雪，
纯净而圣洁，
她的壮观被多少文人志士书写。
如今的北方，
走过了历史的凄凉，
褪却了战争的沧桑，
展现出如画般的风光，
描绘出如诗般的新篇章。
北方——我的家，
我喜欢北方，
喜欢北方四季分明的轮回，
喜欢北方日月的相逐相随，
喜欢心里充满的无数个欢喜！

唐文高

桃花

又被桃花劫持
在潮湿的三月
家乡那株桃花
仍守望着发黄的童话
每一朵花蕊
都闪烁着殷殷红唇
桃花是劫
你是桃花

谁让你的明艳妩媚
搁浅你的一世芳华
聆听花开的声音
心口拨动了琵琶
你落红如雨的刹那
把灼热燃烧成彩霞
飘在寂寞的云端
数着春来的步伐

王显斌

印象——蓝田老街

古旧的电缆
诉说着
遥远的故事
与流淌的时光
织成
岁月的大网

融融的春日
击碎了
满树的新绿
在斑驳的墙上
书写
簇新的梦幻

王淼

我的中国心

我的心很小，
只能容下你一个，
一颗炽热的心只为你澎湃。
我的话很少，
却想大声说爱你，
爱的无法言语。
我的左耳很迟钝，
但总能听见你的笑语，
如山间的小溪，
轻快而欢愉。
我的爱很吝啬，
却愿献给最可爱的你。
这世间，
也唯有你，
能让我改变自己，
是的，
你有如此迷人的魅力，
让十六亿的人为你痴迷。
你是不朽的传奇，
是我心中徐徐升起的五星红旗，
是整个世界的屋脊，
为什么我的眼里常含泪水？
一切都只为一个你。

胡馨铭

心舍

如果有一天你走进了我的心里
请不要嫌弃它的简陋拥挤
可放心去嬉戏
它不会漏雨

书架上的每一本记忆
都可以拿去
不是我不再爱惜
而是愿让你目睹我的别离

如果有一天你走出了我的心里
书架上会多一本书未干墨迹
封皮上签着你的名字

高悦

老师的爱

老师的爱
是风中的帆
没有风
哪有起航的船
老师的爱
是晨曦的露珠
没有露珠
哪有折射出的七彩阳光
老师的爱
是孩子们心中的糖
没有糖
哪能尝出口中的甜
老师的爱
是孩子们心中梦的翅膀
没有梦
哪能飞得更高更远

李志恒

五月，我们在北京——一带一路峰会安保有感

五月，我们在北京
天安门广场
我们瞩目，五星红旗冉冉升起
伴随着初升朝阳
有一个梦想在我们眼眸发出光亮
它有一个响亮的名字：中国梦
五月，我们在北京
执勤岗位上
论坛峰会平安顺利，我们保障
伴随着星月微茫
有一份责任在我们肩上担当
那就是国家富强
五月，我们在北京
北京城大街小巷
我们为群众平安站岗
伴随着正午阳光
有一种温暖在我们心中涤荡
那就是百姓安康
五月，我们在北京
警务现场
师傅警长谆谆教诲，语重心长
伴随着暮春风扬
有一段经历在青春里溢彩添光
那就是锻炼和成长
五月，我们在北京
青春，绽放
如暮春明媚的阳
如浅夏百花的香
一拐在肩头闪亮
预备警官是我们的荣誉与担当

侯淑英

忠诚的盾牌

忠诚的盾牌
你从历史深处的风雨中走来，
带着永恒不变的豪迈，
在你冷峻传奇的故事之外，
是一腔热血在汹涌澎湃！
仅仅为了一句你曾经发过的誓言，
你心甘情愿用你的生命负载，
是你对祖国无限的挚爱！
任岁月的风霜把你的双鬓染白，
却让和平的绿色与我同在，
守护着母亲和孩子温暖的梦，
你是无限忠诚的盾牌！

王阿籽

奶奶的臂弯

奶奶用双臂
搭建了我幼小时的摇篮
一天天
我睡玩在她的臂弯
望着她那柔柔的目光，和那微微带笑的眼睑

似那山泉一冽
涌入我的心田
一个甜甜的笑靥，便把奶奶的疲劳驱散
温柔荡漾在她的唇间。
点点的白发，随着时间的流走
悄悄在奶奶的头上蔓延
懵懂的我，绕步在她的身后膝前
她那瘦弱的臂弯
却被年少的我，荡起秋千
我的笑声抖落奶奶的汗珠串串
调皮的一个吻，把她的辛苦吻干。
时光的刻刀，在她的额间把沧桑雕下
岁月侵蚀着她早已不年轻的容颜
伴着我的成长，不变的却是那暖暖的臂弯
工作中有了烦恼，生活中有了羁绊
奶奶的臂弯，是我可以停泊的港湾
把头轻轻靠近，再无须那万语千言。
我的脚步越走越稳
小脚的奶奶却越走越蹒跚
那风中落叶般的身躯上悬着那瑟瑟的臂弯
一次次生活、工作的借口，使我远离了她的视奶奶用双臂
搭建了我幼小时的摇篮

一天天
我睡玩在她的臂弯
望着她那柔柔的目光，和那微微带笑的眼睑
似那山泉一冽
涌入我的心田
一个甜甜的笑靥，便把奶奶的疲劳驱散
温柔荡漾在她的唇间。
点点的白发，随着时间的流走/悄悄在奶奶的头上蔓延
懵懂的我，绕步在她的身后膝前
她那瘦弱的臂弯
却被年少的我，荡起秋千
我的笑声抖落奶奶的汗珠串串
调皮的一个吻，把她的辛苦吻干。
时光的刻刀，在她的额间把沧桑雕下
岁月侵蚀着她早已不年轻的容颜
伴着我的成长，不变的却是那暖暖的臂弯
工作中有了烦恼，生活中有了羁绊
奶奶的臂弯，是我可以停泊的港湾
把头轻轻靠近，再无须那万语千言。
我的脚步越走越稳
小脚的奶奶却越走越蹒跚
那风中落叶般的身躯上悬着那

瑟瑟的臂弯

　　一次次生活、工作的借口，使我远离了她的视线

　　一回回，她的身影在门口闪现，对着那南来北往的人儿，望眼欲穿

　　我的眼泪在双目中溢满

　　敬爱的奶奶啊

　　您的牵肠挂肚，和您那飘摇的臂弯，让我一生感念。

　　流星一闪，她走了，悄悄地走了

　　带着那对儿孙的无限依恋，和那让儿孙依恋的臂弯

　　她走了，静静地走了，给我们留下难舍的心痛，和难以弥补的遗憾

　　泪淌，无言，前事历历再现

　　来世，我定会在您的膝前承欢

杜娟

月满中秋

　　一树丹桂
　　熏醉了一轮温柔的月
　　一池荷香
　　染黄了一季清凉的秋
　　住在月宫的女子
　　裹一袭裙裾飘然
　　踏一径菊韵馨香
　　一杯黄酒，醉了琴台瑶瑟的缕缕乡愁
　　邀零落南墙的花瓣

　　约共剪西窗的烛影
　　一脉情怀，交织在皓洁温婉的夜色里
　　品茗，拜月，赏秋
　　海上，月色已铺好一展素洁的信笺
　　天涯游子的思念
　　顺着一管清音缭绕
　　在故乡那片黄土地里深深浅浅地淌流
　　千里万里共享此时
　　温暖恒定在花相似的年岁里
　　在又一个月满中秋的时候
　　但愿，但愿人长久

李增莲

走不出的记忆

　　父亲
　　我翻遍史书找不到您的名字
　　我深知您的平凡
　　如千千万万在生活中穿梭的英雄
　　烟消之后 终归沉寂

　　还记得您向孩儿讲的故事：
　　您的接头暗号令人出奇
　　常见的物件 承载着神圣的使命
　　您形单影只传送信息
　　使寓所的敌人乱作蚂蚁

　　您带领民兵运送军粮

突破防线 伺机而行
宁弃生命 不丢一粒
把百姓的血汗输入炮火连天的前沿阵地

红旗下的桥梁沟渠
您召集民工加紧施工
一条条共和国的血脉
洋溢着生活安康气息

广袤肥沃的田野
五谷飘香
那是饱经沧桑的安慰
喂大了饥肠辘辘的农家子弟

今天是父亲节 一个特殊的日子
频频的微信祝福 使我想起了您
父亲 您是我心中的神
保佑着后代 播撒未来的希冀

父亲
您的故事属于昨天
却是女儿永远走不出的记忆

赵瑜

纪念碑下

凝思，
那面写满烈士名字的墙，
展示着你们滴血的梦想，
记载着你们生命的荣光。
是什么，让年轻的你们扛起钢枪？
是什么，指引着你们定国安邦？
是人民的呼唤！
是信仰的力量！
你们用血肉之躯，
诠释了生与死的较量。
仰视，
那庄严的纪念碑，
雕刻着你们毕生的刚强；
那激昂的宣誓，
是你们生命中最美的军功章；
为人民服务！是最让人感动的交响！
展望，
纪念碑前的我们，
正时刻准备着：
准备着背起行囊，
迎着春风奋发向上。
让五星红旗，
因为有我们而高高飘扬；
让义勇军进行曲，
因为我们更加激昂！
啊！祖国！
我们一直在奋斗的路上！

代长雷

图腾

当东方的雄狮抖起威严的面庞，
当中华的图腾展开腾飞的翅膀，
此刻，我深深地知道，
巨龙早已如日中天，扶摇直上。

其志远胜鲲鹏，其势锐不可当。

华夏儿女的图腾，承载着民族复兴的梦想。

祖国的未来，需要我们前进的信心和力量。

祖国啊，祖国

你是朝阳，正放射光芒，

八纵八横的高铁，构筑了中华民族的希望。

一带一路的构想，架起了中国与世界的桥梁。

历史的回想，

换来这四十年的改革开放，

先烈们用革命的鲜血，

护佑你在霹雳中翱翔，在风雨中闯荡。

任何国际邪恶势力，都不能阻挡你前进的方向，

强大的国防，威震八方。

迅猛的发展，四海名扬。

威武的军姿，先进的炮舰，代表着亮剑的胸膛。

热血衷肠，报国魂殇，

古有英烈，今有儿郎。

今天，我为你自豪，为你癫狂。

朝霞下的五星红旗，是我不变的信仰，也是中华儿女心灵的导航。

一份拼搏，一份热肠，英姿飒爽，斗志昂扬。

祖国啊，祖国

五十六个民族，是你坚强的臂膀。

气势恢宏的万里长城，是你不变的脊梁。

腾飞吧，祖国

这是十几亿同胞心中共同的梦想。

前进吧，祖国

这是万万中华儿女热切的盼望。

现在，我想大声高唱：

美好未来，就在前方。一带一路，拓土开疆。

拼搏冲刺，全面小康。民族复兴，共创辉煌。

同心协力，幸福共享。法制社会，和谐安康。

李昊阳

红领巾娃娃

我是妈妈的娃娃，

红领巾是国旗妈妈的娃娃，

我系上红领巾是祖国妈妈的娃娃。

云彩是天空的花朵。

浪花是大海的花朵。

我们是中国的花朵。

红领巾是我们心中最美的花朵。

张金海

家

家，是一封信

写满了部队官兵的祝福与牵挂
妻子的身上溅满了农田的泥巴
儿子的小手揉出了天真的泪一把
爸妈的鬓角又添了几丝银发

家，是双休日手中的电话
小小的话筒哟
怎能把部队官兵的心装下
爸妈，要保重身体
弟弟，要努力奋发
还没有来得及问候妻子
话筒里传来儿子的叽叽喳喳
已让脸上挂满泪花

家，是熟睡后嘴边滑落的几句话
起床、集合、跑步出发
紧张繁忙错落有致
生活充实又潇洒
青春无悔写人生
心甘情愿把汗水洒

郜延华

母亲，二月了

母亲，二月了
在这个没有春天的城市里
我开始怀念春天
怀念故乡的草长莺飞
怀念屋后树梢的那些鸟鸣
怀念那清澈的满天繁星

思念你
倍感温馨 又黯然神伤
母亲，我知道
那草长莺飞的背后
藏得是您曾经的忧伤
那树梢的鸟鸣声里
吟唱的是您心底一直藏着的祝愿
那清澈的满天繁星
是您对我的满心期望

母亲，我想您了
在这依旧寒冷的春夜里
我想您，倍感幸福
我想您，又满怀欠疚
母亲，在您养育我三十多年后的今天
我第一次试着用诗人的心去写您
在我如泥土般的诗歌里
我只想做一只青蛙
去念叨秋天的金黄
母亲
在这依旧寒冷的春夜里
我看到了您额头那被岁月击落的点点清霜
在您日益苍老的声音里
我听到了瑞雪丰年

华虹

父亲，老船长

有些称谓

注定很硬朗
比如父亲
不由自主就想到
巍峨的山 宽阔的海
撑得了船 跑得了马的
胸怀
这称呼一旦出口
父亲就上了满弦
你这掌舵的船长
用爱、责任和辛劳撑起家的巨轮
在时间的海里播洒希望
收获温暖和幸福
当然，也有咸涩和苦难
父亲并不总是坚硬的
这世间最柔软的一束光
是父亲望向孩子的目光
不善言辞的他
只把所有的爱集中在这光里
然后辅以大手支撑
托举儿女成长
从风雨飘摇驶向风平浪静
老船长也该歇歇了
家族的密码无须破解
于无声处传继的
是相似的性情和神态
一贯的温厚和善良
在星光熠熠的夜晚
小院里铺洒月光
酒杯里斟满故事
老船长和你的船员们谈谈过往吧
谈谈你一生的

骄傲和精彩

李佰超

如果被梦惊醒

如果选择做一只鹰，
那么，飞翔便是你的职责
莫要去怀念枝头
如果选择做一棵树
那么，挺拔便是你的执着
注定要站成孤寂
如果选择走向远方
那么，坚持便是你的坚强
黑暗固然可怕
喝彩固然美好
可初心却更为难忘

如果被梦惊醒
莫要寻我，我已走远
迷茫已是昨日之风
彷徨也随黑夜沉睡
如果沉默刻在我的墓碑
如果无人记得我的模样
去问那片海
去问那座山
去问那路的尽头
不曾被点亮的一盏灯

雷印伟

我的祖国

你是铸在青铜上方的铭文

刚从历史的尘烟里擎起
你是黄河壶口的飞瀑
你是乘风破浪的一张风帆
是东方蒸腾的旭日
正在喷薄
祖国
你是南国之滨咆哮的海浪
你是平原大地上
英勇的 崇高的 光辉的火把
叫醒热烈响应的每一株草
你不是一副锁着镣铐的骨架
万里长城是你的背脊
浩瀚星空是你的胸怀
你肩头深深勒进的纤绳
是劈开阴暗的闪电
祖国
你从一艘寻常的红船走来
是一种信念连缀着赤子的血脉
匹夫之责将他们召集在这里
聚会画舫不是来听前朝细雨先帝落花
泛舟南湖不为呼朋唤友饮酒赋诗
青春的背影正穿过黑暗隧道走向黎明
前方的等待和企盼
就是你
付出牺牲的代价
祖国
你羽白色的鸽子在蓝天上放飞和平
又使一个明媚的天空放射出鲜花的传奇
我像一个睡醒的孩子在曙光中看见自己的母亲
那慈祥之光在这一刻洗礼五十六朵花的绽放
在广场纪念碑前 亲近英魂书写浩荡之卷
你捍卫了一个民族的尊严抚慰了战火中人类的伤痛
我们为是你的儿女而自豪
我们为有这样的祖国而骄傲

（转载自中华诗词学会网）

注："2017诗词创作征集活动"由教育部语言文字应用管理司与中华诗词学会成立的组委会发起并评选，本书选登的系其获奖公示作品。

第三编　诗国百家

刘征

水龙吟·贺中华诗词学会创建三十周年

风骚焕彩千秋，新天恰待翻新曲，春阳破冻，故园荒寂。瞬三十年云兴潮涌，絃歌户户。会耦耕俦侣，白头笑对，浮刘大白，嫌未足。

待向来朝腾目。梦飞天，临睨乡土。百花解语。江河化酒，群山峙玉。狂喜灵均，欢歌鲍谢，千杯李杜。向珠峰高处，摩崖镌刻，吾华族，腾飞赋。

菩萨蛮·咏白发

那时曾记初相见，绿云半掩如花面。双辫结红绳，翩翩蝴蝶风。

几番生死劫，白发丝丝雪。转胜少年时，梨花雨后枝。

嫁书辞

余年逾九十，散所存图书，分赠九个单位，代嫁书辞，用楚骚体。

北风凄兮雨雪霏，送君行兮不言归。看书箱之启运兮，倚室门而依依。百感交于中心兮，非喜非悲。欲久聚而不散兮，知君去得其所，谓乐送君去兮，却肠辛而九回。听车声之渐远兮，眼含笑而泪垂。忆君之来兮积有岁年，少小即跑遍兮书肆书摊。遇所爱而囊羞涩兮，宁节缩数日之午餐。年既长而嗜弥笃兮，结终生之书缘。列高橱于书斋兮，积充栋之书画。随世事之变易兮，书聚散曾多番。拾此劫余兮慰晚晴以简编，恒披阅以求索兮，为吸水之海绵。知我引吭而长吟兮，或应风雨之吹打；知我掩卷而沉思兮，久兀坐而如傻。知我愤怒而击案兮，震杯倾而洒酒；知我展眉而微笑兮，诗神飘飘而来下。叹俯仰而为陈迹兮，搔丝丝之白发。送君去兮君去何方？时彦之所染兮琅环之乡。交流不思兮流惠四方，君之用兮绵绵而长。瞻彼行云兮聚散无常。聚为时雨兮萌万绿于春阳，散而睹青天兮照大地以阳光。书为公器兮涵智海之汪洋，聚难恒久兮散乃其祥。送君如母之嫁女兮，含欣慰于感伤。去兮去兮放歌举觞。

沈鹏

贺中华诗词学会创建三十周年

闻道求真不厌迟，根深拓展玉龙枝。
屈平骚意连江涌，李杜歌声旷代驰。
汲古镕今翻旧调，巡天入地创新诗。
中华文脉振兴日，民族灵魂再造时。

忆秦娥·二〇一五年九月三日纪念大典

长风激，碧天如洗雄鹰击。雄鹰击，
彩虹飞画，啸呼鸣镝。
河山重建光阴急，长龙方阵东方立。
东方立，高翔白鸽，梦圆如璧。

读烈士遗书八首（选二）

一

家书一字一遗书，托付心肝红鲤鱼。
寄语亲人后来者，尽忠今我效先驱。

二

"誓志为人不为家"，牢笼飞出自由花。
白山黑水傲冰雪，巾帼遗音警散沙。

题李延声画伟大的先行者孙中山长卷

伟大先行者，壮怀追大同。
医民更医国，效禹不居功。
邦忌沙盘散，峡熙板块通。
至今诵遗嘱，心浪越时空。

闲吟

坐井天庭远，观书雨露滋。
三餐唯嗜粥，一念不忘诗。
搜索枯肠涩，重温旧梦丝。
闲来耽异想，随处启新知。

吴为山君画余遇一长老二首

一

犹似佛禅犹似仙，偶逢歧路亦逢缘。
海天何处今宵宿，径陌前程几度迁。

二

汝也远离尘俗去，余兮羁绊网罗牵。
崎岖总有不平事，大道长留人世间。

八四本命年

愿追羊角上苍天，岁到中秋若小年。
乐向蓬门迎远客，畏从朝市去求仙。

荣衰变故大槐梦，寂寞无聊高枕眠。
为道乘桴太辛苦，惯闻热议涉升迁。

笔诗

小大由之两自知，颂恩认罪切时需。
毫毛驯服随心使，工具循良任性呼。
识字催生忧患始，诵经打造睿思除。
在齐太史贵操守，寸管身微独展舒。

寄江油李白纪念馆

江油灵气托青莲，嘉句长留万口传。
少小也曾期圣主，壮怀直接戴天山。
危楼百尺浪漫语，蜀道高标世事难。
亲炙耕樵行者苦，披吟不见酒中仙。

注：李白居江油诗传三十二首，只字无"酒"。一笑。

郑欣淼

七十咏怀五首

一

风尘一路忽如旋，造化驱人岂偶然？
血荐韶华镐京月，心萦畎亩渭川烟。
雪峰饱看五千仞，紫阙欣聆六百年。
今可从心矩犹在，衙门再结海山缘。

注：作者退下后移往故宫清代稽查内务部御史衙门办公，衙门左为景山，右是北海。

二

心头骚雅耳边钟，相伴今生有两公。
春望秋兴感沉郁，鹰飞鲸掣思宏雄。
热风已得燃犀烛，直面才看贯日红。
鲁迅锋芒工部韵，殷殷尽在不言中。

注：作者有《文化批判与国民性改造》与《鲁迅与宗教文化》两本鲁迅研究专著出版。

三

一脉文渊岁月渐，天教我辈领珠探。
故宫倡学深俟海，才俊为基青出蓝。
十五流年鼓无歇，三千世界味初谙。
衰翁漫道古稀日，秋色斑斓思正耽。

注：作者提出故宫学已近十五年。

四

屐痕到处总匆匆，我有相机留雪鸿。
青藏风情情万种，紫垣殿影影千重。
刹那定格供开眼，经久回思凭荡胸。
历历行程最堪记，恒河畔觅佛陀踪。

注：作者有《高天厚土——青藏高原印象》与《紫禁气象——郑欣淼故宫摄影集》两本影集出版。

五

黄华银桂正宜秋，欢聚倾杯松鹤楼。
儿辈自强差可慰，老夫尚健复何求。
人生青岁总风雨，世事红尘不泡沤。
回首犹存几多憾，至今惜少好诗留。

浣溪沙

赵晓明同志自1998年底任余之司机，至2017年9月30日退休，相处一十九年，感慨良多，特拟小词相赠。

回首才惊十九春，生涯甘苦伴车轮，相看俱是白头人。一路风霜穿冀豫，几行宫柳守晨昏，个中有味自堪珍。

梁东

海天十六拍

——献给"厦门号"八勇士帆船环球远航五周年

秉家国大义，极造化辉光，
应三生盟约，写大海华章。

诗序"厦门号"八勇士扬帆寰球远航。2011年11月3日从厦门出发，316天行程80000余里，穿越"咆哮西风带"和被称为"海上坟场"的合恩角等天险，九死一生，奏凯而还。他们此行是郑和下西洋以来，我们民族从农耕文化走向海洋文化，精神上的又一个里程碑。它向世人宣告：中国人到了该远航的时候了！中华民族有能力走向海洋、走向世界的时候到了！这次壮举，穿越了太平洋、大西洋、印度洋，两跨赤道，访问了亚洲、大洋洲、非洲、南美洲十四个国家的城市，不远万里传递友谊，开阔了中西文化交融的天地。它向世界昭示：在新的海上丝绸之路上，真诚的中国友好使者来了！

一

寰球信步水云间，远影孤帆自往还。
为有心胸腾巨浪，饶他虎穴并龙潭。

二

应是男儿蹈海天，雄图追梦赋新篇。
一生九死多慷慨，把泪神飞别五缘。

注：五缘湾，厦门码头。

三

一声欸乃半城花，一叶扁舟日影斜。
隐隐征帆破云出，苍茫回首是中华。

四

风涛碧落千峰底，人命高悬一浪巅。
已见"文书"共生死，回眸笑指乱云边。

注：壮别，立"生死文书"，自我担责。

五

舱外西风生死带，眼前南国鬼门关。
楼兰海上终须破，搏浪吞云动九寰。

六

八方风雨汇孤桅，万叠鸳鸥护作堆。
不畏强梁仰高义，深情百转去还回。

七

才离咆哮拍天浪，又现丹青入镜开。
何处殷殷频眨眼，开窗放入晓星来。

八

一别鲜花夜夜心，飘摇物外叩云襟。
银帆邀月九人夜，海越深沉家越深！

九

"坚持"助我泛仙槎，四海为家不是家。
故国炊烟千里外，梦中犹放一天霞。

注：船员在床头舱板刻写："坚持一下就到家！"成为历史文物。

十

喋血苍生曾举刀，旌旗敌忾接天高。
铁锚此日门前铸，大国雄风镇海涛。

注：寰球回程到达祖国最南端曾母暗沙海域，按预定将刻有"大国雄风，永镇海疆"字样的大铁锚抛入海中。

十一

沧海横流无际涯，归来此处最芳华。
近乡为有护航舰，不向来人问"暗沙"！

注：回到祖国曾母暗沙海域，我75号、66号海监船双舰护航，迎接"厦门号"及八位勇士胜利归来。

十二

六百年前梦有痕，樯帆如帜动晨昏。
郑和当日千重浪，寻觅芳邻再叩门。

十三

汉习楼船风浪远，唐标铁柱一千年。
勒铭姑遭轻舟发，为续丝绸海上缘。

十四

俯仰青空耀眼明，天容海色本澄清。
而今重剪西窗烛，旧雨新知万里情。

十五

去国追寻世外心，浪花拨动似鸣琴。
停帆静听曲中意，好是韶音万众吟。

十六

曾经黑土走康庄，今日风云指海洋。
极目深蓝家国志，中华大业系兴亡！

王玉明

浣溪沙二首

圆明园早春暮色

柳色鹅黄湖水澄，余晖脉脉远山暝。金乌幽梦几时醒。

曲奏月光随步听，波摇星影伴人行。仙家道是有无情？

清华园早春二月

未尽腊梅开晚晴，冷香浮动水纹平。芳心不弃念多情。

新月画眉纤细细，金星燃炬亮晶晶。诗仙应访桂荫亭？

项宗西

登三清山

道圣巍然坐绝巅，女神破雾耸云天；

高低栈道临削壁，远近松篁拥碧泉。
福境幽深明净地，玉峰峻拔老庄缘；
春风千里万重绿，心入"三清"醉欲仙。

婺源行夜宿民居

将军府第福绥堂，灯影思溪夜色茫。
花海铺金香满宅，一帘幽梦到苏杭。

乡风徽韵

黛瓦粉墙徽韵长，近水浅山菜花黄。
一川烟雨千层瀑，岭漫杜鹃红艳妆。

咏桂

丹桂烁金香袭门，天风送醉沐千村。
残荷只解听疏雨，唯有此花能摄魂。

马头琴

乐声缭绕舞轻盈，万马奔腾弦上鸣。
美酒鲜花科尔沁，琴声如诉最深情。

昙花夜放

天阶月色影婆娑，玉蕾冰芯隐碧萝。
瞬息芳华逸香魄，痴心谁解付韦陀。

  注：昙花又名韦陀花，昙花开放来之于一则神话爱情故事。

鹧鸪天·温州行

孤屿葱茏碧水分，嫣红黛绿一江春。
兰舟烟雨楠溪韵，翠嶂云涛雁荡魂。
铺锦绣、织缤纷，潮头勇立鹿城人。
"和谐"追梦鸣征笛，注驰骋东瓯领绝尘。

  注："和谐"是高铁机车名。

赞南海军演

三沙浩淼四时春，琼岛屏藩卫国门。
窥伺宝礁引狼顾，妄裁废纸欲鲸吞。
锐师动出雷霆怒，机舰齐发海色昏。
安得倚天亮神剑，岂容祖域失毫分！

桐城六尺巷

和煦春风起界墙，小城幽巷几徜徉。
家书一纸高标在，气度胸襟照此量。

  注：张英，清朝大臣，官至文华殿大学士兼礼部尚书。

  六尺巷的由来：康熙年间，张英家人与邻居吴家在宅界问题上发生了争执，谁也不肯相让。因双方都是名门望族，县官也调解不了。于是张家人千里传书到京城求救。张英收书后批诗一首云："一纸书来只为墙，让他三尺又何妨。长城万里今犹在，不见当年秦始皇。"张家人豁然开朗，退让了三尺。吴家见状深受感动，也让出三尺，形成了一个六尺宽的巷子。

运河之春二首

一

海棠花重紫樱濡，荞麦青青水岸铺。
塔寺鸣钟客船到，武林门外雨如酥。

二

黛瓦青墙灼灼桃，轻飔丝柳隐廊桥。
水光尽染江南绿，欸乃一声乡梦遥。

水调歌头·登岳阳楼

行别长沙雨，晴上岳阳楼。枫红层岭初染，鹤影蓊芦洲。华发骋怀送目，浩渺烟波万顷。一洗古今愁，尽览巴陵胜，无限洞庭秋。

楚天阔，君山碧，大江流。范公千载无恙，相见话沉浮。五秩沧桑塞北，冰雪风霜肝胆，未敢忘乐忧。夕照斜晖里，楼记诵从头。

钟家佐

喜迎十九大召开

踏破千山辟坦途，英雄豪气世间殊。
今朝更续长征路，华夏风云起壮图。

五指山竹枝词三首

拧

葵伞鱼篓坡过坡，两三村女待情哥。
欢腾追逐椰林下，一拧定情去似梭。

对歌

轻盈赤足下山来，鬓角山花含笑开。
长袂短裙皆窈窕，邀郎待月上歌台。

舂米舞

丰收时节喜洋洋，二八姑娘浓淡妆。
杵臼簸箕舂米舞，穿场逗煞少年郎。

农村生活竹枝词六首

一

毛寮四面不开窗，也透清风也透光。
冬暖夏凉分外好，鸡笼顶上可铺床。

二

洗完碗筷洗完凉，扫桌点灯摆纸张。
满耳婴啼无碍事，从来茅舍出文章。

三

芋头送粥最相宜，爱吃红薯不剥皮。
古老民情新体验，一杯淡水可防饥。

四

冬蔬春笋是农家，田垌鱼儿炒菜花。
萝卜腌酸好送粥，鼎锅煮饭没锅巴。

五

晓来春涝漫田基，正是鱼虾斗水时。
塘角田头装竹笱，披蓑戴笠捉鱼儿。

六

不是闲情唱竹枝，农家忧乐刻心扉。
抬头四顾见春色，随手拈来成小诗。

李一信

感时

春柳柔条匝地垂，秋杨黄叶漫天飞。
春荣秋枯谁操弄？跌宕人生是耶非！

寒露

露结为霜坡草黄，柳衰花谢漫评章。
一年一度秋风劲，蓄势来春花更香。

重阳寄友

登高采撷云头艳，临案挥毫龙虎篇。
报与诸君齐努力，书山无路勇登攀。

冬日二首

一

冬日休闲宜养身，读书习字好时辰。
诗成泼墨陶陶乐，散入梅花点点心。

二

西风渐紧北风呼，冬日衔杯好读书。
夜半闲敲无字韵，一弯新月入吟图。

小雪三首

一

小雪霏霏耕砚田，挥毫泼墨问前贤。
江山社稷谁能助？煮韵敲诗唱主旋。

二

小雪霏霏不觉寒，读书难得岁余闲。
砚田苦苦耕耘者，一片丹心唱大千。

三

红装素裹梅枝俏，银柏雪松争妖娆。
敢问玉龙谁是主，狂书醉墨仰天潇。

山乡行

欲向山花寻去路，莺啼随到坨头村。
潭深水托千秋月，峰险岩浮万壑云。
堰上核桃新待客，宅边狡犬卧花阴。
主人喜侃桑麻事，来客微醺对月吟。

刘麒子

书感

今看网络惊天地，世界纵横弹指中。
科学百年崔巨变，洪荒万象渐穷通。

霸权自古皆无道，恐怖于斯欠启蒙。
阅尽兴亡明一理，民心拥戴国昌隆。

登泰山览摩崖诗碑感赋

一自风骚正气吟，黄钟大吕衍清音。
名山胜景诗摩壁，宦海情场句湿襟。
世道熙熙犹攘攘，篇章总总亦林林。
民心国祚皆魂魄，千古兴亡悟意深。

赞孙轶青老诗书合璧

孙老挥毫犹锻铁，千锤百炼出烘炉。
钩如凤爪竖悬杵，横似蚕痕点坠珠。
古朴更添新气象，高风不让旧名儒。
心香入墨融诗韵，四海流传作楷模。

庚寅蓝天兰亭雅集

新知旧雨会文缘，珠玉云霞锦绣笺。
景物怡情诗结谊，湖山可爱乐陶然。
一方胜迹兴名邑，数处泉声悟古禅。
更喜蓝田藏墨宝，摩崖镌刻赞佳篇。

浪波

再上西柏坡，重读毛泽东主席在党的七届二中全会上的报告，温故知新，有感而发

霜天晓角报晨曦，立国开元日可期。
莫把荣光作冠冕，须防炮弹裹糖衣。
进京赶考新功课，应试文章又破题。
历数前朝兴与废，成由自洁败因糜。

周末温塘小住

小住尘嚣外，平心远市廛。
怡情山影静，悦性鸟声喧。
暂避林泉下，远离名利圈。
偶然诗兴至，欲说已忘言。

谒中山陵

千秋万岁仰高勋，革命元功第一人。
醒世文章传百世，济民方略立三民。
江干松桧经霜碧，故国声猷与日新。
天下为公大同梦，青山长驻自由魂。

登阿芙乐尔巡洋舰遥望冬宫感赋

号炮惊环宇，奔雷起万方。
天风翻海岳，地火变沧桑。
煦煦春风暖，潇潇秋雨凉。
曲终人不见，故垒立斜阳。

林星煌

鹧鸪天·途访力乍村竹林公园

讶喜富村辟此幽，溪声濯耳野芳流。丛篁云拂千枝秀，曲径风涵万叶柔。

休舞袖，莫斟瓯。静偕君子听莺喉。湖光山色开胸次，更望梢潮上竹楼。

鹧鸪天·游海口火山群世界地质公园

青驻雨林湖映蓝，熔岩叠美隐深山。万年裂谷留荒穴，今日公园荐景观。

旋百蹬，抱层峦。地心跃上彩云间。秋风昐咐天开朗，远近群楼任我瞻。

鹧鸪天·中秋情

车过坡田到故园，洗杯排盏意绵绵。近瞻遗像潸眸湿，远望银盘忆厪欢。

窥老井，念甘泉。思随鬓白愈醇酣。椿萱已谢言谁诉，岁岁中秋一惘然。

许连进（香港）

晨起初见大青山

护卫名城甘作屏，阴山分段命名青。
连岑回雁同谁梦？迭嶂浮龙共我醒。
一脉齐云携六彩，九峰迓日送群星。
身依窗牖天涯目，无限诗情接景灵。

冯倾城（澳门）

贺元宵

国以民为本，儒家大义明。
中华尊孔孟，普世重忠诚。
天地皆同造，山河一样清。
元宵观朗月，最乐是承平。

王明甫

（编者按：王明甫至梁星彭等九位系中国社会科学院秋韵诗社推荐的老诗人的诗作）

大雁塔前驰思

雁塔岿然耸碧空，杏园遗迹纪登龙。
春风得意天街路，渭北江东蹭蹬中。

参观兵马俑兴感

群雄扫灭患侵淫，冢阵堂堂尚肃森。
载覆同缘民是水，史难书绝后哀人。

乾陵怀古二首

一

梁山高踞乳峰遒，突兀双碑峙比侔。
凤颈龙颜称女帝，归陵附庙足风流。

二

坤元改制易唐乾，理政经邦五十年。
难许琦行轻纪圣，空碑预立费评诠。

诚昭日月勋耀河山

——纪念周恩来总理诞辰一百一十周年

心雄崛起薄云天，誓愿忠贞砥柱坚。
夕惕朝乾竭尽瘁，时艰世逆赖纾旋。
诚昭日月信征远，勋耀河山功烈传。
纵任多元时并进，兴邦忧患记千般。

孙景超

延安纪行

宝塔巍峨称圣地，延河不息唱欢歌。
无边黄土忧心释，满眼葱茏喜事多。
寇灭国兴烽火熄，窑空物在故人过。
时来常忆艰辛日，盛世安乐易蹉跎。

唯实清风驱迷雾

——纪念党的十一届三中全会暨改革开放三十周年

振聋发聩数三中，扭转乾坤史赞雄。
唯实清风驱迷雾，求真浩气贯长空。
披荆斩棘推新政，驰骋纵横夺险峰。
伟大复兴应有日，九州喜望战旌红。

回望神州绪万端

——纪念国庆六十周年

春秋六十一挥间，回望神州绪万端。
蚕食鲸吞成旧史，龙腾虎跃谱新篇。
奋争百载经多难，拼闯连年识险关。
盛宴狂欢难入寐，国歌阵阵破云天。

豁达心宽寿自多

辛卯年，诗社王平凡、方约、陈荷夫三位诗友九十华诞，特作诗一首，以表贺忱，并自勉之。

休问年轮有几何，莫临川上叹流波。
风摧霜逼寻常事，花谢草枯应候过。
松柏长青缘骨壮，峰崖挺秀在嵯峨。
从来系日皆痴望，豁达心宽寿自多。

国庆联欢赠诗社诸友

恭逢大庆众欢狂，白发诗翁聚满堂。
各献华章歌盛世，互斟玉液祝安康。
九天海月添新彩，万里云天焕吉祥。
喜看诸君精气足，临风吟啸对斜阳。

沁园春·望星空

神箭轰鸣，烈火喷焰，破雾穿云。看飞船直上，苍穹探奥，五洲瞩目，动魄惊魂。吻接天宫，英姿潇洒，各族欢呼声不停。情无限，问苍茫寰宇，何处天庭？

放观世界风云，在眼下、纷纷乱象生。莫小康止步，轻看挑战。复兴伟业，重任千钧。改革求新，攀登奋进，万众齐心事远征。君知否？那前途风浪，依旧频频。

王贵民

春游京西双龙峡

层累群峰欲极天，绵延溪涧似桃源。
潭深崖峭双龙绕，路转峰迴十八盘。
仙女湾中舒倦腿，清幽湖上泊游船。
赏心最是冰瀑布，四月春温送嫩寒。

花溪看海棠

北京元城遗址公园内有"海棠花溪"碑。海棠成林，中有隍濠通过，夹岸花团锦簇，落英缤纷，蔚为大观。

好乘春盛到花溪，日丽风轻信步宜。
才见含珠红玉吐，渐多绽蕊锦霞栖。
平林簇簇糁芳径，夹岸垂垂缀柳堤。
一派风光延数里，湖湘巴蜀料应稀。

谒千古圣地黄帝陵

寻根问祖到黄陵，水抱山环别有情。
古柏参天传世界，发祥圣地创文明。
神奇地貌堪称绝，旖旎风光实可倾。
华夏子孙齐祝福，人民万岁一声声。

访扶风法门寺

塔庙祖庭是法门，珍藏舍利万人尊。
当年儒佛恒相斗，今日汉夷不再分。
一统中华贤子女，同根民族好儿孙。
欣逢盛世访灵境，自古文明伟业存。

石碧山晚眺

散步竹篱中，吹来扑面风。
幽林藏翠鸟，碧水映苍穹。
萦树烟如带，①装山绿似葱。
夕阳无限意，反照碧山红。

①萦指缠绕，引申为牵挂。

初夏月夜

月映闲阶草色青，窗前悄立眼惺忪。
池边蛙鼓纷滋闹，篱畔银花远送馨。
颇怪喘牛依树影，却嫌吠犬逐人行。
山村四月秧犹浅，深夜唯闻伐木丁。

李彦文

黄昏颂

雨过彩虹艳，晚霞更喜人。
夕阳美如画，笑看近黄昏。

游船上的趣事

喜见游人喂海鸥，众观此景乐不休。
大千世界多和美，天上人间爱意稠。

琼海行

晚岁学候鸟，寒冬赴海南。
养生好去处，绿意山水间。
漫步芳草地，喜闻桂花甜。
清风拂人面，戏水乐悠然。

王礼琦

桂林象鼻山即景

两岸群山献郁苍，天令巨象守漓江。
严防秀水遭污染，伫望清流万载长。

人生抒怀

人生苦短惜韶光，转瞬青丝染白霜。
莫嗟自身夕照至，春来古树散芳香。

莫作钦

迎春曲

午夜钟声辞旧岁，烟花飞舞喜迎春。
楹联红遍万千户，熙熙春色满乾坤。

雪中散步

梨花挂满树，白银撒一路，
老翁不觉寒，笑声伴脚步。

游石林峡

丛聚如林气势雄，天梯似在彩云中①。
九霄飞瀑悬银练，一鉴灵潭映翠峰②。
幽谷长峡黄鸟啭，苍松金柿山果红。
老翁自幸身心健，结伴秋游意兴浓。

①石林峡中通往石林山顶的台阶共288级，名为天梯。

②九天飞瀑是石林峡瀑布之一。灵潭是石林峡最清澈的山泉湖。

郭兴仁

游鄂西神农架板壁崖有感

飞车千百转，眼见秋色浓。
山麓犹葱翠，岭腰霜叶红。
俄倾鹅毛雪，琼花拂面容。
不知临绝顶，似觉进苍穹。

瑞士卢塞恩湖即景

美哉卢塞恩，碧水映蓝天。
山坡茂林蔽，村屋红白间。
群峰着雪帽，百鸟舞翩跹。
欣逢此佳景，该返还流连。

重游大观楼再吟望山诗得句①

玉女婷婷卧岭巅，一双慧眼望苍天。
且将碧水充妆镜，欣鉴芳姿绽笑颜。

①依刘存宽师《从滇池眺望昆明西山》"滇池遥看峻极天，有女贪眠卧岭巅。秀发千寻垂碧水，星移斗转不知年"原韵。

记四十五年后与同学重逢

同桌共读伴校花，学园一别赴京华。
君执教鞭育桃李，吾坐冷凳送晚霞。①
红颜芳踪九万里，白丁浅影不离家。
四十五载重相聚，翁媪相携话无涯。

①近代史所首任所长范老文澜有

言：要甘于坐冷板凳，方能吃到冷猪头肉。意即要甘于寂寞，抛却名利观念，方能学有所成，获得社会承认。吾取前半句之意也。

梁星彭

题"槐中槐"

　　景山公园有一棵唐时古槐，树围六米，躯体朽空，但仍枝叶繁茂，其内生出一株小槐，作紧抱状，故曰"槐中槐"，亦一奇观也。
唐槐枯朽干躯空，怀抱新株共向荣。
古木奇缘如母子，千年大爱感苍穹。

玉兰花

千苞似笔向青天，一夜春风绽笑颜。
满目琼瑶惊大地，瑶台玉树降人间。

杨善洲离休种树赞

入党为公日月昭，离休犹记替国劳。
植松栽杏目光远，治水修山意气豪。
苦斗十年荒岭翠，福荫百代故乡饶。
万民景仰德泽厚，清正官风树世标。

纪念辛亥革命一百周年

义旗高举气如虹，拉朽摧枯帝业空。
历史先河倡民本，奠基革命建丰功。
国族资本开新路，天下为公百代崇。
辛亥百年光四射，千秋史册颂英雄。

咏竹林

长矛高举密森森，叶箭如云蔽日昏。
斗雪傲霜风骨劲，三军守土尽连根。

第四编　诗家采风作品选登

高立元

到昆山

喜看旧貌换新颜，一别昆城二十年。
直破云天千丈厦，横飞沧海五洋船。
娄江流韵水乡美，茉莉飘香吴语甜。
几句小诗情未了，回京待写忆江南。

（余1997年到昆山，到这次重游整整过去二十年）

游阳澄湖

细雨潇潇到水乡，天开波镜美无双。
芦拥茅店情思重，灶煮铜壶故事长。
静坐雅居敲韵美，醉听智斗品茶香。
澄湖骋目孤帆远，遥想当年郭建光。

易行

初识昆山

驱车一路日陪行，水送云拥唱大风。
一入昆山天变小，高楼林立似津京。

登昆山望远

山怀美玉玉怀泉，登顶壮观心豁然。
春色满城陈眼底，一峰独秀万千年！

春游阳澄湖畔

神驰遥想几十年，今日直观湖特蓝。
真想请来阿庆嫂，亲临指点忆从前。

访千灯古镇顾炎武（亭林）故居

匆匆穿过延福寺，快步来参炎武厅。
天下兴亡多少事，亭林一语亮千灯。

观昆山琼花有感

花如春雪映春云，朵朵清真朵朵纯。
若使人心都似此，世间何处染红尘？

昆山采风回京得句

丽水昆山先后行，江南处处让人疼。
打衣不湿清晨雨，拂面微凉傍晚风。
柳暗花明江似练，峰回路转岭如龙。
只恨我无移海手，未把钱塘带进京。

星汉

游千灯镇

春风一抹水如蓝，柔橹昆腔唱正酣。
我在画中倾耳后，即从心底恋江南。

秦峰塔

千年犹记起蓬茅，志在云霄不可抛。
毕竟身心连地脉，风铃频向市民敲。

顾坚纪念馆听曲

一曲春风出戏楼，昆腔此处是源头。
想来当日新声起，便借娄江入海流。

过顾炎武墓一语问之

匹夫不是众簪缨，谁管朱明与满清。
倘是版图依旧小，何来西域拜先生？

昆山琼花下留影

天山来客不知羞，竟与琼花比白头。
待到身心尽熏染，相机一闭各悠悠。

过刘过墓

我是书生我拜君，每从狂狷出雄文。
古今多少拿云手，谁在昆山占一坟？

昆山拜祖冲之像自悟

算破乾坤袖里藏，山前一揖启情商。
诗词应似圆周率，真味绵绵不尽长。

阳澄湖岸散步

晴波万顷正锅金，远去渔船不可寻。
芦荻逢春怀好句，摇风向我作长吟。

杨逸明

与诗友昆山赏琼花

玉峰迎面縠如云，小醉春风卉木薰。
雪洁冰清逢知己，琼花诗草两缤纷。

登昆山戏题

信步悠悠上翠峰，江南千里目能穷。
只缘居处皆平野，培塿名高也自雄。

游千灯古镇

车舟共泊小河边，街巷游人汇作川。
旧石板通桥几座，古银杏伴塔千年。
城中失去宜居地，郊外来寻别有天。
听罢牡丹亭一曲，赏心乐事久留连。

千灯镇大唐农业生态园

翠柳初冬列队迎，连环水域访农耕。

高低石砌穿林径，齐整田留种菜棚。
淡淡雨云皆入梦，欣欣人鸟各无争。
最宜居是原生态，绝胜喧嚣现代城。

鲍淡如

游昆山亭林公园

春日琼花开满树，何人观赏最忧心？
莫道昆冈天下小，傲然屹立一亭林。

阳澄湖畔散步二首

一汪湖水到眼前，又忆当年听劲弦。
再续几杯茶醒脑，胜游莫负艳阳天。

阳澄湖畔有春来，黑紫黄红花竞开。
世上还需阿庆嫂，再行智斗作新裁。

张立挺

昆山采风悠然雅居二首

一

新绿丛中隐雅居，悠然举步目光舒。
修身何必深山去，此处林园好读书。

二

小桥流水绕清潭，身转眸回景换三。
紫竹悠然居室雅，一方福地冠江南。

参观顾炎武纪念馆

花木春风岁又新，陵园一座绕河滨。
重温天下匹夫责，来到昆山瞻古人。

参观千灯老街

兴在阳春结伴来，寻灯闻曲不思回。
改朝换代千年去，史事皆凝古戏台。

游亭林公园

那阵风云那阵波，回看岁月已蹉跎。
昔时人影无寻处，留在世间皆颂歌。

丁德明

昆山冈琼花

濛濛细雨幕屏宽，石径穹桥秀水湾。
昨晚春风冈上足，琼花一夜满昆山

延福寺

古寺云深石径通，钟声盘绕梵王宫。
老僧休问焚香否，我已投钱贡柜中。

千灯浦

千灯浦港贯西东，水陆舟车一脉通。
荡桨往来游客醉，石桥随处洞玲珑。

千灯古镇

明清街巷窄而幽，石板廊檐藏暗沟。
昆曲源头三代韵，亭林故宅四朝秋。
杏遮禅寺飘青霭，桥引乌蓬下碧流。
隔岸琵琶弹蒋调，江南丝竹满茶楼。

  注：千灯石板街下设下水道为古建筑奇观蒋调，评弹大师蒋月泉江南丝竹起源于千灯镇。

余记老当铺

粉墙灰瓦石狮门，当铺彪奴像煞神。
狞笑账房难露面，只闻滴答算盘音。

老听客

一张竹椅杖头弯，银发平梳老镜悬。
手脚轻轻敲节拍，书场日日醉评弹。

  注：千灯镇书场读张乐平1982年老听客。

刘鲁宁

题悠然雅居二首

一

悠然人小隐，诗酒共春风。
解意花无语，枝头冉冉红。

二

入院风千缕，凭栏竹一丛。
泉声寻不见，浅隐海棠中。

琼花

翠柳临春水，黄鹂啼晚晴。
琼花开满树，照得一湖明。

昆曲

看罢游园梦，时空定格中。
吴娘凝指处，一片牡丹红。

游千灯

依依晴柳小桥东，闲看春风入短篷。
一曲船娘如水调，心头忽觉雨濛濛。

谒顾炎武墓

坟茔一座似孤城，细辨能闻铁板声。
三百年来凭吊客，几人真得匹夫名？

李建新

雅居小聚

风移曲径竹翩翩，小院清池石挂泉。
鸟语人歌相唱和，雅居无处不悠然。

千灯石板街

碧空如洗趁新晴,结伴春风古镇行。
石板老街移步久,恍然穿越到明清。

昆山琼花

风摇万点出瑶台,雪质冰姿楚楚开。
忽觉琼枝身影动,翩翩化蝶入诗来。

沈沪林

题悠然雅居

淡淡风吹柳嫩黄,悠然满是雅居香。
诗心总到江南醉,吐罢吟声展翅翔。

周啸天

昆山行竹枝词三首

一

雅舍悠然即是家,绝怜四境静无哗。
主人远出喧宾至,侬作新词我作鸦。

二

玉蕊琼花阆苑春,匹夫孰识故贞臣。
百年初见太平世,莫厌莺歌闹煞人。

三

还魂一梦得真传,人自仙姝曲自天。
会馆相逢元陌路,双双也唱把家还。

第五编　古体诗近作

郭友琴

世界读书日自题

一具厚皮囊，几根风骨藏。
忘机无俗气，晒腹有华章。
腔内心肠热，案中山水长。
萧闲人未懒，驰目读沧桑。

秋夜吟

露冷蝉声咽，窗虚月色肥。
穷眸烟四远，寻梦事全非。
人淡思陶菊，风清入董帷。
更深读苏轼，感叹复歔欷。

守望

浮沉孤独影，秋水接苍茫。
缘定三生石，心期一苇航。
相思随梦远，寂寞与时长。
几片闲云过，萧萧风渐凉。

嗜书

展卷桌边坐，凝神胜似初。
灯前半头雪，身后几橱书。

墨妙丰文采，兰香盈室庐。
清心看世界，困惑渐消除。

无题

世味多尝一笑堪，漫将浓淡入诗谈。
寒蝉汲露鸣秋树，老马嘶风踏暮岚。
思渴方知心酒苦，尘嚣更盼舜天蓝。
曾经荣辱抛身外，剩有真情只自耽。

秋日呓语

醉驾流云意气雄，清蟾半阙倒悬中。
怜他伐桂千秋苦，忘我求真几度空。
块垒山前寻玉兔，鹊填河畔举冥鸿。
醒看三十余年事，一地鸡毛两袖风。

自遣

云水情怀铁石心，山河于我是知音。
胸中丘壑风流响，地上文章义理深。
曾绕秦台忧镜破，乍经尧政怯声淫。
投闲不觉时光易，日月穿梭酒自斟。

彷徨

樽前借箸以为谋，心有波澜鬓半秋。
甘载求真疏诡道，曾经摸石遇污流。

宽容已纳千山月，弱水难承四海舟。
饮罢三杯添意绪，推窗正值月当楼。

夜读

天道浇漓地轴偏，难移秉性直如椽。
董狐修史循书法，汲黯匡君正治权。
自古铮臣多死节，当时明哲几遗贤。
更深倚望窗前月，半是朦胧半喟然。

心湖写意

岭树参差入水平，逍遥谷里坐闻笙。
流云舒卷随风起，吟绪飘摇任棹横。
淡荡半生人旷达，糊涂一点境澄明。
情迷总是粼粼月，漫与波澜说缺盈。

李葆国

访鲧堤遗址

抟陌成堤曾掩流，洪荒归律史悠悠。
水成兽后尤堪退，霾作鳌时足可愁。
正气能回莺序暖，俗尘无碍海桑浮。
当年鲧杖今何在，宿草丛中土一丘。

题打虎武松像

不是松爷不解情，恨它虎口对苍生。
得无小抿酒三碗，岂可鲸吞珠万觥。
怒目顿教魂魄散，惊雷晴看气云平。
铁拳高聚千钧力，哪方邪恶敢成精。

访武植祠

混淆虚实说荒唐，百代奇冤惊帝王。
传世本非因县令，出名从此立祠堂。
瑾遵礼教何遭妒，乱点阴阳知孰殃。
卜姓当应防裨史，诉完潘武诉潘杨。

过冢子村

峣峣一冢被蒿莱，道是皇家太子台。
影入偏村显有祭，鸡鸣陋巷未知哀。
几重富贵归尘土，多少机关没薜苔。
雨里人家知几许，乃王乃帝不须猜。

过徐州汴泗交汇处

二水合流滋意长，况携鲁豫汇汤汤。
从来此地不言败，到老炽情能啸霜。
风雨无关秦法律，江淮空有汉文章。
直今戏马秋风殿，仍忆南山楚霸王。

立春随感

遥从寒处看梅花，不向春头效暮鸦。
深信余温逐岑寂，瑾循本色是生涯。
山川每被俗尘染，岁月亦因人事夸。
一任雾霾重几度，东风依旧过篱笆。

题洛阳牡丹

好朵知时未许催，每逢三月秀成堆。
集来仙子瑶池宴，扶得潘安浊酒杯。

花不因人自浓淡，情偏唯我待栽培。
但凭子健如椽笔，也共河神醉一回。

谒兰陵王墓

纠纠英气抱荒茔，魃面轻提威自生。
自将身心报家国，未防宵小祸蝇营。
曲能破阵声名远，剑可夺魂神鬼惊。
河岳不辜雄杰志，终教美酒祭兰陵。

沈华维

消夏漫兴八首

一

漂泊京城逾八年，浮生虚度六十三。
纷繁世态因联网，冷漠人心似隔山。
庾信哀时空作赋，杜陵忧国辄成篇。
闲余拈出风虫语，感慨诗中苦与酸。

二

布衣入室又登堂，号令召回笔作枪。
忝任主编勤勉力，位居西席愿担当。
因诗苦恼因诗乐，为尔痴迷为尔忙。
文字如兵重布阵，青枝红叶谱华章。

三

边塞雄风歌戍戎，挥戈笑怯手无功。
才疏每叹攻书少，性拙原知下笔穷。
诗意徘徊千里外，乡愁浓淡一杯中。
西山许我登高赋，回首峰头曲径通。

四

诗声迭起韵参差，激活基因正适时。
一路帮扶风又雨，几番知遇友兼师。
拾来眼底新常态，书写人间绝妙词。
蒲扇轻摇北窗下，星空卧看发幽思。

五

韵海相逢始结缘，搜肠得句赋云笺。
烟花转瞬浑当梦，桃李成蹊总不言。
深浅如山终未必，盈亏似月却依然。
诗敲个性精于字，谨守初心莫自怜。

六

劳心排字墨痕加，影共西窗月影斜。
春信经霜待红叶，秋光醉客赏朱霞。
虽然平仄能生趣，毕竟诗坛不是衙。
助兴无非同唱和，朋侪携酒到庄家。

七

路转峰回一径宽，蹉跎留待等闲看。
才情自古难随意，心事于今渐简单。
计较终教人易老，聪明更被苦纠缠。
风痕云脚任归去，梦入蓬莱抱月眠。

八

如今诗界乱成堆，质弱虚高竟靠吹。
妖女包装常过市，野猪得势也能飞。
文坛缺少真君子，世面偏多假李逵。
莫说空衔不逐利，名家个个笑开眉。

张力夫

青海玛多乡黄河源咏

昆山之麓，白云之乡。
大河万里，于此滥觞。
正值旷原，风高秋晚。
地势雄深，天廷衮远。
坚忍千春，尊慈至情。
奔流九曲，难俟河清。
厚德汤汤，文明熠熠。
汉藏同袍，自强不息。
东方有梦，冀启祥晖。
巨龙归海，指日腾飞。

唐山龙泉寺

先祖植根地，久牵余梦孤。
缘来归宝刹，日晚向浮图。
虚寂风千顷，沧桑柏一株。
尘霾知可散，素月照南湖。

京郊白虎涧

绝涧幽藏虎，辽天晴过雕。
听溪非寂寞，举目正嶕峣。
春浅花初试，山深雪未消。
浮生知有味，莫负野云邀。

端午将至与诗书画友人宋庄雅聚

把盏歌新赋，同珍诗酒缘。
郊坰难觅旧，风气已超前。
逸少青云笔，灵均白雪篇。
个中非小道，承载几千年。

过太行山怀杨成武将军

月黑卢沟起战尘，强倭铁血祸生民。
自从名将之花落，知我中华尚有人。

寒食将至共友人登凤凰岭

连岩幽涧鸟嘤鸣，残雪依稀杏雪荣。
不厌岭头风彻骨，太虚方寸两清明。

夏日丰宁坝上

晴翠延绵云漫升，此间天地两澄澄。
轻车迥路身千里，瑶圃金莲梦几层。
有限生涯齐草木，无边风景在丘陵。
超然闪电河滨驻，烈酒高吟共友朋。

少年游·密云大岭

青堂瓦舍隐苍霞，几十户人家。
碧潭飞瀑，春风幽谷，舒展杜鹃花。
烽烟往日英雄出，无惧虎狼牙。
可慰当今，承平时候，叠翠岭清嘉。

水调歌头

京北探幽谷，翠柏间苍岩。巍峨千尺高坝，深锁一湖烟。晓借云车游目，错落长城崎曲，危堞布峰峦。领略雄浑气，识辨旧关山。

月消隐，风静寂，客无眠。遥天耿耿星汉，倒影入澄澜。忽感余身微渺，欲学孙登吟啸，放旷寄林泉。得访青龙峡，不羡武陵源。

曹辉

夜游宫·听陈明"我要找到你"

耳畔歌声隐约。掩不住、心情扑朔。聚散红尘梦轮廓。乞风儿，乞花儿，休束缚。

又见斜阳落。爱是蛊，竟如屏幕。龙套频频谁主角。好夫妻，好姻缘，天杰作。

烛影摇红·等树参天

等树参天，歇歇心、歇歇身、容休憩。经年期梦快萌芽，情在红尘内。

微笑皆因为你，入天局、棋盘母子。或者风雨，或者输赢，雕虫而已。

安公子·南楼张官梨园赏梨花

约个伊人见。竟因倾城倾心恋。如此琼裾仙子面，好生惊艳。白似雪、红尘皎皎开成片。偏惹得，爱意千千万。诧异张官有，春色深闺无限。

随兴闲步处，满怀心事浮云散。始信梨花能治愈，某些曾牵绊。喜平心，终于敛羽无遗憾。乡野中，武陵渔人惯。今日滤重重，个中选筛增减。

浣溪沙·晨漫步逢涨潮

潮向东来路向西，贪花合适择佳期。波綦浪影滤思维。

杂念凭春当背景，红葩因梦续传奇。离离芳草慰澜漪。

凤孤飞·刹那春来

刹那被春惊了，入眼馨氛起。莫道因谁窃喜。陷在这、红尘里。

朵朵欢颜天执笔，他勾勒、爱成快递。如若桃花能演绎，恰倾情堪比。

苏幕遮·营口老街

火蒸腾，春鼎沸。窗外霓虹，光影香滋味。小坐烹诗容岁岁。甚惬言欢，暂忘疲和累。

饱而行，风也醉。大鼓评弹，暮色融心内。偶瞥长袍人恣肆。演绎频频，天地成容器。

白林中

咏莲

连天碧叶画中翩，绿碎风翻倩影旋。
玉臂入泥仍素净，仙葩出水更娇妍。

轻姿冉冉凌空舞，华盖亭亭御浪喧。
淡雅清幽非自好，一尘不染沁人间。

金沙岛

敢从大漠起茅庐，巧固流沙四野殊。
花海环湖飞鸟羽，草原策马越荷珠。
游人必拍黄金甲，漫步难离姹紫图。
千景尽藏腾格里，笑言塞外比姑苏。

重登苏峪口

静观峭壁透芳华，满目青山岁月遐。
索道尝新翻峻岭，松涛依旧过悬崖。
吊桥担起千峰险，飞雁迎来万缕霞。
一曲岳词增气力，攀登何惧到天涯。

海瑞墓

海公静卧海风轻，耳畔犹传进谏声。
舍己为民贪吏怕，秉公办案赤心铭。
功高南国千家敬，情重琼崖百姓迎。
抚墓问天公何罪，屡遭迁贬两袖清。

雄鸡

尽职难移报晓音，威风凛凛破天云。
奋飞不过窗前远，却领江山万里新。

农家小院

院中黄狗伴鸡栖，姑嫂新房笑语低。
门口大哥油满手，修车抢赶麦收期。

夕照海航

海鸟飞船四面歌，波光万道舞金蛇。
人拥甲板观夕景，大海终成煮日锅。

生查子·冬松

寒凝大地时，仍似三春貌。绿叶是钢针，昂首长天笑。

狂风不可摧，飞雪难轰倒。大气傲苍穹，岁月丹心照。

鹧鸪天·雨中沙湖

细雨游船满目青，水天一线远山空。芦丛跃鲤追啼鸟，侧耳沙山瑟瑟声。

涛拍岸，雨丝轻。远离闹市净心灵。悠驼飞艇清风爽，掠过江南西子惊。

满江红·贺兰山

神骏如龙，凝眸处，山横天半。穿岁月，牧民悠笛，奋戈鏖战。西夏国成金字塔，岳王词化精忠愿。座座峰，故事伴松涛，人长眷。

贺兰庙，飞碧涧；苏峪口，攀云堑。望悬崖过雁，险关烟断。岩画铺天风雨饰，石头刻砚丹青绚。亿万年，海出此高山，天行健！

韩倚云

航天绝句四首

一

逍遥入太空，倏忽穿星际。
真若未生前，澄明绝尘渍。

二

孤身出杳霭，一径入虚空。
俯看乱山顶，裁云更驭风。

三

一入虚空绝四邻，满天星斗是交亲。
云涛起落苍茫外，自有神舟揽月人。

四

游离星体挂清空，相互牵连引力中。
物质灵魂俱作客，不知谁是主人公。

缅怀航天之父钱学森先生

异邦岂可锁乡魂，舒展胸襟返国门。
心向航天追日月，手擎火箭耀乾坤。
已成星宿威光远，再化春风爽气温。
最是临终发一问，凭谁记取莽昆仑。

菩萨蛮·航天感赋

腾空展翼冲寒碧，行踪穿破绮云帛，回顾世间尘，今为方外人。
乘风心近道，胸阔星球小。慧业系民间，吾来谱管弦。

水龙吟·自天山返京有感

山河入眼青青，东风吹响冲锋号。西疆月下，戎衣初试，怡颜添笑。如瀑悬流，如山雄起，如光清照。看幼时孱弱，芳龄幻梦，尽抛在，阳关道。
整饰换来新貌，扫尘蒙、放声歌啸。无边画意，无限吟思，漫萦襟抱。舒展蛾眉，纵横银汉，追随铁鸟。任时空似水，入怀长驻，把云天绕。

水龙吟·长征五号运载火箭首飞成功感赋

扶遥顺势冲霄，茫茫宇宙今谁主？银河初涨，碧波回暖，清光射处。探月三巡，裁云万朵，滚雷千注。有标新胆略，航天好梦，自然是，将身许。
回首沧桑几度，笑西风，翩跹狂舞。拾尘遗恨，落花无奈，已成过去。跂望龙腾、长思九地，空间稳驻。向苍穹旷野，挥毫洒墨，把英雄谱。

水龙吟·丙申夏送易行、星汉两先生之豫

一杯远送清风,京城高铁传声脆。牵携旭日,带将荒野,卷舒烟水。拜洛投诗,登嵩论道,沿河树蕙。料良朋雅集,景从才俊,文章伯,云霞蔚。

有幸今朝附尾,正端阳,榴花绽蕾。等闲离别,相期重见,共书明媚。曲调长翻,笔锋长健,心泉长沸。待昆仑碣石,群山绯染,赋层林醉。

水调歌头·航天探源

宇宙混成久,万物自然生。惯看今古贤哲,探赜语纵横。幻想九天揽月、入眼三星照彻,乘雾踏沧溟。谁驾木鸢起,遥望鹊桥澄。

天与地,相对论,世间情。西方莱特,曾经插翼试飞行。今夕天宫腾越,回首嫦娥传说,曾是梦经营,摆脱力牵引,一切化无形。

水龙吟·咏龙

水天如意回旋,祥云暗助腾飞势。蜿蜒挺脊,筋强骨健,绵延万里。十载神舟,三巡绕月,天宫再倚。看威仪首尾,骚魂楚魄,径探海,深潜底。

几度伤痕累累。百年间,任炎黄地。狂魔乱舞,海妖翻浪,频催固垒。轩辕在手,妖魔斩尽,雄图高绘。更劲鳞虬角,带将儿辈,驭风云气。

张金英

湖边夕照

林梳光影梦,风动一湖心。
更有归鸥急,何甘画外音?

题银行监控器

非是余心疑太重,而今诡诈实难防。
纵然安上千双眼,能辨人间善恶妆?

人到中年

陈年箱底压千斤,一叠春愁百褶裙。
过路东风偏不认,那时明月瘦三分。

陆绩

胸怀书万卷,自小好名扬。
孝母方怀桔,知恩乃跪羊。
但凭廉石洁,留得史文香。
多少陆公绩,今人怎丈量?

无题

迷糊犹爱我,也敢做文章?
性僻因安分,情真偏受凉。

未知风转向，难料雨过廊。
常在小楼里，无尘韵自芳。

张衡

自小沐清风，心襟去俗空。
才高于绝世，品洁傲苍穹。
执法身先守，成书志未穷。
天星能有几？科圣古今雄。

夜空遐想

闲来最爱望苍穹，好让孤身沐晚风。
神秘几分烟嶂里，疏明千叠镜台中。
云抛玉袖于尘世，谁布棋盘在寂空？
如局人生无注解，一轮明月古今同。

对荷

何处香风入梦来？芙蓉池里慢徘徊。
倚云取得天光彩，涵露亲缘水镜台。
心底虽存千郁结，花间但拂几尘埃。
凌波映月凉如许，我欲和君两不猜。

巫山一段云·北固山

滚滚长江水，巍巍北固山。风光满眼百回看，故事未生寒。

试剑平天下，联盟负鼓边。凌云亭处泪潸潸，遗恨几多年？

踏莎行·望海潮

寒气消停，初阳暖煦，芳菲争艳沿江路。观潮又到白沙门，静听沧海云中语。

浪急天高，烟飞风怒，雪花卷起敲旌鼓。银鸥轻点一帆悬，从容载上春无数。

刘松林

菜花

春来款款出闺房，头戴金冠神采扬。
日送妍和风送爽，轻摇袅娜一身香。

浪淘沙·饮食难

花样一盘盘，食兴阑珊。停杯投箸意茫然。何事烽烟颐上卷？

愁锁眉颠。鱼肉乏新鲜，激素平添。果蔬催熟药当先。梦里犹惊三鹿奶，噬我香烟。

咏桃

一树亭亭经夜雨，满腮春色滴霞光。
纵然风卷红颜去，化作甘甜口口香。

登鹳雀楼

茫茫尘海蹈沉浮，今上巍峨韵转幽。
万里寻芳妻作伴，一生搏浪梦为舟。

五峰劲挺雄天宇，三晋春回绿水洲。
欲剪风光香画卷，裁云折桂最高楼。

马犟

诉衷情·微信

掌心花样不能休，纤指锁星眸。新闻感悟故事，肆意竟风流。

刷美景，解离愁，占鳌头。临屏唱和，点赞置评，一发难收。

摊破浣溪沙·春满人间

岭上花开几万枝，恣情户外正当时。心与春光共烂漫，醉参差。

暗动馨香风两袖，归飞鸥鹭羽一池。独上险峰寻画意，好成诗。

醉花阴·古堡新影

朔漠茫茫春料峭，古堡衔新草。岁月孕苍凉，边塞雄姿，也趁时光老。

荒凉偏作闺中宝，有影城残照。粗犷弄风情，耀世长片，圆梦知多少。

渔家傲·时光

日月如梭谁留住？雪花飘过无寒苦。霜染层林蒸彩雾，秋好处，流光只让春光妒。

音乐铿锵团扇舞，柳腰水袖得郎顾。年老年轻能定数？激情付，心怀有爱青春驻。

天香·布龙湖明珠温泉

水映蓝天，沙衔草碧，峡谷毡房崎道。漠上花开，溪头鸟啭，唤醒龙湖春早。琼浆误倒，谁化作，圣泉晴照？惊动仙宫阆苑，神女解衣称巧。

临池浴波试药，洗凝脂，逆龄夭俏。彩殿幽兰沁露，暗香难了。今日明珠皎皎，赖风韵，邀来客多少？缘聚八方，佳人梦好。

御街行·秋叶

枯香黯色拥街砌，恨露重、消无计。流金弹泪舞残阳，零落别愁一地。孤鸿声断，暮烟光冷，还是难归去。

曾经任性青葱季，洒翠墨，春风里。激情燃尽未迟疑，飘荡凋疏何惧。秋浓影瘦，心结余梦，堪向来年许？

张金池

咏菊

秋风萧瑟草木黄，菊花含笑傲雪霜。
吐艳凝神迎风站，清气袭人送暗香。

岁岁年年花竞放，平淡无奇不张扬。
花瓣舒展似锦绣，尽览雄姿吐华芳。

酒泉

依山望雪雪无边，远眺旷野沙相连。
莫道酒泉不茅地，神舟飞天凯歌旋。
塞外风光别洞天，心系飞人难入眠。
航天技术史空前，大漠荒原胜桃园。

不忘乡愁

少小离家老大归，故乡靓颜尽朝晖。
新居排排绿荫盖，人非物是乐心扉。
陈光旧影寄乡愁，独怜岁暮时光催。
久别数载今又聚，根叶相依情未垂。

天下第一关

白云环拥碧容颜，景胜逞雄第一关。
万里长城连东西，奇峰苍莽接群山。
古建奇观烽火炼，风雨岁月彰险艰。
身临此境霄汉近，海风习习怒涛间。

参观李大钊故居有感

沐浴春风故居游，茅屋草舍印痕留。
铁肩道义担天下，胸装广厦风雨稠。
丹心擎笔绘状景，歌伴傲骨尽风流。
求得华夏无忧愁，甘洒热血写春秋。

追思管桦

人生如梦字结缘，相逢相知履尘烟。
文心相交情意切，却愁前贤步西天。

夜闻蝉鸣

松间明月清风吹，夜阑难眠听蝉吟。
岁月不泯林中意，相恋永远彰诗心。

望海

悬崖峭壁怪石倚，天之尽头烟波起。
大山无语碧云罩，海浪击岸催人急。
钓沉复起乡关梦，金染龙宫醉诗迷。
岁月流逝双鬓改，感叹平生月影稀。

陈移新

康强女儿升学见赠

康家有女善用功，写字读书称杰雄。
藜火光联案上月，笔花香透岭头虹。
身跃桃浪高千仞，足步青云复万重。
茹苦含辛终有果，扬鞭策马再登峰。

女人茶

上西农闲时，全村妇女互请喝茶。今天东家请，明天轮西家，茶叶、萝卜、炒豆子作茶点，边喝茶边聊天，其乐融融。

上西习俗女人茶，农闲时节互拉呱。
结对成群真热闹，醋姜带去知心话。

木龙潭

春风过处尽葱茏，小路遥遥到木龙。
极目山间松柏翠，悬岩壁上杜鹃红。
木随碧流沉潭底，泉自弯渠进田垅。
最是滴滴润禾水，庶黎深感老蛟功。

莲江泛舟

春光明媚三月天，油菜桃花浮云烟。
一带青山如轮转，两厢碧柳似画旋。
抬头听鹭云声里，侧面问渔天路边。
五湖四海归何处？山色水光帆正悬。

琴亭咏莲

夏撑绿伞蔽骄阳，风拂清芬分外香。
玉骨冰肌纯清质，一尘不染赛群芳。

刁永泉

诗友韩作荣回乡寄言

汉吏秦民信必然，仙乡何处觅桃源。
寄君片语君须记：莫返皇城书万言。
　　　（韩作荣，已故）

《星星》诗刊四十周年奉贺

蜀天何灿烂！星谱耀寰瀛。
昏晓散还聚，苍穹阴转晴。
云开昭列宿，目极望长庚。
我亦游河汉，微光细作声。

旅居加拿大悼陈忠实文兄

白鹿原荒觅旧踪，凄凄烟草影冥冥。
素花湿雨春鹃暮，一阕悲吟立海风。

读马丽华诗友赠文集

挑灯夜夜认诗魂，行看蹄痕杂雪痕。
乍觉梵铃声远近，闲翻书页笑神昏。
　　　（马丽华，西藏诗人）

书赠叶笛

黔地交奇士，叶生人共闻。
预言通幽奥，相术测斑纹。
诗艺求新境，潮流逐异军。
天山一别后，南望便思君。
　　　（叶笛，贵州诗人）

寄梅子

不堪觅梦忆当年，健笔敢争天下先。
遥想今宵应似我，一痕华发坠吟笺。
　　　（梅绍静，北京诗人，曾居陕北）

与贾平凹论书道

侧目都门一览之，名花荣树半堪嗤。
诗余闲墨君同赏，自许何期天下知。

何鹤

临江仙·答友二首

一

宴罢归途长复短，一天夜色清凉。当头月影鬓飞霜。并肩幽径里，挥手小街旁。

今各天涯遥念甚，何堪终日惶惶。灯红酒绿竟迷茫。痴情犹未改，依旧在家乡！

二

雪夜何妨裁月影，东风移步频频。一朝酒醒绿封门。向来栖梦处，休去解迷津。

那缕相思从未远，柳梢闲倚黄昏。阳春欲近欲怜君。他乡虽日久，岂是忘归人。

清平乐·春游

沿街流浪，逸兴随风漾。诗在玉兰花上放，春色横冲直撞。

杏花学唱情歌，堤边梦影婆娑。水底柳丝摇曳，心头泛起春波。

清平乐·上班路上赏玉兰

啼声催晓，蝶醒都门早。月朗星稀随梦了，雪影晒成诗稿。

枝头犹待知音，何堪日渐春深。空放佳期流过，想来花也伤心。

浣溪沙·上班途中

此刻均应梦里身，我携星月走都门。杯中诗句醒三分。

曙色抻腰撩夜幕，路灯倦眼看行人。枝头雪舞玉兰春。

浣溪沙·春日单车走通州

骑自行车半日游，运河两岸逛通州。白云歇脚在桥头。

雪碧难封春意涨，鹅黄淡染柳枝柔。京华十载一回眸。

刘玉杰

除夕夜随想

一夕经年再达晨，四时流转莫嫌频。
檐前灯暖明残腊，陌上冰消润好春。
舞态疏狂携酒客，茶香起坐爱书人。
钟声入梦三千里，绿草红花次第新。

平生首次过老宅

残墙断瓦小山根，四十年来尚有存。
草漫荒阶消白昼，鸦啼古木送黄昏。
遗风已在他乡易，老酒难回往日温。
惟嘱多情今夜月，莫移客梦到空门。

浣溪沙·岁末感怀

载梦人生意绪多，无情日月总如梭，拼将豪迈竞蹉跎。

往事回头虽逝水，前程放眼却欢歌。无边桃李伴婆娑。

散漫过春节

悠闲无业处，老大倍慵时。
兴至何妨酒，酣来更促诗。
红灯明夜永，白日上窗迟。
莫怪云中志，摇摇坠自离。

初二回娘家日有怯而作

岭云溪水任时新，除却家山不是亲。
偶有音容闻笑貌，再无灯火慰风尘。
东轩乱隐初残雪，芳草平铺久隔春。
一阕清词两行泪，谁为今夜倚栏人。

虞美人·痛悼

冰横塞上千年冻，天色霾阴共。深情往事已成尘，霜风剪剪咽重门、断离魂。

浮萍飘梗从今是，旧梦前欢里。五湖憔悴一身孤。纵将疏懒藉提壶、怕啼乌。

西江月·初一夜宿花野婆家书怀

千盏檐灯明夜，几家竹爆喧天。歌余酒罢兴凭栏，趁得清风烂漫。

大石河边路远，小山岗外霜寒，女儿亦取志当先，似水流年不绾。

盖宇

感怀

贪嗔痴妄各迎尘，可晓浮名误此身？
智叟逢源无态度，愚公耿介问虚真。
扪心谁敢评时弊，在位皆忧触逆鳞。
铁面龙图羞转世，公孙只合做闲人。

秋日遣怀

叶落梧桐减却秋，衔杯独倚望江楼。
黄花著雨金铺地，白苇牵风雪染头。
时有琴音声断续，竟无诗意苦淹留。
青云未堕成何事，十亩方塘数钓钩。

杂感

花开时节我无春，不惑经年未立身。
处世谁曾宁俯仰，谋生何故辨虚真。
青天梦绕拿云手，佐国心殚钓誉人。
小字如丸堪续命，从来善读可医贫。

遣怀

四十年来弃置身，凌云笔墨渐沉沦。
冰心总被贪心误，倦眼难如慧眼真。

忝作人师羞道浅，未能圆梦是才贫。
偶然拂拭平生事，洁操堪消案上尘。

清明节祭友

何事人心不转晴？梨花风起正清明。
青烟一缕青灯冷，覆水三千覆梦倾。
与烛同焚皆隐痛，比沙难数是沈情。
可怜自愧坡前草，只做萋萋那畔生。

闲情偶寄

贪闲得禄过冬春，似此狷狂有几人？
石筑听风来阵马，竹篱近水戏群鳞。
须知在市潜为大，莫以沽名句不真。
检点生涯终是寄，寻诗还做杜工邻。

无题

拟将侠骨换丰妍，销尽刚肠性乃迁。
采菊悠然醑酽酒，题梧清绝寄灵渊。
莫因杜甫叹时命，当效张苍享大年。
万事不如无事好，心宽一寸可安眠。

黄宝成

遥忆长城

岩麓溪流波荡漾，半腰峭壁木轻扬。
这儿喘汗松声伴，那里飞花凤蝶翔。
肃立山巅观列嶂，凝思禹域象连冈。
一峰胜过一峰秀，一脉当超一脉芳。

拓境

溪河流淌永回轮，江海延绵久报春。
大浪淘沙迎后浪，新人拓境胜前人。

攀登大丰山

提起相机登眺去，穿行梯径杜鹃延。
耳闻涧谷鸣村笛，眼见峰腰淌瀑泉。
止步小休崖壁赏，举头远望景观连。
岭中百岭路中路，山外千山天外天。

注：大丰山指福建省永安市

高昌

《飞旗山人赠翠兰新茶》

飞旗山人千里寄新茶，味永情浓，赋此为谢。

清澄真似碧，鲜嫩最关情。
香自舌尖聚，春从心底萌。
提壶涌甘洌，著椀泛晶莹。
一饮红尘远，陶然坐月明。

注：椀，即碗，异体字而已。爱其木字旁，宛然有生命活力，又有人间烟火温暖。

絮儿歌

懒得斗红紫，飘然风自起。
何须左右翻，都在春天里。

寒露二绝

一

秋水苍茫秋色宽，黄花耽美草虫欢。
暖流猜自银河泻，不忍露从今夜寒。

二

任是情弦切切弹，炎凉世态却难瞒。
偶然触手惊秋叶，始觉露从今夜寒。

沁园春·家

绕膝温馨，棠棣同枝，岁岁春华。任鲸波起落，并肩观浪；壶天晴雨，执手烹茶。清白襟怀，光阴静好，笑脸团团绽似花。真风景，围桌边灯下，共话桑麻。

东风绿染天涯。正一路弦歌闾里夸。看楼头月朗，依依弄影；堂前萱茂，恋恋抽芽。扫去乌云，拨开灰雾，万丈长虹送彩霞。此间乐，莫与争岁月，烟火人家。

攸县见米水西流有感

衮衮清流只向西，孤高格调岂随低。
不同众水争沧海，独抱家山梦一畦。

丁酉年宵吟

嘤鸣幽蓟唱心香，一路霾湔鬓未霜。
击鼓催梅情骀荡，闻鸡掣剑韵飞扬。
中年髀肉方愁减，昨夜花鞭略厌长。
到眼蝇蜗哈三笑，手翻箕斗入新章。

王子江

过徐闻港

时逢小满望徐闻，红绿相融蓝断魂。
千载丝绸铺海上，商船如鸟在衔云。

苏二村杨桐树下吟

树挂沧桑地覆荫，阳光刻字颂诗人。
曾经别驾两回过，留下遂溪苏二村。

谒调丰古官道遗址

银溪桥畔大黑石，印有两行千古诗。
仄仄平平无限意，合辙来自始皇时。

参观官湖村赠陈生

树裹阳光绿裹山，红红别墅裹河湾。
清流随笔时时写，欲把陈生故事传。

参观乐民古城吟

残垣隐隐乐民城，古树枝繁叶正青。
几处院墙红打眼，是心滴血变砖形。

谒南路农军战场

珍珠城里望银河，最亮星星属哪颗？

想是南昌枪未响，轰轰此地炸开锅。

谒乐民镇赠砚亭

飞云白渡海波青，上岸相围赠砚亭。
蘸绿黄榕情未变，村头在写大文明。

谒黄学增纪念亭

素亭一座立珠城，内储农民暴动声。
远近禾苗说免税，青山默默忆学增。

赠遂溪县钟力书记

春拔甘蔗绿声音，在唱人间节节新。
梦里一河香两岸，最甜不过是民心。

参观河头镇双村吟

原始森林说砚情，村头一块是文明。
年年绿写东坡愿，赢得甜乡天下名。

仙群岛上吟

树影婆娑船影颠，阳光拾趣腻沙滩。
蓝天底下仙群岛，浪打蔗乡声也甜。

做客作家家庭

雷州半岛始登临，便把诗行一路吟。
红土又出新故事，乌塘洪氏最斯文。

刘如姬

咏光孝寺菩提树

一树千年碧，坛前立夕阳。
寻源思梵土，摇影浣清光。
静默心无碍，婆娑叶有香。
何能参妙偈，物我两相忘。

秋谒广州光孝寺

何处疏钟破寂寥，伽蓝烟袅若相招。
风来虞苑经幡动，路转诃林塔影遥。
粤岭芦飞晴带雪，珠江渔唱晚生潮。
千秋兴废皆陈迹，笑看尘间覆鹿蕉。

山景

野鸟偶一鸣，苔阶风不定。
白云去复来，绿萝满山径。

桃花

枝上小娉婷，东风吹欲醒。
崔郎辜负了，哪朵是曾经？

喝火令·等到过年

自得三分乐，相交一点缘。手机轻刷渐无言。多少事如流水，回不到从前。

放下心中念，偷些忙里闲。偶然游逛到堤边。等到过年，等到发钱钱，等到小梅开了，任性这春天。

江岚

乙未秋至乐清，车上听徐云峰君话地名之由来

传闻王子晋，曾此吹玉笙。
声逐海风上，袖拂山月明。
千载尚萦绕，至今号乐清。
我来值秋晚，山高海波平。
安得逢羽客？远望不胜情。

咏凤凰

凤兮凰兮鸣锵锵，丹穴山上尽朝阳。
朝阳熠熠相辉映，五色羽毛粲生光。
紫桐花落又花开，凤凰至今已千霜。
朝飞暮栖总相随，所愿万世似鸳鸯。
何必轮轩与钟鼓，饮啄只在竹林旁。
有时乘兴双飞去，遨游四海乐未央。
俯视宇宙如藜米，安知九州在何方？
为我多谢世间人，无意来作百鸟王。

乙未秋日乘高铁过湖州即景有怀杜牧之

山川吐纳大唐气，烟雨萦回终古愁。
最是杜郎过不得，地名依旧唤湖州。

乙未秋日乘高铁过杭州有怀工会故人

杭州一别几经秋？长遣湖山梦里游。
想见故人多白发，车窗拭罢好凝眸。

丙申暮秋谒六榕寺花塔兼怀王子安

四野每逢花似塔，六榕惊见塔如花。
闻呼花塔齐拍手，俏立佛门犹爱她。
浊世谁能空绝色？高秋我自醉流霞。
撰碑人去几多载？更莫沧溟学泛槎。

注：撰碑者，王勃也。未几赴交趾省父溺海惊惧而亡。

吕金超

南天一柱

风柔浪缓海天清，欣看南天石柱雄。
梦绕魂牵心愿了，不虚南海此一行。

亚隆湾

水碧天蓝一海湾，神工鬼斧造奇观。
如画层层拍岸浪，似诗片片打渔船。
沙滩追梦童心里，大海捞诗云水间。
放眼巡航大军舰，健儿日夜戍边关。

咏椰子树

拔地擎天一柱高，编排结队果萦梢。

暑蒸涝煮根须劲,雨打风吹信念牢。
僻壤安营甘寂寂,闹区扎寨任嚣嚣。
一生奉献何言价?仰慕之人举目瞧。

三角梅三首

一

海南好景何花最?遍野盛开三角梅。
海角天涯随处长,四时不忘竞芳菲。

二

无心争宠事,旷野自生根。
三角难成恋,孤芳最可人。

三

开遍天涯三角梅,栉风沐雨叶枝肥。
不争名利偏增彩,一片痴情孰可非?

天涯海角行

海南无限意,胜境我独衷。
知远天涯路,煽情海角风。
南山谒佛面,西岛探龙宫。
极目收难尽,凝心百媚生。

谒海上观音像

百米金尊耸入云,慈眉善目对来人。
香烟缭绕诚心众,跪客纷纭叩首频。
求子祈福淑女意,消灾祛祸善男心。
古今多少虔诚拜,何见真佛显过身?

舟行西岛途中

御风踏浪奔西岛,身后一条白练抛。
如剑搅腾南海水,似仙醉卧半空遥。

"天涯"石刻

昊哲勒石南海边,天涯从此美名传。
招来古今猎奇者,吟唱诗骚不老篇。

游鹿回头公园有寄

曾经此岛赏心游,美丽传说梦境幽。
今日重来情所寄,鹿仙为我再回头。

邹积慧

垦荒第一犁

一朝破土起沧桑,北大荒成北大仓。
能让亿人肠肚饱[①],君应佩戴大勋章。

注① 北大荒当年提供的商品粮,相当于我国一亿人一年的口粮。

航化作业

浑如彩笔倚晴霄,一绘金秋万里娇。
最喜飞喷甘露[①]水,画中涨落太阳潮。

注①:农用飞机喷洒增产液。

喜雨

入春久盼苦难逢,夜半忽来解旱情。

敲打屋檐流响韵，犹闻种子绽芽声。

秋吟

大荒秋色好，遍野捧金黄。
收获知多少，长天雁翅量。

秋日稻海

稻翻百里荡俗尘，香阵冲天欲醉人。
饱摄太阳金色彩，秋来遍野火烧云。

秋钓

红日爬山岫，白云戏水流。
金风当诱饵，钓走一湖秋。

北大荒开发建设纪念馆

当年一帜补天襟，大野秋风十万人[①]。
尽染征衣千顷绿，戍边屯垦壮军魂。

注①：一九五八年十万转复官兵集体开发建设北大荒。

马永顺林

人生作业写青山，无字丰碑矗两间。
缱绻夕阳情未了，依依不肯下兴安。

徐中美

燕归梁·台湾行吟

日月潭边我徜徉。爱煞水云乡。天池凌空诉离殇。顶风雨、立山央。

连江翠黛，销魂一路，夷洲舞霓裳。旅梦总关燕归梁。惹幽恨、牵愁肠。

杨柳枝·夜游西湖"柳浪闻莺"

春草湖堤缓缓行，碧波撩乱柳青青。晚来巧织千层浪，瘦影莺声入梦萦。

江南柳·癸巳夏日送友过黄岩

斜阳近，烟霏久相违。陵邑水横云梦稀，疾风疏影过蔷薇。曾念几时归。

芳草渡，无意记清晖。明月高楼空万里，永宁江畔柳依依。谁识橹长欷？

一斛珠·品鉴"平湖秋月"

平湖万顷，水天一碧波光净。今人古月佳期迎，岸柳风梳，远浦孤舟行。

玉宇琼楼分泻影，临窗细听菱歌咏。数声篙橹游鳞静，绿渚联星，不肯离清境。

浪淘沙·蕲葭

晨起雨沙沙，兰吐新芽。相思赤脚戏鱼虾。恍惚当年帆影尽，一望无涯。

河畔几昏鸦，飞向谁家，青衫易著独怜花。最是多情花逝后，旭日兼葭。

长相思·秦淮河忆旧

淮水流，淮水流。慢引兰舟玉露悠。离声逐桨收。

情难休，意难休。梦入金陵柳削愁。春深避月眸。

醉太平·游椒江大陈岛

千秋海槎，仙疆异葩。昨宵雨急风斜，凤山披赤霞。

浅滩散沙，谁栓石鸦？港湾明月天涯，隔浦随处家。

曾齐禄

牛棚祭

一代英才做鬼冤，弥天大雾锁荒垣。
无情历史天含泪，洒向牛棚祭野魂。

我的矿友

一声招聚令人狂，四十年来浑不忘。
最是开怀煤黑子，依然心地亮堂堂。

丙申孟冬威海荣成观天鹅

三千里外海天清，上万天鹅憾我情。
相唤人间留净土，家园莫再负苍生。

夜游竹天下园区

竹园如幻境幽人，谁解蛙声一片真。
邀入山潭星与月，同温远古梦之淳。

无题

武陵千古隔人烟，遗有陶公数亩田。
国土如今争办证，不知户主是何仙。

观龙岭村丁酉春晚

谁约春风来化妆，辣妈仙伯老犹狂。
一台春晚元宵闹，惊起鸡啼岭上扬。

观友人发来雪后照

天斗萧萧风物新，可知谁是化妆人？
远山飘逸二三客，白雪无边绝俗尘。

题74届高中同学聚会

平生何故梦相牵，最美情怀恰少年。
四十二年时唤起，心中那片艳阳天。

家有越冬之燕

家乡闲老静中过，犹觉地球超暖和。
梁上燕儿冬不返，逢人唠嗑感情多。

黄心钦

参观圆明园归来

腐败昏庸极弱贫，洋贼纷至国无门。
神州处有伤心地，清史章留屈辱痕。
甲午海疆沉舰在，圆明园里废墟存。
含悲忍忿长鸣警，雪耻图强发吼音。

三峡之歌

川江怒水力无穷，冲破巴山直向东。
长峡荡成三百里，危崖洗出一千峰。
纤行峭壁血和泪，浪打飞舟险伴凶。
旷世宏图高坝起，万家灯火庆降龙。

西湖美

临湖顿觉到天堂，如愿环游恨鬓霜。
柳浪飞莺春不老，断桥无雪夏犹凉。
南屏岸绿长堤秀，北里荷红古塔香。
山色水光奇又美，今朝淡抹抑浓妆？

毕太勋

江岸酒家

碧波杨柳映红楼，一马平川万绿稠。
莲嫂门前迎客至，春风满面炖田鸡。

护稻

朝阳一笑满天霞，稻穗扶风钓绿蛙。
鸡鸭田边偷谷吃，村翁吆喝补篱笆。

茗山茶

春莺鸣峻岭，翠浪拍云涯。
纤手采芳叶，玉肩披雾纱。
龙团输网络，期货满商家。
香气扶摇上，瑶池品茗茶。

咏炎帝

仙猿猎物带毛尝，树叶遮身洞作房。
擦石点燃山里火，训牛犁出土中粮。
不知闭户囤钱币，只识围城挡虎狼。
今日九州贫富客，都称始祖是炎黄。

郭立河

孔繁森

辞行泪涌跪娘亲，一句叮咛万世吟。
大爱无疆天地暖，雪原四处荡清音。

悼张自忠将军

临鄂交锋敌寇哀，将军不愧栋梁材。
夜阑聆取思君曲，铁马金戈如梦来。

王平

水调歌头·中秋夜在路上

中秋之夜，在赴井冈山的列车上，望窗外灯火，听邻座闲话，若有所思，偶有所感，便仿古人韵，戏作《水调歌头》一首。

何处思嫦娥，亘古几青天。荒榛落叶湖山，秋雨湿暮年。遥想佳期涕泪，今宵空对窗棂，秀色透清寒。时光逐梦影，香火照人间。

葡萄酒，玻璃杯，醉后眠。原来无事，遍地狼烟虐心田。且将一腔愁绪，付与春花冬雪，世事断难全。试问此间月，可曾识婵娟？！

意难忘·新年抒怀

月老天荒，出江淮负笈，北国风霜。湖光醉塔影，文墨遗清香。情与志，秀芸窗。众声喧华堂。振弦歌，威加八面，满院芬芳。

几度烟雨沧桑。任心紫兰蕙，意结甘棠。落花静无语，惑者自思量。常忆恋，望他乡。此刻忽神伤。问新岁，霾里春夏，山高水长？！

陈宗辉

旷野听风

熙熙攘攘世尘中，多少经纶一梦空。
顶戴阶前风易掠，峨眉帐内月难从。
新枝快意明窗舞，浊酒成心热肺攻。
手把诗书歌半阕，无边旷野醉听风。

夜宿蓬莱山寺

蓬莱美景盛名传，石径云梯百丈悬。
月过双峰亲桂子，风挚鲫水漾清涟。
天盘顶上痴寻弈，紫竹林中醉说缘。
一夜匆匆山寺梦，醒来笑是误成仙。

观上海世博园城市足迹馆

离开深洞向江边，筑起城池歌管弦。
觑野搜村催快马，巡洋掠市挂帆船。
物流羡妒千商贾，女艳惊心九阙仙。
最是高台长望了，如珠星月落门前。

南乡子·黄山归来

车上意朦胧，笑卧莲蓬伴彩虹。梦笔难描风动海，龙宫。日月经行石柱中。

指目玉屏鸿，何去何从尽碧空。唯恋黄山思翡翠，匆匆。游趣因人景不同。

陈秀新

九日客中感怀

回首鹿城池上楼，潇潇风雨故山秋。
思亲恍见西园菊，问讯长违东海鸥。
霜雪当年交百感，蒹葭此地又孤舟。
无情最是华溪水，背着瓯江向北流。

重到诸暨

暨阳别却几经春，溪草村花倍念人。
把臂亲朋欣老健，盈头霜雪叹艰辛。
远离湖海风尘色，来约梅兰淡泊身。
且舀浣江三盏月，品今酌古煮清醇。

随感

何须邀宠出林峦，不入江湖日月闲。
酒瘾常高赊野店，山头虽众远朝班。
三馀学足陶和谢，一笑违心直与弯。
休管戏台歌舞闹，溪声近处鸟关关。

丙申冬理事会席间拈得

诚难酒后口三碱，座上诸公气不凡。
辞采待成惊世句，梅花先递报春函。
龙吟墨海听涛起，笔点天云倩日嵌。
相约明年还聚此，细将诗律论宽严。

丁酉人日联吟

换过桃符岁已新，山梅依约冷芳晨。
半分柳色先融雪，一缕春光渐近人。
豪宴仍开朱紫第，锦帆未渡苦芦津。
小民忧国堪何用，但把呼声网上陈。

斗岩山瀑布二首

一

半夜雷惊晓色开，松间雨住绝尘埃。
天公也惜清明境，剪段银河挂起来。

二

分得银河一线垂，天衣织出碧琉璃。
归来又负林泉约，引向秧田是小溪。

雁荡清洁工

无言黄褂总加身，装点名山四季春。
美在景间浑不见，恶然愧煞旅游人。

曲汗青

梧桐

院里有孤桐，群芳俱仰恭。
绿云封视野，青玉挂苍空。
白朴明皇梦，庄周彩凤钟。
不辞鸦鹊闹，何避蚁蝼拥。
以此磅礴势，浑然地气通。

乘京张线火车至八达岭上

长龙迤逦上天楼，直叹詹公创意牛。
进退轻扳一锐角，拉推互换两车头。
皆因赤子争心在，不教洋邦笑柄留。
燕岭嵯峨人字大，雄观高铁领全球。

第六编　新古体诗近作

刘建华

咏广丰

群峰争春碧海荡，一注丰溪尽淘浪。
木艺钩沉古意淌，明镜为心容千江。
人才百万走四方，莲花骄子独下广。
八方通衢立门户，枢密文化源流长。

题石林长湖

十载东陆变幻间，京都问我愿为贤？
志士生当走四方，孝子死可归故田。
自古谁不恋婉约，长湖如梦骨如铁。
伯乐一曲歌石林，马虽千里任弦牵。

题井冈龙潭

已届不惑才识君，龙潭笑我井冈人。
清明时节英魂祭，泪落又闻杜鹃声。
五龙飞瀑叠千丈，万碧一潭雾中横。
携来仙女揽险境，功业莫贪天自成。

咏银杏

凡高唐寅羞举袖，华锦唯有仙来裁。
风过层林千叶黄，雨染叠枝万杏白。
惯隐深山作古木，惮立闹市伴将才。
杏坛园内成一统，书生灵鼠两相猜。

翠湖秋荷

丝竹润气柳献荫，圆妃濯莲水益清。
遥知兄弟腰折尽，风霜秋荷立玉亭。

题兰茶坊

谁与众芳竞喧妍，飞石几处世外仙。
一缕清香入茶坊，君子恋尘不恋天。

题华首门

金鸡顿足灵山见，慕名拾阶立佛前。
拈花破颜迦叶定，一雨华首四周天。

咏梅关

古今盛传状元祖，无人拾级戴自拜。
石丸望断南粤路，梅关渴求暴客来。

咏丫山灵岩寺

八百野火欲何图，铁树丫山燃香烛。
层岩浴佛泉为炉，片石云飞任我游。

陈友

咏月季

鲜花千万种，风姿各不同。
牡丹真国色，月季日日红。

颐和园咏荷

十里荷塘满池香，百花争艳好姑娘。
千姿垂柳随风舞，万顷碧透吐芬芳。

咏雄鹰

天高地广任君飞，搏击风浪意自随。
千磨万炼谈笑声，铸我雄鹰八面威。

咏高粱

嵩山脚下有高粱，巍峨挺立多辉煌。
常使衣剑对风雨，万穗皆顶寿无疆。

高华中

石语琐记

疆北英雄地，龙虎戍擂台。
灵石戈壁出，黄河天外来。

玛瑙湖感怀二首

慷慨歌谣今又传，穹隆五彩石天然。
女娲遗物盛世出，都在阴山敕勒川。

敕勒歌谣万代传，女娲补天托阴山。
灵石本自戈壁出，穹隆五彩照人寰。

补天遗石赞

女娲补天古今传，推求考古误前贤。
酒酣胸胆闻天籁，遗魂长留戈壁滩。

咏戈壁石二首

一

漏透瘦绉奇，声色形质坚。
一品一特点，一石一境界。

二

奇而不奇中，不奇而奇在。
戈壁石玲珑，大漠连天外。

疆北礼赞

疆北歌谣壮美多，天然不过敕勒歌。
穹隆一曲多慷慨，阴山如屏映黄河。

瞅石斋"梦语"

瞅石斋里石有言，补天神话世人谈。
远古呼唤谁带来，女娲造人有真传。

戈壁联想

真身百炼女娲炉，补天遗愿失淹留。

未曾纳于真人袖，何时衔入二爷口。
渺眇茫茫牛马去，空空旷旷鬼神愁。
青埂峰连大戈壁，满目苍凉是石头。

古农

丙申立秋感怀

煮酒吟诗话说忙，人生几度笑痴狂。
红尘百载情缘短，天上千年爱意长。
紫玉池深盛满月，石螺杯小纳清光。
云烟一季随歌舞，谁念秋风独自凉。

冯柏青

喜望东方红（外三首）

一对好兄弟，皆为白发翁。
各自有追求，天天乐无穷。
灯下书鸿篇，心中起歌声。
民歌传承人，央视留倩影。
晨起挥笔墨，豪气冲满胸。
壮志向未来，不减当年勇。
携手过百年，精彩度人生。
丹心映朝霞，喜望东方红。

美梦圆

雄鸡一唱万家乐，冯家京城大团圆。
儿孙满堂人兴旺，老幼相逢喜颜欢。
举杯畅饮歌一曲，鸡年伊始铺画卷。
浓墨重彩抒壮志，宏图大展美梦圆！

精彩人生贵求索

终生密友为笔墨，神安宁静暖心窝。
耄耋之年常追梦，太极舞剑美如歌。
诗词绕梁添雅韵，抚琴吟唱颂山河。
书友相聚献丹青，精彩人生贵求索。

沧州文化采风掠影

春暖花开时，驱车沧州行。
一路景色美，醉了白发翁。
刘家住中捷，室雅书香浓。
春华喜文墨，邀翁到家中。
筹划采风事，细节千斤重。
食宿在酒店，献艺赴大厅。
书画挂四周，会标悬上空。
笔会仪式后，挥毫竞群英。
青壮书画美，老将笔墨精。
观者赏国粹，艺美人心灵。
温泉华清池，身暖心轻松。
享受人间美，乐哉胜仙翁。
沧州铁狮子，耸立广场中。
风雨千余载，依旧展雄风。
步入剪纸馆，手巧令人惊。
宝菊声名远，中华女精英。
回民马本斋，母子皆英雄。
挥刀杀日寇，战场立奇功。
清代纪晓岚，播撒文明风。
长杆大烟袋，陪伴他一生。
攀登云石山，笑望万里空。
伸手摸彩云，绝顶我为峰。
告别设晚宴，举杯谢主东。

谈笑叙友谊，纵情放歌声！

谷凤荣

丽江行九首（外八首）

一

百年古镇丽江集，风俗特色民雅居。
帝赐木姓去城围，八达通畅市贸齐。

二

古城风貌依旧美，文化精华传承袭。
壁画精美岩画昔，远古图文符号奇。

三

茶马古道路崎岖，三年五载往返急。
风雨兼程几人归，滇马蹄破故事凄。

四

碧池洱海翠苍山，三塔鼎寺乐峰前。
大理古城蝴蝶泉，情歌对唱红线牵。

五

玉龙雪山奇峰险，云蒸霞蔚天际巅。
三朵将军化此神，身佩白玉英姿羡。

六

泸沽湖似蓝宝石，土司小岛显神秘。
水如镜锦卧佛息，祥瑞福兆众生吉。

七

走婚桥畔女儿国，摩梭婚俗世第一。
儿女舅养父不亲，女人顶天祖母依。

八

长江奔流第一湾，玉带逆转中原道。
虎跳峡谷深千尺，急流拍石声声啸。

九

香格里拉普达措，心灵神境梦天堂。
画卷染尽颜色开，牦牛点点任天放。

张掖马蹄寺二首

一

格桑花开门两边，深深幽谷迎客来。
三十三天拜佛台，经桶常转几僧缘。

二

府首躬身千佛窟，佛祖威严面容慈。
天马神游遗足迹，千古留名马蹄寺。

张掖冰沟丹霞五首

一

冰沟丹霞地貌奇，满目境幻万象极。
鬼斧神工开天地，乾坤奥秘藏玄机。

二

神驼笑迎金蟾月，孔雀开屏欲展腾。
宫殿雄伟气势宏，擎天矗立大地根。

三

去往西天路艰辛，九曲十折忍前行。

鹰狮威严傲群雄，虔诚心纯取真经。

四

谁放佛龛峭壁间，众生多少识佛缘。
天梯直上峰之巅，千峰竞秀画卷开。

五

遥看远峰一修行，夕阳禅坐入定深。

旷野空静三界外，智者觉醒已飞神。

黄山

遥看黄山峰入霄，云雾幻化锁琼瑶。
风起云散真容峭，峡谷斧削万丈高。
女娲奇石玄机妙，白玉飞瀑鞭石啸。
莲花盛放天际巅，龟蛇斗法卧佛笑。

第七编　新体诗近作

赵琳

我面向东方

——献给中国共产党成立九十六周年

我面向东方
望着天边曦微的曙光
感受着夜风的苍凉
我仿佛看到了
轰开我国门的炮火
杀戮我先辈的刀枪
泛滥的烟膏
频仍的战争
多发的灾难
水深火热中垂死挣扎的中国人民在苦苦地盼望
　　——什么时候，什么时候才能盼来曙光？！

我面向东方
望着天边渐亮的霞光
想象着光明与黑暗的较量
我仿佛看到南湖的游船望志路的灯光
秋收起义的大刀长矛
井冈山瑞金的机智顽强
长征的艰苦卓绝
延安的蓬勃兴旺
华北敌后的顽强奋斗
雄师过江天翻地覆的慨而慷
镰刀锤头旗帜下前赴后继的英雄在宣布
　　——黎明就要，黎明就要把这个国度照亮！

我面向东方
迎着初升的朝阳
感受着一天的第一缕阳光
我感受着草绿花红小鸟欢唱
仿佛看到了坐满红领巾的简陋的教室里
老师的粉笔在黑板上飞舞
校园里荡漾着"好好学习天天向上"
渐饱的肚子渐暖的身子幸福的歌声
在人民公社的农田里工厂里回响
两弹一星的爆炸声向世界宣布
　　——中华民族，中华民族真正挺起了脊梁！

我面向东方

迎着明媚的阳光
喜看祖国坚定地沿着改革开放之路走向富强
农业大幅增产
工业体系逐渐健全
国际地位快速提升
申奥成功
入世成功
全国人民兴致勃勃奔小康
国际赛场上屡屡升起的五星红旗在向世界宣布
——贫弱的中国，贫弱的中国已走向富强！

我面向东方
迎着灿烂的阳光
充满自豪解读着民族的梦想
航母服役　蛟龙入海　嫦娥登月　大飞机试飞　高速高铁通向四面八方　震惊全人类的一带一路向世界宣布
——一个强国，一个强国正圆梦世界东方！

我面向东方
沐浴着阳光
阳光普照着大地
给世界带来了活力
给中华民族带来了自信并指引了航向
我崇敬地向太阳望去
——原来那是，原来那是一面绣着镰刀锤头的红旗在猎猎飘扬！

苏俊敏

榕树上的弹孔

每当纪念抗战胜利的时候
我从不欢喜　仰望着一轮明月
我不想说九一八的枪声
不想说东三省成为满洲国
不想说卢沟桥上大刀砍坦克
不想说南京的孤儿怎么活下来
不想说大半个中国被铁蹄蹂躏
不想说那些荒芜的土地和烧毁的房屋
不想说那些饿殍载道和突然消逝的青春
我只想说村口那棵榕树，满身弹孔
咬紧在土里的根，坚忍70年或者更久
把茂盛的绿开满乘凉者的天空

洪文斌

洁净·西藏（组诗）

轮回

阳光在头顶，
钟声的锈块簌簌而下，
灼痛低头赶路的人。
匆忙的风沉重的云，

突然迷惘，何处是家乡？
曾经的服饰，
依稀挂在帐篷边缘。
熟悉的奶香被大风撵着，
仿佛的草地不知在不在梦里。
未了的爱情，
在雪山顶上放牧一地的思念。
爱人的体香隔世开放，
而甜蜜的温情今世总不在。
母亲还在守候着温暖的火炉
和一地无人倾诉的心事，
而说不完的牵挂总也回不到
哪一个家门。
梦中安居的家园，
雪莲花般的爱情啊，
一地都是回不到家的路。
找你五千年，
再找你五千年，
五个五千年，又何妨？

山顶的歌声

雪封山
封天地
雪峰顶的雪
被撕开核心
阳光亮开喉咙
牧羊人的歌耀眼
草地、河流和我
眯眼仰望
抖落一冬的厚雪
羊群沿着溪水蜿蜒而下
鸟儿一群群回到家乡

雪在融化
家园在心底的深处露出
洁净、朴素
为什么站在最高的地方
我们喜欢仰望
为什么在最冷的峰顶
我们遍体温暖

阳光里

阳光里
鹰在风的顶点滑翔
阳光里
羊群不须鞭子
从白云深处回到草原
回到牧人的家
阳光里
最远的峰顶上
我望到我的爱情
还有大群兄弟

阳光里
我看到了母亲镇定的笑容
还有皱纹深处
吉祥的方向
阳光里
母亲捧着奶茶
温暖使我们从不考虑
怎样活
阳光里
我看清了
轮回的小路

湖

接近天空
梦会洁净
蓝色的音乐
开启金色的大门
一大群仙女
披梦一样的睡衣
驾驭阳光飘落湖面
接近天空的地方
是一座座雪山
接近我的想象的
是这一湖的蓝
接近幸福的深处
我看到这里的人们
和那一大片宁静和纯洁
唯有心灵最深处
最接近这里

温斌

蓝色琴声（外三首）

渔火闪闪　月光涌动
蓝色琴声穿梭大海如鱼
心潮却平静似水
孤寂紧抱着夜色
风中摇曳
错失的季节

弓与弦的低声倾诉
浪与岸的轻嬉戏
总有一种眷恋萦绕心头
当渡轮依旧横在岸边
横在枕上的愁绪
也仍依旧
只不过常常是
听别人的故事流自己的泪
不知不觉中帆影远去
那如鱼穿梭的琴声
是否依旧蔚蓝
但愿季节错过之后
似水心潮依旧平静
有月光和渔火的夜色
就不会有孤寂

鱼群

热带珊瑚岛栖息着
色彩斑斓的鱼群
传说是自由的精灵
你在那里我的
思念在那里
抬头看云日丽风清
我们就这样
默默地对视着直到
太阳落山了
鱼群找到它们的窠穴
再也看不见你的身影

尘封的海

曾经尝试着
站在城市最高的楼顶
寻找远方那一片海

涛声是否依旧
浪花的记忆是否还在
阳光在高楼与高楼之间
折射着畸变成怪状
天气阴晴无常
我深知
内心的枯萎与季节无关
海仍在心中只是
铺满了尘埃

漂流瓶

把一个愿望或者
藏宝图装进去
任时空随意捉弄
如同命运茫茫大海之中
谁又能预测她的萍踪

漂流是生命的质感
来的时候就预约了走
每一个句点都是无声的
因此我们更容易
被自己的呼吸以及
潮涨潮落而感动

邓存波

理发（外三首）

岁月长在头上
日子长了
头发也长

剪发的意思
是把昨天剪掉
让明天重头再来

我不喜欢剪头发
是因为舍弃过去
是一种背叛

我又必须到理发店去
把长发剪掉
岁月与头发相克相生……

深浅

冬天，很深
从南到北
越看越苍茫
大地没了终点
心情冰冷似万里飘雪……

寒风，很肤浅
说来就来
一点都不讲道理
不管人家喜不喜欢
总是主观地
把自己的冷屁股
影响别人的热情……

寒冬里

江河水，一改过去的深情
没有自我
温度计的高低

能决定自己的表情
风雪来了
身体比石头还硬……
鱼啊，本为无拘的生命
活在水中
可深，可浅
唯独一生不能离开江河
寒潮来了
阳光和热度
比自由更有意义……

刨螺

扛一把犁
把沙滩翻阅
每一行文字里
必藏着一个个生动的词语
躬身把逗号捡起
放进抒情的散文诗里
海浪也多情
还帮着翻页
一行读完
又从另一行数起
一片白纸
写下诗人一天的心迹
一篇美文的全部精彩
都装进了渔家的辞典里……

伊萍

六月（外四首）

六月。蛙鸣
振幅在一枚盘缠上
饥饿的蜻蜓
掰开雨点里内坚的夏天
新伐的树桩传来清香
蹲在一旁抽烟的男人
烟雾的白
围起栏栅，倾听思念
声音，什么也遮不住
它从束缚的空白掉落
以弧线抛出的影子
没有起皱的脸，紧贴过来
从里面，看见
自己
像这样的夏天还有一个，我
澈清的双手长出花瓣

划过天空的闪电

风擦燃剑刃的光
抵触天空的腰部
一点点移动
微颤的肩膀，一抖就歪

云脚低处的水，向上流
一双翅膀的尖叫
余音
在同一个高度上盘旋
演绎飞翔：
天空、太阳、爱情。
还有独臂的竹蜻蜓
飞起来
舞蹈
脚踝的爆破音催熟了雷鸣

梦

进入你的梦里
躺在月亮磨平的水面上
看着彗星在锤炼时光

有白羊从身旁经过
水不断地流淌
我用颜料在羊角上雕了图案
给时辰标注了数字
摇着灵魂的心曲
迎娶
一个温暖的太阳

你和我的心
许给了光泽的誓言
用风的气息
把闲置的额头流成海
遥远的远方
有一帆船轻轻地靠过来

昨夜

信仰
昨夜在左边
右边是我空置多年的海

时间
让我悲伤，让我洞悉空气的空
温情的疲倦
软耷着耳朵
一列列车从远而来，清冽的鸣叫
刺激耳膜里端坐的我

有人喊着我的名字
久远的音符穿过胸腔
压低云的栅栏
探出头
回应我昨夜梦里泪滴的脆响

风的斜倾度

我的灵魂要靠近你的灵魂
在你岁月静好的春天，玫瑰高高耸起
有意无意地碰触我颤栗的唇红
额头宽余，流动一片浅蓝的天空

没有过多的色彩，风儿浓淡相宜
我是你的单色，尘世里的肉身，惯于靠近爱的欲望
发声的燃烧，把无限永恒成
这里每一次像一杯烈酒。
我一直在说着天气，这无关情绪的
一朵云。你身上美丽的牧场
可以睡眠和奔跑
一次次交换身子，忘掉所有

听听，我的心
被一阵鸟啼歌唱，细听光的内韵

我们被风吹着走
吹低的图像，恰好垂直于你我

吴国明

美丽的海湾（外二首）

潮汐的执着
夜夜带我留连在您温柔的梦乡
那雄壮与狂放的涛声
时时激荡着我狭小的记忆
您是怎样的温柔
温柔得让人心痛
温柔得曾经任人践踏
如今
散落在您背脊的"贝壳"
点燃了奥林匹克的海洋梦想
有红嘴鸥与海燕陪伴着的您
不再忍受一百年前列强炮火的烟熏
不再咀嚼苦与涩的历史

不堪回首的往事
永远定格在您蔚蓝的记忆
您海纳百川的胸怀
谁都可以找到停留的脚步

望着两岸灯火阑珊
我好想在您温柔的心胸
撑一叶小舟
到对岸去点燃奥林匹克的圣火

海风吹过的地方

凌晨三点的海风
吹过被沙填满的记忆
漫步在没有月光的海湾海滩
我听到了海的心跳

我与大海一同呼吸着
没有潮汐的脚印
也没有渔火点灯
只有脚下银色的沙滩

我与海风前行
左边是蓝色的港城
右边是金色的梦想
我乘着一腔热情
寻找海平面上的帆影点点
但
也许渔夫早已睡去
只有飞架两岸的大桥
闪烁着辉煌的英姿

剩下我在岸边
寻找海风的方向
海风吹过的地方
我把思念与依恋
抛下
期待日出的光芒

午夜的海

萤火飘过午夜的椰林

像流星
在海的脸颊
犁出一道道泪痕
只有浪花
拍打沙滩的宁静
午夜的大海
阴沉得像您殖民统治时痛哭的灵魂
伸手不见五指
于是
您将悲伤贴在天空
只有星星在胸膛闪烁
五年崛起的潮涨潮落
见证了我们艰辛创业的心路历程
见证了我们风口浪尖里的真情
与执着
从月华到星淡
从黄昏到黎明
从汹涌澎湃到风平浪静
还是这片海
把我们带回最初的诺言
想起海边月如钩
虽然星光淡了
月光退了
心中有海
到哪里都是狂澜
如今
坐在海边
夜太黑
只有岸边林立的高楼
发出均匀的呼吸声
我自己像离开自己的感觉

时间在黑暗中死去
我不想走
我要等待黎明的日出
借一束光
好好看看城市的美丽

洪三河

农事二十四节气（组诗）

立春

春从乍暖还寒的意境里
立将起来了
在空濛濛的原野漫游
太阳伸出暖绵绵的手
恩爱地抚摸着小草和森林
一只蜻蜓落在草尖上
用早春的甘露洗涤伤忧
突然传来花开的声响
与流泉汇成天籁之音
接受风的邀请
蜜蜂与彩蝶如期赴宴
蜜蜂嗡嗡　彩蝶翩翩
舞动春天

雨水

雨躺下来便是潺潺流水
水声楚楚
万物复苏　草木萌动
天宽地广　鸿雁声脆
远在天脚的云团开始挪动

炊烟似的袅袅漫向天际
天空不再瓦蓝
不再伤感和孤独
她与云雾前生有约
牛羊欢叫着涌向草场
通往田野的小径
铺一层薄薄的阳光
此时　只要有一缕风轻轻经过
就可以惊动大面积的绿

惊蛰

苍穹之上
一道银鞭抽过
闹成了惊世动静
首当其冲的是那片片云朵
被吓得紧紧抱成一团
浑身紫黑　情不自禁地
掉下豆粒大的泪珠
注满了小溪池塘
那群隐居蛰伏于草泽的生灵
纷纷抛头露面
用憋了一个冬的力气说话
近在咫尺的密林有鸠鸟声沁出
声音深沉似源于遥远
尖锐的蝉鸣渗入其中
酿成这个节气不可遏止的
喧嚣与刚性诗意

春分

春站在公平公正的立场上
将日子均等分割

一半黑一半白
黑白分明　黑得可爱　白得洒脱
黑中缓缓流着凉意
白里轻轻淌着暖流
日子很舒适
在太阳走过的地方
鸟语花香　莺飞草长
嫩芽悄然破土
生命在复苏中渐现刚性
春色于天地间更显辽远
飘荡的白云
在明媚的阳光中
展示浪漫

清明

仲春与暮春之间
夹着宽阔的绿
绿意盈盈
小雨初回昨夜凉
绕篱新菊已催黄
这似乎是一个慵散
而随意的时节
颠着小步走来了
溅起绿色的漪涟
此时　踏青者驾漪涟
款款而来
试图把一个
沉重的日子
过得轻松

谷雨

源自古人"雨生百谷"之说
作为春天最后一个节气
正以主角的身份闪亮登场
颇有举足轻重的味道
常与艳阳握手
却与寒气势不两立
玩命地孕育与成长
成了一生的主题
那些浪漫
令你心生厌倦
你期待着
丰满的诗意

立夏

夏季的开始
宣告温度在某个临界点上
持续上升或偶尔下降
草木被阳光抚摸成
从淡绿到深绿到墨绿
雨水均匀地下着
泥土日渐滋润起来
作物的根系无所顾忌地
舒展或延伸着无意中
与蠢蠢欲动的蚯蚓撞个满怀
那蚯蚓知趣地扭了扭头
顺势溜出了地面上
原野霎时间
生动起来

小满

称为小满
多么的恰如其分
因谷物还灌浆着
青涩着等待盈满与成熟
此时天地精华融洽着阳光
底气十足灵气活现
在广袤的田野间浪漫游走
在辽阔的绿色之上舞蹈
那横空略过的鸟群为之伴奏
把压抑不住的喜悦
翻晒在太阳
底下

芒种

有芒的麦子快收
有芒的稻子可种"
这便是它的字面意思
以节气与生俱来的名义
诠释"适时"之真义
以及古老中国农耕戒律
多情易变不安分
令这个季节烦躁而劳顿
而那过多的厚实和沉重
也为之捡回了不少
实实在在的
好心情

夏至

意味着夏天
如期到达某个节点上
令人顿生淡淡愁伤
漫长旧日的隆重轮回
这一天太阳的脚步
跨到了地球的最北端
直抵悠悠北回归线
夏日的正午有几只
小蝉慢慢地爬上树梢
说出与这个季节
有关的
秘密

小暑

还属小字辈
充其量还不到火候
它在慢慢地储蓄热量
让其尽快抵达农事
茁壮成长的高度
一截很短的阳光
就是一段漫长的绿
那悄悄扩散的热
就是一片辽阔的夏
一个小小的设想
便是一个
大大的
希望

大暑

正值中伏前后
暑气逼仄而充盈
把炎热提升到了
仲夏的高度
那疯长的热迫退了
辽阔的绿坦露
沉甸甸的成熟与丰满
一道雷电闪过
便是一场瓢泼大雨
稀释着浓稠的热
使这个季节变得
清爽而
丰硕

立秋

站立着的秋
在辽阔的原野上
漫无目的地游走
雨光明正大地下着
把刚露脸的秋
拨洒得湿漉漉的
那些浓浓的热
被秋一手抹去
而在秋的指缝间
泌出了丝丝凉意
天空变得瓦蓝起来
一群大雁
往南飞

处暑

那些热
终于戛然中止
那些绿
也开始凋零着
苍天之下
铺开了辽阔丰硕
鸟声疏落
大地肃穆
风把天宇
拭得明净
如洗

白露

阳性日虚
阴气渐浓
露凝而白
原野日见冷静
天与地挨得很近
似乎在窃窃私语
那长夜里的丝丝垂爱
令大地滋润而晶莹
成就这个节气的
冰清玉洁
艳丽闪亮

秋分

阴气始盛
雷声缄默
万物归隐
百虫封洞以防寒气
草木渐失往日亮色
溪流瘦成了一根绳索
季节悄然退居二线
暂避世事锋芒
意在夹着尾巴做人
安于卧薪尝胆
以便卷土重来
成就大业

寒露

寒意愈盛
露气逼人寒露时节
凉爽向寒冷过渡
犹如越过白山黑水
原野萧瑟而苍茫
有鸟声凄厉划过天空
纷扬着落下几根羽毛
大地板结成了
顽固不化的
忧伤

霜降

草木落黄
生长却步
以镜像的方式
生动诠释
人生一世
草木一秋
重现中国农耕时代

季节轮回的
历史渊源
与人间
悲悯

立冬

寒潮如期而至
大面积阴雨天气
呈现烟雨濛濛的江南
此时纬向环流结束
经向环流开始建立
日子的脚步匆促
在朦胧中悄然飘逝
彰显人生如梦
一些期待丰厚而实在
农事变得懒散而松懈
生活成了简短的
叙事与抒情

小雪

寒风为常客
且携霜花雪雨
此时阳气上升
阴气下降致天地闭塞
大地沉默不语
万物焉焉而失生机
偶有飞鹰横空略过
落下几声凄厉
池塘边钓鱼郎
期待着失望

大雪

意味着冬天
历史地抵达这个节点
暂短时光的如期轮回
一些静静守候的风俗
酿成了醉人的愁绪
这一天太阳的脚步
迈向了地球的最南端
直抵迢迢南回归线
冬日里有几只
小鸟在树林里鸣叫
尽情表达着
各自的心情

小寒

正值"三九"严寒
梅花傲雪怒放
此时阳气生长
一行大雁向北还
落下的声声哀怨
伴寒风撒向遥远
此刻悠悠天地
苍野如海寒流如潮
残阳如血染红了
天际那丝丝云彩
编织了厘不清
理还乱的
乡愁

大寒

滚滚寒潮抑或
滚滚红尘滋生
世事绵长人间苦短
冰天雪地抑或
悲欢祸福彰显
季节与人生的磨难
此刻透过世事沧桑
我把目光投向
历史的遥远与
现实咫尺
落在满园
残荷

吴洪伟

谁在呼救（组诗）

一片森林在餐桌上哭泣
快餐店，人潮涌动
餐桌上摆放着
一扎扎僵硬的筷子
一卷卷贫血的餐纸
正等待着
第二次死亡

用餐后，食客们纷纷把筷子丢进垃圾桶里
随手抽取长长的餐纸
我也跟着他们拿起筷子
仿佛张开两筷的瞬间
就轻易地张开了一片森林漫长的生长期
手起筷落
一片森林被我夹得疼痛不已
我抽取一点点餐纸拭去油渍
一片森林又在我的嘴角上哭泣
此时静听
从远方电锯声中传来了森林倒地时的阵阵呻吟
快餐店外已是阴云密布杀气腾腾
暴风骤雨、山洪冰雹、PM2.5早已集结完毕
它们将城市的繁华围住
将蠢蠢欲动的贪婪与无知围住
将快餐店团团围住

我可怜兮兮肉跳心惊
想趁它们来袭之前逃出这快餐店
无奈我一脚跨不过这地球坍塌的边缘
人啊，请节约森林

养殖场与河流

一条河流
从深山密林中穿过
它一路向东欢歌
两岸的水草鲜美，鸟雀唱和
渔人迎着日出撒下希望
捞起一网活蹦乱跳的鳞光

自从养殖场建在河的上游
河的景况就日益遭透
夜幕降临
养殖场解开裤裆露出肛门
一阵阵恶臭灌满了河的咽喉
河的脉博澎涨、痉挛
苍蝇如麻，硕鼠如斗
它喘着粗气
一路狂奔呼救
可有谁能为它割去这颗毒瘤

白云从它的上空颤巍巍地飘过
青山在它的岸上远远地瞩望
几棵被屎尿腌得半死的水蓊低垂着头
河流无力反抗也无法逃走
眼看这病毒漫遍全身浸上心口
它咽下了最后一口气
成了一条鱼虾绝迹的臭水沟

养殖场
杀人不眨眼的刽子手

呐喊的皮手袋

时髦女郎走进了皮手袋店
她左顾右盼上下挑选
店主迎过热情的脸：
这是珍稀皮革，手工打造
女郎最后付了二千七百元
拎着一只貂皮手袋走出了店
这貂皮手袋被吵醒了
它呐喊着挣扎着

要去找回自己丢失在枪口下的灵魂
找回自己的家园
店里货架上的手袋们也跟着哭喊起来
它们要回东非大裂谷现场
回加勒比海岸线
回亚马逊河丛林
回危地马拉大草原
店主的眼最尖
他一把抓起钱币拧结成牧鞭
将皮手袋赶上货架打回原形
皮手袋们相拥痛哭涕泪连绵
哭断了最后一道生物链
啊，这出售生态出售灵魂的皮手袋店

陈宇啸

台风（外三首）

你被一只透明的玻璃罩盖着，
而无呼吸不畅
一半是巨浪，狂喜地汹涌、奔跑
翻腾最利索的健儿，撞上虚无的海堤
一半是树林，削尖的枝条，刺向无畏的浪涛
台风，一个声色俱厉、面容冷峻的医生
一把不容抵御的巨型手术刀
解剖着这僵硬的大地

将钢筋水泥的瘤
抛出去

端坐的黑

画不出你的模样，
我想象不到你背上的
肩胛骨，以什么方式、何种
力量感运动。
我被一遍遍地剥落，
就如一遍遍地剥落
骨质疏松的木屑，
有种薄弱的、
溶入天空瞳目里的
存在。
此刻，风驾驶着计程车。
闭上眼，隧道以一节橙一节
紫的幻影，回应着眼睑的
律动。
一帧旧照片，被路灯的注视过后，
黑色的你
端坐在计程车凹陷的
后座。

暗涌

天是我

灰混暗涌的心湖
从窗台退回里屋
拨亮一盏孤灯，为滩涂烙上
低温的思绪，海碰撞交换的
欲望
而我已无法忆起
此前伫立过的时光，
观看雨水打落海里的一天，或
看一根路灯，如何刺穿
一个低低的秘密
依附在你、我花色不同的脊
背上
鞭子一般，抽打着失语的迷宫
在失重的悬崖前，又抽扯起
我们
宛如一根保险钢丝

我嫁给了岩石和风……

我嫁给了岩石和风
宽大、孤寂的雾笼饰我的花头
我的梦，泪腺丰沛
飞翔的伤口织就悲悯的嫁衣
你给的流氓的爱，我铺就红毯
虬枝环为指环
启蒙我不合时宜的荣光
光鲜的皮影，我都赠予你了
结了痂的事故已脱落
分娩过后的母体，心脏一样
柔软
无时候的泊已内化，成为地质
贯穿始终的轴，我知道
如何冥顽不灵

洪三泰

台风·龙卷风（外一首）

台风和龙卷风暴怒
如巨轮钢齿急旋横行
半岛、港口一片狼藉
巨树腰斩，房屋扫平……
当台风和龙卷风遁逃
龙门吊坚挺昂首
断桩处又见森林
拱破残墙断壁
楼宇春笋般高耸入云
年年台风龙卷
处处除旧布新
南国子民坚信定律
笑送恶风远逝
总是玉树临风

东洋·西洋

湛江雷州城外有两洋：东洋和
西洋，是半岛粮仓。因近海，历代
受海潮灾害……
"两洋熟，天下足"
哦，半岛黄金铺路
南海狂潮
把两洋腌得好苦
唐朝打桩宋代垒土
元时风明清浪鼓
年年高筑海堤
月月巡视防护
风卷浪劈堤毁
官民望海痛哭
今日风浪咆哮
拦海长堤高筑
处处堤铁打钢铸
今日万重狂涛
茫茫两洋齐熟
碧海金海近在咫尺
却没有可逾越的坦途
高高的拦海堤坝
是千年才跃上的高度

符骐骥

天上地下地等你（外二首）

我喜欢这雪中的梅
在荒远的地方
留下无人践踏的纯洁
你看这枝中的花朵
傲雪光为风骨
谁的歌子不在那雪中
变得深情、迟缓
如果你就是这雪中梅
浑身洁白无瑕
我将与雪融为一体
天上地下地等你

你的家园

你的家园
充满蛙鼓之声

我可以临摹那蛙鼓
将那一片片内心的宁静
送进你的家园吗
如果你的家园
被绿色的声音簇拥着
流水轻盈地穿越门前的草地
我的心就如夜风下的小曲
永生不息地守护在你的窗前

一只鸟在笼子里唱歌

一只鸟在笼子里唱歌
它似乎永远也不想飞出去
它上窜下跳然后
漫不经心地挑选着食物然后
啄着羽毛然后
唱歌
一只鸟在笼里唱歌
它似乎并不羡慕笼子之外的鸟
它的翅膀甚至羽毛
跟笼子外的鸟没有根本区别

它振翅时的叫喊
很有飞翔的雄心
但始终看不到它起飞的雄姿
这种鸟能说它是鸟么
它的羽毛是美丽的
翅膀却有些软弱
它在笼子里日复一日地
啄着它心爱的羽毛
然后漫不经心地唱歌
它的歌有时也很婉转
能说它不鸟么

它的歌声在笼子里啁啾几千年
已成为千古绝唱

袁志军

湘西凤凰印象（组诗）

沱江水

是春风染绿了江水
还是江水润湿了春风
沱江的眼眸
照彻了游客的激动
江水上游船轻摇
撑篙的土家汉子身手敏捷
江水上山歌清甜
唱歌的苗家女子倩影妖娆
而游客对山水妩媚的惊羡
跃起水中的游鱼点点
湍流中高高低低的石桩路
丈量着沱江的深深浅浅
而阿妹惊怯的脚步闪闪
溅起江水无边的惊艳
那座横在江水之上的独木桥
轻轻巧巧
走过了多少胆战心惊
却走不过狭路相遇
两个相向的陌路人
桥底激荡的沱江水
依然任朝升夕落的岁月
婉转低回
而倒映江水中的垂柳
遗落几多幽幽深情

虹桥

虹桥虹桥
彩虹一样骑在沱江之上
无论雨雪风霜
你都默默地
连接了两岸的对视
承载了多少的渴望
四百年岁月的印渍
斑驳着你的苍老
整齐的青石板
仍在回荡着青春跫音
倾听着江水悠悠的叹息
你见证了多少沧桑世事
还有那不老的爱情

吊脚楼

吊脚楼啊吊脚楼
在沈从文优美的文字间朴实
在黄永玉曼妙的丹青里壮丽
在宋祖英激昂的歌声中飞扬
在游客们浓酽的记忆里闪亮
啊，吊脚楼
倚江而立
邀古城的明月酣醉
临风远眺
望不断江水的新风古韵

凤凰古城

静立在沱江两岸
古朴的旧时华美
如今是重重叠叠的步行街
那馨香的土特产
那闪亮的银饰
那古拙的手工艺品
那散发着幽幽古调的蜡染
那喑哑着凄风厉雨的傩面
将如织游客的脚步流连
凤凰古城
走出了多少人杰的赤胆忠肝
记载了多少风云变幻
在那雄奇的门洞雕栏
仍淡淡散发着
匠心隽永的光芒
在那巨变的新颜
游客们品读出
风雷激荡尤胜当年
走在泛着清幽微光的青石板上
我的思绪沉迷在
深邃的历史苍茫

黄永玉·沈从文

是沱江水滋养了他们美好的
是沱江水浇灌了他们丰盈的
他们因沱江而走向了世界
是他的灵秀丹青染浓了凤凰的
春意
是他的灵性文字唱响了凤凰的
美好
凤凰因他们而美丽了世界
那个老小孩
用清秀画笔涂抹了世界的惊奇

那个真赤子
用清丽文字点染了我们的心魂

游客的余梦

岸边的喧嚣霓虹
闪烁着多少迷幻
沸腾的欲望酒吧
震荡着多少梦魇
潋滟的七彩波光
流动着多少浮艳
游客的阑珊意兴
醉在了古城凤凰
夜色的流光溢彩
点亮那盏心形彩灯
将它轻轻地托放在清波之上
默默地许个愿吧
让沱江绿水载走你美好的期许
让古城凤凰留下你畅意的欢笑
让湘西幽夜升起你潜行的余梦

梁雷鸣

鹰峰岭上空的鹰（外四首）

为了一只鹰的出场
天空收起了所有的云
古榕，老藤，凌空的巨石
都被它的目光
——穿透
在一个范围之内，在一个高度之上
一只鹰，自然流畅地滑翔

翅膀，偶尔一动，整个天空
也跟着颤动，鹰峰岭
也跟着颤动
是否，这只鹰
正在诱惑鹰峰岭私奔

台风什么也没盗走

台风刚过，我就来到海边
看看"黑格比"这个海盗盗走了什么
远处那艘旧渔船，不是沉没
在海面上漂了那么多年，它终于回到海里
不忘记露出半截桅杆，让红嘴鸥歇脚
几棵倒向大海的树，肯定是站
想到海边走走，却跌倒在原地
路边的T型广告牌，铁皮和角铁
扭曲，交错，纠缠不清
这后现代主义杰作
或许是"黑格比"的行为艺术
几个工人在清理掉在地上的
一只麻雀在晾晒被打湿的翅膀
太阳温暖，大地简洁
台风什么也没盗走

夜凉似水

一只鸟的叫声从月光之上漏
像来历不明的暗器
我不知道，这叫声的主人

是一只大雁，一只天鹅，还是
一只野鸭
但我相信，它连夜赶路
心里一定装着紧要的事情
我也不知道，它一声深一声浅的叫声
是在呼唤同伴，还是用来
温暖自己
月华如霜，夜凉似水
天空除了月色，还是月色
一只鸟的叫声
让我看清了夜空的高远

星空

陌生人，如果你的星空用旧了
赶快到斜阳岛刷新
让海风吹去旧星空的烟尘
让斜阳岛的夜空这块巨大的磨刀石
磨亮你北斗星的银勺子，天狼星的大眼睛
让你的仙女座清纯如初，巨蟹座生猛依然
也为那些，为了生活丢了光芒的星星
重新安装上小小的锋芒
不能老让它们像即将没油的灯
随时被风吹灭
在这星星的集中营
也许你还能找回失踪多年的那颗
让它们重新回到自己的位置

陌生人，你刷新了的星空
扩大了内存，变成了高清
但这些钻石般的光芒
不能照亮你的远大前程
只能点燃你内心深处那盏小小的灯

海风继续吹

风从海上来
帆的刀把风削得更加锋利
海风吹着海，把蓝色的寂寞吹成白色的寂寞
海风吹到岸上，顺便把一个赶海的人吹回了家
而海鸥，是他无法收回的灵魂
海风继续吹，把他院子里晾晒的渔网，吹成了生活的旗帜
海风已把一个少年吹成了中年人，还在吹
海风吹高处，也吹低处
海风吹着村子后面的沙丘
却无法把沙丘里的人吹醒
海风只好一阵一阵地吹着沙丘上的芒草
海风继续吹，一点也没有停下来的意思
仿佛海风一停下来，整个世界也跟着停下来
海风呵，你要吹什么就吹什么吧
吹过村子后面的工业园
你就不是海风了

洪江

雨滴（外二首）

天上的遗物，柔软的身上
我触摸到它的硬
它的透明，它的纯度
千年碎火，千年冷却
苍生一粒宝石，来自苍天恒久的光阴里
大地的每一扇窗都向它洞开
万物都向上张望
我的手从凡间伸出
感觉一阵沁凉的温暖
雨滴，时空间飘落的灵物
坚硬得那么容易破碎啊

除夕，送别父亲

二○○八年阴历十二月二十九日
春节蹦蹦跳跳来到了村外
而我们的心情却被泪水打湿一大片
一个喜庆的节日莫名地陷入深深的悲伤
所有人都陆续回家过年了
父亲却要选择这刻出远门
我们无法挽留九十年的苍桑岁月
时间在除夕这天突然卡住了
仅仅一天，仅仅一步之遥啊
我们无法将父亲扶过春节的门槛
整个除夕被冻得发抖
我们为父亲穿上了十件衣服
啊，此刻我们也很冷
内心的温度比外面整整低两度
旷野外的时间与泪水同时凝固
我们用红土修剪一张被子，很鲜艳啊
父亲一下子盖过了头顶
我们久久地跪在土堆前
多么不习惯啊
我们第一次听不到教诲声和训
远处的茅草花白得没有一点
年年都是你给子孙压岁钱
今年就破个例吧，子孙给你压岁钱
可压岁钱总压不住到处乱飞
可鞭炮在野外断断续续地响着
闷闷的，总喊不出声音来
啊，今年的除夕显得多么不真实

候鸟南飞

候鸟南飞
北方大面积往后躲闪

秋虫的声音不敢往外张扬
候鸟南飞
戳穿月白的夜空
几声鸣叫唤来季节的轮回
那场温暖的梦

开始出现时冷时热症状
候鸟南飞
深夜里袭击一些睡眠
寒露的气息从枕边吹过
朦胧中
一张被子捂热一个半生半熟的梦
候鸟南飞
南方的面容还算娇嫩
青山绿水刚刚转身离去
一声凌厉的鸣叫
刚好喊停匆匆赶路的秋天
呵，如果候鸟不再南飞
遍野的果子一辈子都那么青涩
高远的天空已经开始寂寞了
我这么低矮的心该怎么办？

莫红妹

站台（外二首）
——致雷州师范

想起你
多少童贞的方式
多少幼稚的猜疑
曾那样悄悄地被你执着抚摩
抚摩成漫山遍野
依次拔节的蔗林
在乡村很远很远的山村
完成贫困的接力

世俗
——写给校长

站在你的背后
世俗的观念重重围困
是因为对我的厚爱吗
可我清楚记得
在抗洪的日子里
不会游泳的你
第一个跳进水中
拉着一双双的手靠岸
顶着一袋袋的沙包垒堤
有谁把你的名字记得
世有伯乐也有千里马
当一的千里马狂奔
谁敢勒住
唯有你冲破圈框
把世俗的目光拉进
垫在马蹄下

一首歌一个名字

静坐守着一种理念
有路人风中歌唱的声音
声音漩转着
长长的堤岸
静坐守着一种理念
有路人黄昏堕落的名字
名字萦绕着
牢牢的心网
纺织成一首歌
一个名字

陈宝梁

中国戏剧（外五首）

三五步舞台
几万里天下
一夜发生太多的事
便是戏剧
灯影晃动的情调
于笛韵里二胡的弦鸣里舒展
一些话因为是唱出来的
便成戏曲
一页页的褶叠
所谓马过青山就是一支长鞭摇了几下
所谓战争就是七八个人翻跟斗撞刀戟
一个人可以扮皇帝
也可以演小民演乞丐
一个人的动作
总是跟他化妆出来的脸谱有关
看戏剧
看中国的风俗如何在葵扇里抖开闭合
看戏剧
看中国的历史如何从一幕走向另一幕
看戏剧我们可以看到
人要站着就要坚硬的骨头
好人含冤受屈我们流泪
有人奸笑我们咬牙切齿
英雄绝不会死去
因为我们不愿看到他们死去
古代人做了许多事
留给我们做情节
戏剧完了我们一并喜颠颠回家去
中国戏剧的结局总是大团圆

海浪

一页页的褶叠
是咸风吹皱了的涛声
一枚枚的贝壳
是海浪留在沙滩上的足迹
海浪海浪海浪
一万万次冲上岸
又一万万次退回去
冲向沙滩是一种勇气
退回大海是一种无奈
就是这样千年万载日夜涌动
无所谓失败无所谓成功
只怕有一天停滞下来
成为一片没有涛声没有浪花的死寂

南方姑娘

晨雾里的鸡鸣
摇晃着
姑娘肩上的水桶
挥动镰刀
秋风中起伏的田野
被姑娘们翻过
金黄的一页
冬天的夜晚
姐妹们围坐在一起

藏不住的秘密
供她们取暖
夏天的夜晚
姑娘们把青春躺在院井里
美丽给月亮看
南方姑娘
粗黑的辫子扎上两根红头绳
高兴地哭几声
便成为娘家的亲戚

古村风景

彭家炳

水烟筒
你默默靠在角落
把趣味深藏在肚里
溶于水中
等待老伯的到来
老伯双手把你一抱
点燃快乐的希望
给你深情的一吻
你满肚咕噜咕噜的笑声
是老伯兴奋的心曲
吹出的白烟雾里
弥漫来一个个动人的故事
老伯疲倦了
你温情依然在面前
老伯出门了
你还站在那里用思念等待

古宅

你见证了历史的脚步

苦雨漫过你的檐下
是你挥别主人的泪水
收藏着凄美的故事
向古树青苔诉说
月照高台
寒光里却没有笑靥
凝视陪伴你树枝上的蛹茧
摇晃着结在岁月里的苦难
我站在门前
与历史的痛面面相觑

古井

耸立的水塔取代了你
你从喧闹变成了宁静
固守着自己的尊严
怀旧的日子
我来到你的面前

用岁月的嬗变绞成辘轳的井绳
打捞生命之源的村志
现在老村留下了你——古井—
我和你一样的心平如镜
以日月的光亮
探明了你的内涵和深度
想起你晶莹的乳汁
喂养过无数的村民和悠深的
井壁的青苔
井沿的擦痕
我读到了你久经时光的沧桑
因为你的孤寂
我伫立在你的面前难舍离去

第八编　当代散曲选

马凯

【中吕·山坡羊】日月人三首

红日

拔白破夜，吐红化雪，云开雾散春晖泻。煦相接，绿相偕，东来紫气盈川岳。最是光明洒无界，升，也烨烨；落，也烨烨。

明月

星空银厦，粼波倒塔，小桥倩影谁描画？皓无瑕，素无华，悄悄来去静无价。只把清辉留天下，来，无牵挂；去，无牵挂。

自在人

胸中有海，眼底无碍，呼吸宇宙通天脉。伴春来，润花开，只为山河添新彩。试问安能常自在？名，也身外；利，也身外。

郑欣淼

【双调·水仙子】原平四咏

同川梨花

岑嘉州笔下雪白茫，李供奉窗前月似霜，谢韬元柳絮从天降。正梨花飘淡香，看原平沟峁春光。前人句难挥去，新鲜词费考量，搜尽枯肠。

楼板寨乡农民散曲社

声声常伴满天霞，句句难离桑与麻，篇篇都是心中话。蹒跚老大妈，也多能辙韵合押。天籁含情草，地灵带露花，风雅农家。

天芽山

天芽石鼓鼓声重，地角岩莲莲萼雄。四围春色春风送。湖边草木葱，绕花飞来去蝶蜂。一座神仙庙，几声早晚钟，魂在其中。

炕围画

香花嘉树四时鲜，忠烈佳人千古传，庶民心愿看长卷。锅台土炕前，遍深藏妙笔堪怜。乡野丹青手，一片阡陌烟，岁月绵绵。

张勃兴

【南仙吕·解三酲】游旧县衙感怀

昔日众人伤心邸，现今成为庶民的。风云变幻故人离弃，旧殿陈列前朝衣。幻闻衙役嗟声厉，堂上回萦百姓凄。添悲意，哪里有公平正义？县令说给钱是前提。

【中吕·山坡羊】宁夏美

高楼华厦，街衢如画，大河乳水滋宁夏。碧湖沙，众陵筆，塔多水盛石岩画。秀岭峻峰云雾撒，晨，一片霞，昏，一片霞。

丁芒

【双调·殿前欢】题画《岩松》

一株松，临崖俯瞰月朦胧，山溪不耐春寒冻。谷底升风，烟岚淡锁空。醒了梦，舞起一似那龙和凤。远听瀑布，似撞铜钟。

【双调·碧玉箫】题画《山中梅》

碧玉一支箫，深谷自逍遥。避去鸥枭，厌听那狼嚎。宁弯身自由腰，凌天志不挠。雪似刀，独自开怀笑。照出这红艳艳香喷喷的一身傲！

【双调·水仙子】题画《野菊》

东篱告别且西游，山野埋根亦未愁，黄花岂被风吹瘦？任风云变幻骤，自家本性依旧。渊明泪，处处有，总去消忧。

石理俊

【双调·沉醉东风】感怀

壮年事一桩桩民政倥偬，起新程勤恳恳诗田耕种。目随天际鸿，率众为群众。神往那燕赵雄风壮歌声动。一片丹心向大同，怎奈得意气凌云诗思喷涌。

【双调·水仙子】余年

河边执手梦边行，天上云涛水上星。苔痕草色幽境，度余年看阴晴。淡清居自剖知明，莫为无益事。珍重有涯生，徐步踩诗声。

武正国

【商调·挂金索】愧对母亲

曾作安排，陪母游香港。几度

拖延，三载无前往。等待期间，母病瘫床上。失去时机，孝顺成空想。

【正宫·塞鸿秋】回老屋

家中老屋租新户，主人成客敲门入。泥坯土炕出生处，小孩问我来何处。双亲遗印痕，兄弟留童趣，而今能看不能住。

【双调·风入松】五指山中二首

一

峰峦层叠罩青纱，老树绽新花。巨榕称霸遮天日，椰高矗果大如瓜。无脊紫藤腰软，生来善附能爬。

二

清河微笑水哗哗，点缀两三蛙。前方忽遇悬崖险，化成瀑溅起虹霞。石道悠长雅静，鹅声深处黎家。

【黄钟·人月圆】晋阳湖初夏

轻风嫩叶丝丝雨，垂柳竞逍遥。离窝雏燕，枝柔腿抖，嘴笨虫逃。天开日出，云飘采带，湖起虹桥。鸳鸯戏水，成双小巧，结对风骚。

李旦初

【正宫·脱布衫带小梁州】抗日名将佟麟阁

铁拳儿紧握河山，箭眉儿怒对凶顽。今日里风凄月惨，一声吼气冲霄汉。【过】卢沟晓月不胜寒，血海战犹酣。大刀砍向鬼门关，齐声唤，笑唱凯歌还。

【双调·雁儿落带得胜令】抗日名将郝梦龄

风萧萧滹沱血雨飞，雾茫茫忻口硝烟味。雷隆隆耳边枪炮声，雨凄凄梦里妻儿泪。【过】跃马太行限，御寇雁门陲。万壑英雄气，千岩虎将威。休悲，血染千山翠；巍巍，高峰一座碑。

【正宫·塞鸿秋】母亲的纺车二首

一

纺锤转纺轮转纺车春夏秋冬转，纺棉线纺麻线心灵手巧牵长线。张来看李来看左邻右舍都来看，牛郎赞嫦娥赞人间天上人人赞。

织成粗布衫，胜似红绸缎。金

不换银不换全家穿戴年年换。

二

鞋儿贵衫儿贵油盐酱醋黄金贵，穿消费吃消贵人丁兴旺多消费。

家务碎家用碎持家事事心操碎，天天累年年累任劳任怨何言累。

纺车思故人，絮语抛珠泪。男儿泪女儿泪子孙代代潸潸泪。

星汉

【正宫·鹦鹉曲】
游灵龟寺谭震林避难处也

当年一夜招提住，赖慧眼念佛师父。井冈山电闪雷鸣，也带灵龟风雨。【幺】百年来此地情思，倾入洣江流去。猛抬头满目青山，却正是朝阳起处。

【正宫·鹦鹉曲】
攸县诗词盛会闭幕作

移家西向天山住，作了个逐日夸父。又东来饱览梅城，领略潇湘秋雨。【幺】用诗词兑换风光，塞满相机归去。出穹庐马背调弦，吊嗓子苍茫远处。

【正宫·鹦鹉曲】
石山书院讲台留影

书声千古难留住，我又作讲课师父。且休言四座空空，自有西风秋雨。【幺】许今朝步武先贤，但放梦魂前去。待回家照片高悬，再细看攸州此处。

【正宫·鹦鹉曲】
晨兴洣水书所遇

三天许我攸州住，每遇见皓发渔父。笑谈中不管鱼钩，只钓沧江烟雨。【幺】捧清波洗净牢骚，一任篓空归去。眼昏花皂白难分，这恰是人生好处。

胡迎建

【正宫·鹦鹉曲】故里过年

归来游子家山住，知否民俗问乡父。一年来造就新楼，幸可拦风遮雨。【幺】更凝眸绿染林峦，引得白鸥来去。叹光阴转瞬颜衰，欲领略休闲好处。

【正宫·鹦鹉曲】咏益溪舍村史

祖先土目湖滨住，谱载有数辈农父。垄丘春种秋收，哪顾冲风淋雨。【幺】更谋生景镇开窑，奋勉财来穷去。为子孙启迪开蒙，渐领悟书中妙处。

【正宫·鹦鹉曲】忆父

扁舟渡过星湾住,脱困境吾母归父。苦贫中抚育人成,浩劫经风经雨。【么】恨三查公职开除,浪涌一帆归去。为工分戴月披星,忆此地辛劳几处。

贾学义

【中吕·山坡羊】有感六中全会

乱朝奸佞,害民枭獍,拍蝇打虎难规靖。纪纲明,律条清。从头迈步颁新令,圆梦百年须自省。船,百姓倾。天,百姓顶。

【双调·折桂令】带孙子外孙咏叹

问君能有几多愁,老不能闲,退不能休。照看孙儿,外孙也顾,轮替抓阄。花甲填平代沟,古稀作了家囚。冬夏春秋,似马如牛,汗滴珠流,乐在心头。

【中吕·山坡羊】忆父放羊重头四首

春

春寒料峭,沙尘烈暴,茫茫四野谁人到?雀无巢,畜无膘,青黄不接哀鸿叫。此处啃光他处找。羊,风吓倒;爹,人瘦了。

夏

山欢水笑,枝繁花俏,离村十里黄河啸。日头刁,热风烧,拦羊歇晌沙头坳,暴雨倾盆无处跑。羊,都是宝;爹,却似草。

秋

收秋碾稻,储粮入窖,瓜甜果硕人欢笑。看天高,望云飘,捡田割草勤刨闹。背负小山归路迢。羊,一肚饱;爹,几步摇。

冬

长河冰曜,莽原雪罩,牧羊人在寒天泡。冻穄糟,烂皮袍,狂风暴雪心祈告,四处赶羊惟怕少。羊,数正好;爹,炕上倒。

赵永生

【中吕·醉高歌带喜春来】贺原平市中华散曲之乡挂牌

春来雨润花鲜,喜赴原平盛典。民腔俚调新星璨,好块金牌耀眼。【过】乡情土气结珠琰,史迹文缘曲里涵。垅头巷尾响丝弦,才艺展,心语颂尧天。

李雁红

【双调·寿阳曲】
题原平梨花节并贺原平荣获"中华散曲之乡"称号

梨花雪，蝴蝶结，梦悠悠爱怜心切。曲歌儿化成白玉蝶，销魂在暖风春月。

赵义山

【双调·凌波仙】
忻州遗山墓园有吊

高才乱世屈求全，玉壶冰心可鉴天，中州千古存文献。赋诗词歌浩然，打新荷曲引新篇。文脉接华夏，忠魂归故园，柏森森苍翠千年。

【正宫·塞鸿秋】毕棚沟览奇

蓝天湛湛流云媚，雪峰皑皑白玫瑰，红叶簇簇秋光瑞，碧湖静静澄波翠。无须携酒来，也让诗仙醉。春秋冬夏景齐会。

【正宫·塞鸿秋】
科尔沁草原之行二首

一

草原千里牛羊壮，草原篝火熊熊旺，草原汉子舞粗犷，草原女儿歌嘹亮。今宵歌舞狂，明日归途长，此情此夜何时忘。

二

手抓羊肉多滋味，手捧烈酒喝不醉，手牵手挽歌舞会，手足相抵并排睡。鼾声已似雷，还有人不寐，帐外篝火熄也未？

徐耿华

【南仙吕·醉罗歌】滑县西湖

西湖西水妍如画，薄烟薄雾舞轻纱。湖面夕照染红霞，夹岸花争姹。水边石凳，翁钓鱼虾，湖中画舸，女弄琵琶，路旁情侣悄悄话。柳丝摆，鸟语喳，身居仙境不思家。

【南仙吕·傍妆台】卫河风采

叹悠悠，卫河起始汉白沟。如今恍见帆影动，若有橹声柔。柳翠大王庙，烟笼古码头。滑州水，润滑州，越滑秋水越风流。

黄小甜

【正宫·叨叨令】
雨后于北流荔园摘荔枝

漫山遍野珍珠缀，风甜雨润撩

人醉，八方骚客荔园会，山泥欢喜鞋儿偎。哎呀，姐滑倒了也么哥，弟摔倒了也么哥，裹一身甜甜的泥儿，撒一山圆圆的"桂味"，那边乐坏了山乡妹。

【双调·楚天遥过清江引】访魏源故里

毓秀掩金潭，潜隐蛟螭处。常存报国心，奋捷飞腾去。睁眼察世情，榛莽开先路。夙愿喜今酬，华厦呈新局。【过】漫道雄关坚似铁，敢迈康庄步。千家桑柘幽，四面云山绿。狮象同我歌一曲。

张四喜

【中吕·醉高歌带过红绣鞋】近闻贪官纷纷获刑

智昏铜佬财瘟，头磕天公诸神。扫愁帚远黄粱郡，翡翠巢难脱身。【过】钱使帮官阶晋，钱催便大权抢，钱多能让鬼抽筋。摇钱树结下苦果，上亿金买断头臣，怎如咱饱温。

【双调·折桂令】无题

叹流年浪似淘沙，财敛多贪，蔓学能爬。傲对西风，长嗟古道，看淡昏鸦。春讯来洋洋潇洒，酒醺也漫漫穿霞。且醉新花，笑说浮云，谁是降臣，谁是赢家。

【双调·三棒鼓声频】年味

街头去耍，坠入云霞。货摊遍扎，货码如花。楹联百幅红紫姹，壁悬绳拉。卡通七彩新年画，浓妆争嫁。腊梅万朵瓶里插，芬芳正发。灶王各位张嘴哑，馋要糖瓜。【过】火箭弹长空电划，檐下灯笼挂。小鞭娃慢燃，旺火爹高架，听噼啪响春来七八。

【双调·雁儿落带过得胜令】梨花颂——写在原平全国—散曲之乡挂牌之际

一树半坡傲骨丰，一树老干青春进。一树云间远碧桃，一树崖上圆新梦。【过】一树盛绽百花中，一树怒放万千重。一树雪卧清明垄，一树香倾石鼓峰。一树葱茏，不惧风雷动。一树临空，犹骄白玉容。

【中吕·迎仙客】手机三弄

拍照

瀑布网，彩云装，掌控时机分秒抢。窃花香，摘万象。老也轻狂，自拍梨枝上。

全民 K 歌

长调拖，美声学，猫在卫生间直播。赶时髦，图快活。公佈新歌，静等谁来贺。

抢红包

屏快扫，眼忙瞧，朋友圈中千遍找。蚕油捞，蚊肉剥。便是分毫，落个开心笑。

南广勋

【中吕·山坡羊】
有感而发说某君

争权夺利，声名狼藉，途穷又想起赎身的计。扯红旗，当猫皮，疲驴装虎还真神气。自诩的凤凰原来是鸡，穿，皇帝的衣；吹，跑调的笛。

【中吕·山坡羊】
在成都杜甫草堂所思

秋风刮过，诗人呆过，桌前隐隐留残墨。老黄葛，阅人多，摇枝窃笑蜉蝣客。蜉蝣客中一个我，来，所为何？回，所为何？

【正宫·双鸳鸯】
窗下读书，笑鹊儿飞临

换新装，巧梳妆，轻扣玻璃索米粮。我劝卿卿归且去，君非知己莫敲窗。

【仙侣·醉扶归】野菊

寂寞秋塬上，离落数枝黄，不比寒梅瘦且香，不比春花胖。不负天生地养，也是花模样。

郑永钤

【双调·水仙子】春江

一篙春水载乡情，两岸垂杨入画屏，四围山色松云径。乘兴归闲对景，漫天涯芳草青青。船向斜阳系，云从碧嶂生，春暖野禽鸣！

【中吕·山坡羊】
雨花台烈士陵园

苍苍英气，沉沉悲意，谁人酹酒英魂祭？子规啼；雨花飞。山河血洒千秋泪，日月碑争十万辉！春，今又归；园，芳正菲。

【中吕·山坡羊】退休离别校园

宝刀归鞘,夕阳收哨,讲台三尺音回绕。雨潇潇,路迢迢。春风吹过花开俏,白发捋来吾已老。今,离去了;情,犹未了。

【中吕·山坡羊】退休数年犹常梦回校园

铃儿催动,人儿跑动,奈何脚步难移动?课间声,不分明。鼾声呼醒南柯梦,不见讲台慌又惊。昨,似梦中;今,真梦中!

胡彭

【中吕·满庭芳】丁酉上元对月

璃灯琉瓦,银花火树,天地清华。更深不舍蟾光下,恰趁琵琶。西风冷一心无那,四弦寒十指如麻。能说啥。二十年伊人去也,思量着哪搭里寻咱。

【仙吕·赏花时】重阳对菊

菊绽东篱雁向南,冷西风撕扯秋云破不堪,更绵绵细雨落寒潭。蛾眉疏淡,对黄花自喃喃。【幺】无情呵万类相争幺二三,得意呵独占霜天不算贪。爱清露缀花簪,金镶玉嵌,见衬着绿绒毯。【赚煞】也不诵法华经,也不拜梁皇忏,任由着烦恼丝增增减减,都攒作十丈珠帘挂画龛。坐其间、做个陶潜;共南山、两下沉酣,相遇今生是有缘。青春最短,金秋何暂,向花间一枕梦香甜。

李玉平

【正宫·鹦鹉曲】过年重温家训

家风十二条心中住,身教立训是严父。父常言有,为根,便可经风经雨。【幺】绕梁音字字如金,一任大江东去。蓦回头不惑人生,细揣测源缘此处。

【中吕·山坡羊】梅花笛与晾衣杆

晾衣杆噪,梅花笛道,当年兄弟同山料。你一刀,我千刀,苦才演绎千秋调,任性光阴虚度了。鸣,惊叫好,糟,全自找。

【正宫·鹦鹉曲】南昌起义九十周年

一声枪响时空住,我为壮士赋梁父。九十年前赤帜高张,好个惊天雷雨。【幺】举镰锤首创红军,起义浪潮南去。醒工农烈火燎原,看铁旅风流展处。

【中吕·迎仙客】戏题手机五首

一

恋手机，似夫妻，不弃不离分秒依。枕边风，天下事，舍你谁知？虚拟人生戏。

二

伊在手，我无愁，八卦秽闻能尽搜。网难联，魂哪有？哪有活头？任把相思逗。

三

微信拴，梦中煎，一早打开朋友圈。抢红包，忙点赞，欲罢还牵，终日团团转。

四

扫二维，入群微，老幼乐乎伤颈椎。有穷哥，添靓妹，相赞知谁？姓啥何称谓？

五

将二维，刻石碑，简历包罗方寸内。墓铭存，青史垂，不怕风摧，微信随时会。

原振华

【双调·沉醉东风】题三轮载母行游图

车轮转身披彩霞，皱纹舒腮染桃花。逛长街，观琼厦，双脚量孝心无价，兴尽归来笑喊妈，问一声明儿去哪？

【仙吕·一半儿】我家有儿

手拿课本望天花，怪异神情惊了咱。莫不是小儿偷偷恋着她，快查查，一半儿警察一半儿妈。

【越调·寨儿令】夏日雨

飘团团云忽低，哗啦啦雨随机，街头洒珠街尾日，阴也相宜，晴也相宜，展眼儿叹神奇。摊儿铺儿披离，裙儿褂儿沾湿，风吹天一笑，楼厦霭生晖，霓，万丈挂城西。

【双调·沉醉东风】放风筝

新燕子追云碧霄，小儿童试翼城郊。心似天，人如鸟，线长长串起欢笑，笑醒花儿笑绿草，牵着那春天在跑。

【双调·沉醉东风】手表

喜他腕上团栾时尚逗,爱他圈里寒暑共绸缪。绕同心,行昏昼,却恼他响滴答一任驰骤,催送年华留下愁,恁教那指针莫走。

李涛

【双调·折桂令】
秋访湘潭诗词之乡二首

一

览一派、丰稔秋光,橙绿橘黄,鱼壮稻香。一片片黛瓦粉墙,一条条桥高路阔,一幅幅诗壁画廊。禁不住、顿生钦仰,漫吟成、诗句几行。真个是折桂之乡,文蔚县强,陵谷海桑。

二

赞一处、贤圣之邦,湘水泱泱,英迈汤汤。开启了文化远航,犁云播雨,兰馥桂芳。结诗社、城乡布网,联友俦、声动八荒。丽句琼章,踵汉继唐,欲待腾骧。

【双调·凌波曲】
吊冯海粟先生二首

赏《鹦鹉曲》

孤曲险韵和辞难,宏构奇思续若娴。穷形尽相任评判,将京吴风物尽揽。气凌霄、风骨如镌。

词曲吟豪辣,情愫系黎元,枕上家山。

赏《梅花百咏》

掇芳撷秀百家英,镂雪裁冰一夜功。出神入化暗香动,留千秋诵咏。傲寒霜、玉骨铮铮。逋翁启栽种,三弄犹迴萦,风致天成。

王亚涛

【中吕·山坡羊】
登广武长城三题选二

一

白云犹在,蓝天犹在,千年胡马烟尘外。雁声来,野花开。长安莫问新朝代,塞北由它霜月白。荣,志不改;枯,志不改。

二

敌楼如故,墩台如故,随山而上云中驻。笑寒儒,做边卒。手无长剑黄河渡，心有明灯黑海取。生，为故土；亡，为故土。

邢晨

【中吕·普天乐】乡下的婆姨们

似蜂忙，如蝶飒。迎风送雨，戴月披霞。春与秋，耕耘罢，辛苦持家无冬夏。这人生平淡无华，一路走来，风光无限，灿若山花。

【双调·折桂令】清明有话说

又相逢杏雨纷纷，好个清明，天地欣欣。看阡陌吊客匆匆，携儿带女，争做个孝子贤孙。双亲在无暇问津，二老去极尽殷勤。旧墓新坟，摞满"金银"。鞭炮缤纷，祭品堆山，笑醒了地下先人。

【双调·水仙子】叶颂

爱将新绿扮三春，不与嫣红争半分。衬花护果情无尽，逍遥枝上魂。待秋风问祖寻根，悄悄坠，漫漫沉，化作轻尘。

刘江平

【双调·折桂令】登鹳雀楼

效先贤再上名楼，不是王侯，胜似王侯，诗傲王侯。看不厌江山神秀，拦不住绿水奔流，饮不够家乡美酒，写不完翰墨风流。人下楼头，日落山头，喜上眉头，志占鳌头。

【中吕·迎仙客】两会花絮三首

一

论改革，启新篇。以民为本民意先。振军威，斥霸权。血热心丹，化作倚天剑。

二

议大政，聚贤才。争优创业新策改。再扶贫，再治霾，再上高台，迈进新时代。

三

有雅量，爱英才。建言议政诚意开。倡精神，指路牌。大业荣衰，更有新一代！

黄文新

【中吕·十二月带过尧民歌】王家峪朱德手植红星杨

高山莽莽，老树苍苍。来来往往，浩浩汤汤。当年战将，今日何方。【过】太行山上五星杨，回忆朱德万机忙。当年植树问麻桑。宝剑一挥向豺狼。铿锵，嘀嗒电报长，捷报如歌唱。

【黄钟宫·人月圆】壶口瀑布

人间胜境谁开辟？禹斧显神威。急匆匆马嘶蹄奋，轰隆隆雷鸣海啸，雾蒙蒙纱罩虹飞。【幺】是驹当驾，是雷当掣，是梦当追。

教外贼丧胆，人民吐气，华夏扬眉。

【双调·折桂令】长治小伙自行车娶亲记

红气球挂在车头，走在前头，喜在心头，乐满街头。偷着笑新苹红透；搂住腰红粉香幽。骑友们充当助手，新人俩如荡兰舟。省了燃油，碧了金秋，破了俗流，迎了丰收。

第九编　诗国论坛

访谈：传统诗歌复兴"诗词曲"一个都不能少

郑欣淼

2017年3月12日，中华诗词学会散曲工作委员会第一次全体委员会在西安召开，将在全国范围内创建"中华散曲之乡"

中华诗词学会会长郑欣淼在接受华商报记者独家专访时表示，中国诗歌的壮丽风光可说是千岩竞秀，万壑争流，令人有"从山阴道上行，山川自相映发，使人应接不暇"之概。其中唐诗，宋词，元曲构成了我国诗歌史与文学史上的三座高峰，三者一脉相承，鼎足而立，不可偏废。只有都发展了，才能实现完整意义上的传统诗歌复兴。

谈散曲之乡

诗词曲鼎足而立，不可偏废

华商报：全国诗词热潮方兴未艾，中华诗词学会为什么要创建"中华散曲之乡"？

郑欣淼：唐诗，宋词，元曲构成了我国诗歌史与文学史上的三座高峰，三者鼎立而立，不可偏废，只有都发展了，才能实现完整意义上的传统诗歌复兴。中华诗词学会成立三十年了，这些年我们一直坚持"双轮驱动"的工作思路。一个轮子是诗词精品创作，一个是诗词教育普及。目前，全国已有20多个中华诗词之市，200多个诗词之乡，200多个中华诗教先进单位。经过认真的考察之后，发现散曲在很多地方还是有群众基础的。比如陕西，湖南，山西，安徽，北京等地，既然有这么多诗人、爱好者和读者群众喜欢，我们就应该重视对这批人的组织引导，同时我们也有把这种文学样式发扬光大的责任。因此我们要借鉴改革开放以来诗词创作发展的重要经验，进行中华散曲之乡建设，让散曲活动开展得比较好的地区带动薄弱地区的发展，形成以点带面的新格局，真正让散曲在全国兴起来。比如山西省平原县的散曲创作扎根农村，以农民为主，活动开展得丰富多彩，甚至吸引了很多外地的散曲爱好者不远百里来参加。可是，原平的诗词创作并不像散曲创作这么集中，我们是抓住当地这一特色树立典型呢？还是按照固有模式放弃这一特色呢？我想肯定是要抓住特色进行引导和支持。既然授予"中华诗词之乡"不符当地实际，那么授予原平"散曲之乡"就称得上量体裁衣了。通过原平现象受到启发，我们的工作还是应该着眼于一个地方的文化特色，文学特色。有散曲基础的地方可以建议当地党委政府的宣传文化部门，围绕"美丽乡村"文化建设这一主题，加强培养，做好指导，鼓励大众参与，争取在平原之后，会有更多"散曲之乡"的出现。

华商报：为什么会确定山西原平市成为第一个"中华散曲之乡"？

郑欣淼：原平市委宣传部副部长杨丽娟同志在中华诗词学会散曲工作委员会第一次全体委员会的讲话我听了很感动，那里的农民朋友如此热爱散曲，非常值得关注。原平市的农民散曲创作靡声省内外，他们在全国散曲界有着几个第一；如建立全国第一家农民散曲组织；创建全国第一个农民散曲刊物；出版第一本农民散曲评论集；举办第一次全国农民散曲大赛等。前段时间，中华诗词学会散曲工作委员会的工作人员到原平进行了调研和研讨，2016年12月12日，中华诗词学会四届17次会长会议决定授予山西原平市"中华散曲之乡"称号，从此，在"中华诗词之乡""诗教先进单位"的评选中又多了一个新种类，相信它必将产生深远影响。

谈接地气

散曲最便于反映人民心声

华商报：原平农民散曲繁荣发展，散曲是不是更被普通的人民接受，更加接地气？

郑欣淼：诗词讲究含蓄蕴籍，推崇的是弦外之音、言外之意，语言一般也要求典雅，需要读者去体会，玩味。散曲就不是这样，它是一种比较奔放的文字，作者心理有什么，笔下就写什么，嬉笑怒骂皆成文章，没有含蓄隐藏的余地。因为它本来就是一种唱词，不浅显，听众怎么能听的明白？不贴近百姓生活，听众怎么能听的下去？它是中国诗词走下圣坛，走出文人小圈子，走向民众，走向社会的产物。以口语化取胜，诙谐幽默。所以它接地气，有温度，反映人民的心声。像我们都熟悉的马致远《【越调。天净沙】秋思》中的"枯藤老树昏鸦，小桥流水人家，古道西风瘦马"，张养浩《【中吕。山坡羊】潼关怀古》中的"峦峰如聚，波涛如怒，山河表里潼关路"等，已经算很雅的，大家也都能听懂，雅而显俗，不用僻字僻典。但你细细品味，它里边却总有灵光一现的一个绝妙之句。

  我这里想举原平农民的几首作品，来说明散曲以口语化取胜、诙谐幽默的特点，例如原平农民弓志芳写的《【仙吕宫·一半儿】会友》："一声电话喜心头，三笔成妆外套衫，五步飞出门外边，跳跟前，一半儿相迎一半儿喘。"张玉武的《【中吕·山坡羊】正月里闹红火》："红灯儿高挂，蛾眉儿轻画，这狮舞龙腾还数高翘儿霸。眼巴巴，笑哈哈，比不上那跑水船打花鼓的婆姨们风姿飒。整整地看了一天身板儿累了个垮。他，拉个娃；她，挽个妈。"杨素花的《【正宫·塞鸿秋】农民散曲社办到俺心坎上》："心潮潮涌动情豪迈，田园园神韵飞天外，山歌歌吼起原声态，村姑姑也上诗台赛。草根跟入曲牌，沃土土出诗帅。泥腿腿们也把风流卖。"王润宝的《【正宫·塞鸿秋】打工愿》："东奔西走维家计，走南闯北求生意。为得子女能成器，贪黑起早心如蜜。汗滴和水泥，头顶飘蒸汽，胶锤锤敲出一片新天地。"原平的农民朋友们用散曲把发生在身边的事物用诙谐的口语表现出来是那么的自然畅快。这与散曲的特色分不开。散曲可以重韵、可以增加衬字、语气词等生动活泼的手法，使作品增加反复、排比、递进等变化着得俗语、口语的乐趣。常常通过一个短小的情节，写出人物正在活动着的情绪。这种写法带有一种戏剧性的效果，比诗词更显得生动。

  华商报：散曲工作委员会设立在西安，第一次委员会也在西安召开，您对陕西散曲的发展有什么展望吗？

  郑欣淼：目前，陕西散曲在张勃兴老书记的支持下，在陕西省散曲学会的带领下，活动开展得如火如荼，有好几个活动都很有特色，走在了全国的前列，如选编《当代散曲百家选》等。有一批对这份工作充满喜爱充满理想充满责任感的人，尤其像张勃兴老书记这样80多岁的老人，他对这件事如此特爱如此执着，我相信陕西的散曲事业今后一定会再上一个新台阶。

谈诗词大会

对中华诗词的发展推动极大

华商报：诗教工作是中华诗词学会的重要工作，在当代社会推广诗词教育的意义是什么？

郑欣淼：诗教其实是从孔子时期就开始的。我们不是要把人培养成诗词家，不是要人人都要会写诗，而是希望每个人都能接受诗歌的熏陶，在诗篇中滋养人们得心灵。诗歌解决不了人们的吃饭就业问题，但它可以使你工作的更好，人生更有意义。诗歌是对人的心灵的培养，对人的情操和精神的影响。比如其中的担当精神、爱国主义精神，它是可以代代相传的，这其实就是一种文化的基因。

华商报：听说您也一直关注"中国诗词大会"这个节目，它引发的诗词热，您觉得是偶然现象吗？

郑欣淼：这里有一个积累的过程，它的热播其实是诗词引起社会共鸣的一个直观例证。两届"中国诗词大会"的举办，引起了强烈的社会反映，得到了各方面的关注和好评，这充分体现了中华诗词在新时期生命力依然旺盛，繁荣发展中华诗词具有广泛的社会基础。"中国诗词大会"为中华诗词发展提供了新的机遇，我们学会要乘这个东风，认真总结经验，继续加强中华诗词传播、推广和创作方面的工作，为中华优秀传统文化的创造性转化和创新性发展尽自己的一份力量。

华商报：您觉得这样的节目对诗词的发展、推广有什么样的帮助？

郑欣淼：我2012年两会期间就提过一个正式提案，提出在电视台设立关于诗词的固定栏目或者专门频道，当时可能比较困难。这一次电视台用了这样的一个方式，定位比较准确，可以说想要达到的目标已经基本达到了。"中国诗词大会"对诗词的发展起到极大的推动，应该说"中国诗词大会"的举办，让中华诗词的教育和普及进入了一个新的阶段，节目播出之后，好多人给我说，很多关于诗词的书都已经卖完了，可见这个节目的影响。我也很期待"中国诗词大会"节目新新发展和新创造。

《清平乐·六盘山》的时空意识与崇高美
——从时、空、人的角度探析

张铎

毛泽东著名诗篇《清平乐·六盘山》1935年10月作于宁夏固原市，初为《长征谣》。

1941年12月5日，中共地下党主办、在上海出版的文学刊物《奔流、新集之二·横眉》刊载了这首诗，题目是《毛泽东先生词（长征时作）》。1942年8月1日，中共淮海区委主办的《淮海报》副刊《文艺习作》上刊登了这首诗，极大地鼓舞了抗日军民的斗志。1949年6月，天津知识书店出版了关青编著的《二万五千里长征》一书，在几这本书中，收录了毛泽东的这首诗，题为《咏红军·长征》，分上下两阕。同年7月，上海《解放日报》拟发表这首诗，发表之前，毛泽东对原诗作了较大的修改，形式由自由体诗改为规范的词"清平乐"，题目由《长征谣》改为《清平乐·六盘山》，"天高云淡，望断南飞雁。不到长城非好汉，屈指行程二万。六盘山上高峰，红旗漫卷西风。今日长缨在手，何时缚住苍龙？"1949年8月1日在《解放日报》发表。

1957年1月《诗刊》创刊，毛泽东应邀将这首词抄录发表时，又把"红旗漫卷西风"的"红旗"改为"旄头"。

1961年中央在江西庐山召开工作会议，9月8日开会之余，毛泽东在6张16开的宣纸上欣然书写了《清平乐·六盘山》这首脍炙人口、享誉中外的名篇，又将"旄头"改回"红旗"，落款"一九六一年九月应宁夏同志嘱书，清平乐六盘山，毛泽东"。9月30日《宁夏日报》在头版套红刊发了这幅作品，配发了题为《不到长城非好汉》的社论，并在贺兰石上镌刻毛泽东《清平乐·六盘山》手迹，挂在了北京人民大会堂宁夏厅。

众所周知，毛泽东不仅是一位伟大的政治家、军事家，而且还是一位伟大的诗人，正因为如此，他的诗词是从世界和历史的高度反映现实的，具有一种崇高诗美。在毛泽东的诗词里，我们可以清晰地听到中国革命的脚步声。毛泽东诗词所具有的这种史诗性质，不仅体现在诗人生动的描绘了他领导中国人民走过的曲折而又漫长的革命和建设的征途，也体现在他抒写出作为伟大共产主义者的心灵轨迹和壮美情怀。愈是在困难时期，毛泽东创作的诗词愈多。如在艰苦的长征路上，毛泽东就一气创作了十多首诗词，是一组来自长征路上和秦晋高原的绝唱。诚如著名文艺理论家杨匡汉所说："诗歌的崇高美，来源于严峻的昨天、艰辛的今天和美好的明天的历史关联，因而是现实的图画和理想的光芒的交辉。"（《诗美的积淀与选择》第34页）而在宁夏固原市创作的《清平乐·六盘山》便是这个时期的最有代表性的作品之一。下面，试从时、空、人的角度，探析《清平乐·六盘山》的崇高美。

一、空间展望与时间展望相互结合，促使空间时间化

空间展望、时间展望，又叫宇宙展望、历史展望。在这里，时间和空间展望所强调的是，在诗词创作中要把情与理融入到直观形象中，创造出一个深远的艺术境界，使其风流蕴藉，气韵生动，才能感人。毛泽东同志在给陈毅元帅的一封谈诗的信中说："诗要用形象思维"。所谓形象思维，其实就是通过空间时间化，即要求诗人笔下的空间意象，如景物等，除了逼真如画，还要做到"人化的自然"。《清平乐·六盘山》，无论是空间展望，还是时间展望，两者常常结合在一起，并且空间展望总为时间展望张本，达到一种真实的崇高和崇高的真实。

这首词的前两句"天高云淡，望断南飞雁"，就是空间展望，也是宇宙展望。金秋十月，高远的天空漂着几缕淡淡的白云，诗人伫立在六盘山上，望着南飞的大雁，回首过去，思绪万千……在大雁飞去的地方，有他和战友们开辟的红色革命根据地，有留在那里坚持斗争的战友，也有他托付老乡抚养的孩子……如今，鸿雁南飞的线路，不正是我工农红军艰苦跋涉过的路程吗！

万里长征路，多么像六盘山山道，弯弯曲曲，曲曲弯弯，不易攀登。事实上，在这由南国到北国的两万多里征程中，红军将士战顽敌、爬雪山、过草地，付出了巨大的代价。然而，"五岭逶迤腾细浪，乌蒙磅礴走泥丸"，现在我们不是已经登上了六盘山巅吗？

毛泽东的一生，是战斗的一生，求索的一生。诗人曾有诗云："问苍茫大地，谁主沉浮？"《沁园春·长沙》。因此，这个时刻毛泽东除了联想起上述内容，更为重要的恐怕还是想起了中国革命的前途和命运。红军长征到了宁夏固原市六盘山区，虽然冲破了国民党的围追堵截，但"攘外必

先安内"的蒋介石不会就此罢休,革命的道路还很漫长曲折。从"望断"一词,我们可以看出,由于空间展望与作为实践主体的人发生了关系,以致空间时间化,这就自然而然地过渡到时间展望,即历史.性展望。也就是说,诗人在这里通过"望断"两个字,犹如李白的"孤帆远影碧空尽,唯见长江天际流",使许多丰富的联想和浓郁的诗情形象地表现了出来。"不到长城非好汉,屈指行程二万"。"屈指",表现了"红军不怕远征难,万水千山只等闲"的英雄气概,以及"不到长城非好汉"的豪情壮志。这里的、"长城",一般均指抗日前线,或陕北根据地,但我觉得应理解为固原市的战国秦长城。红军长征到达六盘山,"屈指"算来,也就是"二万"余里。更为重要的是,《清平乐·六盘山》一词,歌咏的就是六盘山,写的就是六盘山一带的风物,它符合全诗的题旨。红军长征在固原市一共是五天四夜,每天都沿战国秦长城出西向东急行军。长城自古以来都是抵御侵略的象征,而英勇顽强的红军就是不倒的长城,抗日的中流砥柱。诗歌作为一种精神现象,是现实生活的折光。著名美学家桑塔耶那曾说:"崇高感不是来自我们见到的情境,而是来自我们所体会的力量。"(《美感》第167页)面对固原境内蜿蜒起伏的秦长城,毛泽东触景生情、浮想联翩,一句"不到长城非好汉"的浩叹,抒发了抗击外敌入侵,以及"缚住苍龙"的必胜信念。

　　毛泽东诗词创作的高峰,除了长征前后,再就是二十世纪六十年代。这两个时期,无一不是中国革命处于危险和极度艰难的时期,但是毛泽东本人始终以乐观主义精神面对人世坎坷,坚信冬天过去,就是春天。有论者认为,这就是达观,其实不然。古人常把个体身世与时间展望和空间展望的某些绝对的观念联系起来,希望在空间时间化中,走向永恒,借以排遣现实人生的烦恼。《清平乐·六盘山》三、四两句,"不到长城非好汉"连用两个否定副词构成双重否定句,强化了诗句的表现力,集中传导出了红军战士坚强的革命意志、勇气和共同的决心。如今,这闪耀着革命壮志豪情的诗句,不仅成为了家喻户晓的格言,也成了六盘山精神、"不到长城非好汉"精神、长征精神的核心内容。正如著名评论家别林斯基所说:"一个诗人越是崇高,他就越是属于他所出生的社会,他才能的发展、倾向、甚至特点,也就越是和社会的历史发展密切地联系在一起。"(《别林斯基选集》第二卷第476页)而"屈指行程二万"中的"屈指",是弯起指头计算,是个很从容的动作,从而传达出红军对艰难困苦等闲视之的态度,当然也有屈指之间就跨过了两万多里的豪迈情怀。而这一切则把有限的个体生命融入了无限的人类实践，以及在实践中人对无限空间的人化，蕴含着极强的人的本质力量，给人一种崇高美的享受。

二、时间展望与空间展望互相转化，促使时间空间化

在《清平乐·六盘山》中，人的实践活动和人的本质力量是用空间意象及其组合、交替、转化表现出来的。每一个空间意象诸如高天、淡云、南飞雁、山峰、西风等，都具有时间的张力。然而，审美客体的崇高与审美主体的崇高只有相辅相成，才能成就崇高的诗篇。这就是说崇高美的诗篇，不是描摹人们视之为"崇高"的那种生活现象的外表方面能达到的。正因为如此，无具象的人的本质力量的实践本身获得自然形象，从而成为具体可感的艺术形象，以致原来自在的自然也因此获得了深刻的历史意蕴。

该词的五、六句，"六盘山上高峰，红旗漫卷西风"，也属空间意象，亦即宇宙展望，但比起一、二句来，视线由远及近，落到了眼前的景物上。一句"红旗漫卷西风"，这个空间展望，反映出了红军将士刚刚在六盘山下的青石嘴打败了国民党的一支骑兵部队，登上山巅，取得了长征又一个胜利的喜悦心情。试想，雄伟壮丽的六盘山，在蓝天白云的映衬下，显得更加挺拔。迎风招展的猎猎红旗，不仅增加了全诗的鲜明色彩和亮度，又烘托出了指战员们轻松愉快的心情。而"漫卷"一词，更是将这种轻松的心绪和豪情具象化。这是人化了的自然，是人的本质力量的对象北，从而使诗作获得了一种深沉的历史积淀，集中表现为在实践对现实的伟大斗争中引起的令人激动、奋发、喜悦等特殊的审美感受。

这些空间意象，在一定的关系链条中自由飞动，充满生命所特有的时间运动的节奏，向着尽如人意的合目的性方向运动，结果使这些空间意象构成了一个时间流，体现出行动本身及其力量，以致诗人那如椽的大笔颇具雄风，笔力所及，可以包举宇宙，震荡山河。而诗的崇高美，一方面是对客体的崇高，现实与实践的对立、冲突和抗争的真实揭示；一方面又是对主体的崇高，审美感受中的斗争动荡的愉快的体现。窃以为，毛泽东诗词的崇高美，思想基础就在这里。

"今日长缨在手，何时缚住苍龙？"这一跌宕的问句，一波三折，大大扩展了诗的容量，既表现了红军勇战顽敌的坚强决心和冲锋陷阵的急切心情，也照应了开头作者对祖国的前途和人民命运的深深忧虑，以及对未来

又充满无限的信心。"长缨"指长绳子,"苍龙"传说中的凶神。作者曾自注:指蒋介石。然诗无达诂,亦可指一切反动派,虽是用典故,但通俗易懂,反差强烈,错综交替,使词作呈现出跌宕起伏的节奏和疏密有致的变化,增强了词作的艺术魅力和感人效果。

众所周知,生命是一种时间现象,一个人抱有什么样的时间观,就有什么样的人生态度。取"相对"态度的人,比较惜时,比较现实,常常悲观;取"相同"态度的人,比较超脱,比较浪漫,往往乐观。而毛泽东不但觉得自己与时间是一同前进的,而且代表着时代与历史的方向。特别突出的还是他那种对时间不断超越的进取精神。诚如著名文艺理论家李斯托威尔所说:"崇高存在于精神上或物质上令人震撼的宏伟里面,它是确定的,而不是捉摸不定的。它既包括我们赋之以崇高感的外界事物的庄严宏伟,也包括灵魂的高尚伟大。没有灵魂的高尚伟大,最高贵的艺术作品和自然都必定会黯淡无光。"(《近代美学史评述》第 217 页)这里的"今日"与"何时"连贯,"长缨"与"苍龙"抗衡,就把对时间的超越具体化,道出了整首词的主旨,以巍巍六盘山为背景,表达红军将士北上抗日的决心和势必打败敌人的乐观情怀,使之在最后结尾处达到了高潮。联系当时的时代背景,这种"超越"的历史.感觉就更加强烈了。

由此可见,毛泽东写六盘山,不仅仅是写山,主要还是写与人的关系,人的实践活动,寄寓诗人自己的不同心境。与杰作《沁园春·雪》一样,毛泽东的词作大都是上半阕写景,下半阕抒情。而这首《清平乐·六盘山》上下两阕,却都是在前两句写景之后,紧接着便是两句抒情。且景中有情,情中有景,达到了情景交融,刚柔相济的艺术境界。上阕前两句写景,由仰视到凝视,由近及远,境界辽阔,感情细腻;接着两句"不到长城非好汉,屈指行程二万"以六盘山为点"顾后",壮语惊人,豪情满怀,主要反映当前的战斗决心。下阕前两句写景,由仰视到凝视,由静到动,意境深远,大气磅礴;紧接着两句,"今日长缨在手,何时缚住苍龙?"亦是以六盘山为点"瞻前",主要展望革命的前景。上下两阕虽说相对独立,却又紧密相连,一脉相承。在这里,空间意象的景物描写把作为时间过程的实践空间化、现实化,而且又使自身时间化和动态化,使我们总感到一个伟大的实践者,一个宛如天上雁阵般大写的人的存在。他或者作为展望者而存在,或者化入展望的对象作为被展望者而存在。著名美学家朱光潜曾说:"它唤起不同寻常的生命力来应付不同寻常的情境。它使我们有力量去完成在现实生活中我们很难希望可以完成的艰巨任务。"

（《悲剧心理学》第91页）词中的每一个空间意象，都成了人.的本质力量的感性体现，以致我们无不为他那丰富的想象，宏大的气魄，昂扬的激情而叹服。这是革命襟怀与个体价值的交响乐，又是政治风云与古典诗情的咏叹调。

一卷华章慷慨吟。毛泽东之所以能写出《清平乐·六盘山》这样的杰作，是与他那深邃的眼光，博大的胸襟和超人的胆略分不开，是他伟大人格的具体显现和物化，是空间展望与时间展望结合的结晶，是把人的实践活动用空间意象表现出来了，所以他的诗词富有浓郁的浪漫气质，又具有崇高美和革命激情，给人以希望和力量。柳亚子先生词云："才华信美多矫，看千古词人共折腰。算黄州太守，犹输气概；稼轩居士，只解牢骚"。他认为毛泽东雄才大略，是古代任何诗人不能相比的。多才多艺的苏东坡虽然气魄豪迈，但还是不如毛泽东；壮怀激烈的辛弃疾，只会在诗中发发牢骚而已。这不是柳亚子先生言过其实，是一种.客观存在。毋庸讳言，毛泽东是一个非凡的诗人，但又是一个哲学家、一个政治家、一个军事家，更重要的是集帝王气与风流气于一身，君师合一的领袖人物，当然非著名文士所能比。

总之，毛泽东同志的著名词作《清平乐·六盘山》语言通俗，形象鲜明，感情浓郁，意境深远，具有强烈的艺术感染力。其主要原因是空间展望和时间展望的结合，时空的转化，艺术境界的拓展，富有崇高的诗美，表现了主体与客体在对立中，经过实践这个中介，成功揭示了实践主体——人的本质力量，在真实与崇高的交汇点上升腾起诗情，而这正是《清平乐·六盘山》词作的艺术魅力之所在。

作者简介：张铎，本名张树仁。宁夏固原市原州区人。中华诗词学会会员，宁夏诗词学会副会长、诗歌学会副会长。出版诗集《三地书》、散文诗集《春的履历》、评论集《塞上潮音》《塞上涛声》等。

论诗词题材

周啸天

话从在泸州高中"诗词进校园"活动说起,有位高中生问该写什么,不该写什么。换言之,什么题材是对的题材。我当时即兴的回答是:"题材不是问题,就看是不是你的菜。"也就是说,是不是你的题材,就像是不是你的菜,关键要看你把它吃不吃得下去,消不消化得了。

宋代诗人杨万里,初学江西派,学陈师道,又学王安石,又学晚唐诗,"学之愈力,作之愈寡"(杨万里《荆溪集序》),没有解决题材问题。"淳熙四年(1177)夏之官荆溪,忽若有悟,于是辞谢唐人及王、陈、江西诸君子,皆不敢学,而后欣如也。""步后园,登古城","万象毕来,献余诗材。"(同前)也就是说,感到无往而不是题材,到处都有发现。

比方说《宿新市徐公店》:"儿童急走追黄蝶,飞入菜花无处寻。"人人在农村都见过的情景,但别人没有诗而杨万里有,说明这个题材不是别人的菜,而是杨万里的菜。杨万里发现童趣是很好的题材来源,他还写过:"童子柳阴眠正着,一牛吃过柳阴西。"(《桑茶坑道中》)(童子与牛各得自在。)"日长睡起无情思,闲看儿童捉柳花。"(《闲居初夏午睡起》)(后一句不是情思是什么。)杨万里在解决题材问题的同时,创造了一种诗体叫诚斋体。

可见题材并不缺乏,关键看你有不有发现的眼光。《诗大序》说:"诗者志之所之也,在心为志,发言为诗。"志是一个情结,在心中就是"志",用语言释放出来就是"诗"。情结是受外物刺激产生的,一件事打动了你,使你兴奋,使你困惑,使你耿耿于怀。那么这件事就是你的题材,只要你发言,就可以为诗。题材有大小之分,没有尊卑之分。我获鲁奖后,网上有人吐槽说我的题材卑微,理由是我写了些猫猫狗狗的诗。我并不这样看。

例如我所在的小区最近出了一张告示,说某日将要在所有垃圾桶边投毒,各家须把自己的狗看好。投毒的理由是发现老鼠出来觅食。这件事让人感到很不舒服,因为小区有流浪猫。投毒者为了消灭老鼠,结果可能毒杀老鼠的天敌。因为耿耿于怀,所以得句:"小区欲灭鼠,毒杀流浪猫。"

句子可以生长，句子之间要形成关系。所以前面加了两句："带犬上层楼，倚人步步高。"有"一人得道，鸡犬升天"那个意思。于是一首诗中，猫、狗、鼠都有了，前两句与后两句形成对比，动物命运的不同，取决于靠山的有无和大小。于是这诗就有了象征意蕴。

曩读《燕山夜话》，书中引时人说林白水的时评，令我印象深刻："每发端于苍蝇臭虫之微，而归结及于政局。"蚊子比猫狗更卑微吧，袁枚有《秋蚊》诗："贪官衰世态，刺客暮年心。"由秋蚊的惶惶不可终日，联想到贪官的惶惶不可终日，联想到刺客老年的力气衰而剑术疏，其中有大悲悯的情怀。所以题材有大小，却无尊卑。有些事情平常得很，生活里司空见惯。比如同学会，人人都像模像样地参加过，却不一定都有像模像样的诗。江油诗人丁稚鸿写了一首，让人击节赞赏：

渭北江东总忆君，时光已抹旧时痕。

同窗相会无高下，都是呼名叫字人。

"渭北江东"用杜甫《春日忆李白》"渭北春天树，江东日暮云"，表达两地相忆。这个典故你也会用。前两句，大家都写得出来。三四句就不然了："同窗相会无高下，都是呼名叫字人"，抓住了同学会一个重要的、人人熟视无睹的特点，就写出了味道。就是习近平同志参加同学会，老同学也会叫他"近平"。在座李洪仁同志参加同学会，老同学也会叫他"洪仁"。若改了这个口，就不亲热了。丁稚鸿作品很多，出有专集，但我逢人就宣传他这一首诗，特别是在出席同学会的时候。同学会这个题材，就是丁稚鸿的菜；如果你写不出那样的诗，就表明不是你的菜。

川帅已故的王文才教授，青年时代游峨眉山，当时传说大坪有虎，而他所居住的寺庙里有一只黑猫，被老和尚命名为"黑虎"。就这么个小事，触动了他，使他产生出灵感。于是成了诗的题材：

云色荒荒石栈行，密林茂草客心惊。

老僧殿角呼黑虎，满壑腥风冷气生。（《峨眉纪游》）

前两句写大坪一带深山老林，营造有虎的气氛，人行栈道上，天上有乌云，山中有密林茂草，读之即有猛虎攫人之势。三句"老僧殿角呼黑虎"，本来只是一只猫，却因为以虎名猫，产生那么大的影响："满壑腥风冷气生"。这是根据"虎从风"的谚语，营造出来的。全诗虎虎有生气。你看，这样一个猫名，它会是别人的题材吗。

成都诗人何焱林先生，写过一首《芒果》。工宣队受赠芒果这件事情，凡是经历过十年动乱的人，没有不知道的。在座大都经历过、目睹过那种热烈庆祝的场面，当时《诗刊》也许发表过相关的作品，皆与时消没，不闻于世。这个题材，不是那时作者的菜。惟独何焱林的这首《芒果》，可为历史存照：

　　舶来芒果赠工宣，组织诸民百万观。
　　一合玻璃嵌翡翠，两兵火铳护丹坛。
　　廿人比翼雁行过，十米偏头马背看。
　　塑料肖为珍宝影，不知真味是酸甜？

　　这个题材用七律来写不容易，中间两联须对仗，而趣味也出在这里。首联中"舶来""组织"这些关键词用得很好，一用境界全出。颔联上句"一合玻璃嵌翡翠"就更妙了，芒果是用翡翠色的玻璃匣子装起来的，句子颇富文采。下句"两兵火铳护丹坛"，是说芒果先被供在红色案桌上，两边民兵持枪护卫，"火铳"本指鸟枪之类，其实民兵未必不是背着步枪，说成"火铳"是调侃，表现煞有介事的样子，更其神似。这句的浅俗，与上句的文雅的反差，产生喜剧性。颈联上句"廿人比翼雁行过"，是写送芒果游行的队伍；下句"十米偏头马背看"，是写看热闹的群众。"雁行""马背"的对仗，十分工整。其实游行现场未必有马，但组织围观的群众，打马马肩总是有的吧。总之"马背"一词用得有趣。尾联"塑料肖为珍宝影，不知真味是酸甜？"这个不须解释，说得太好了。关于这件事的好歹，作者不予置评。却因真实地或略带夸张地写出了生活里一本正经的荒唐，所以成为绝妙的讽刺。堪与元人睢景臣《高祖还乡》比美。

　　再看另一位成都诗人王聪写的《月下独酌戏作》。题材是现成的，题目是李白的。这一选材极富挑战性。看到这个题目读者就会想，翻得过李白的手板心不？但他翻过了，写出了五言古诗的水平：

　　花间一壶酒，白也曾我有。
　　思之成四人，共醉重霄九。
　　身浸月色中，握之不在手。
　　放手月飞去，去与长庚友。
　　独余颓花前，心事向谁剖：
　　世态观愈多，愈就喜欢狗。

　　"花间一壶酒"，先照抄一句李白。第二句就是原创了："白也曾我有"，意思是花间饮酒之事，李白有我也有。"思之成四人"，这句大妙。因为李白诗有"对影成三人"，作者把自己添进去，凑成四个人了，成如容易，别人想到了吗。"共醉重霄九"以下写醉态，在想像中把桌子搬到月宫去了，就像《聊斋》一样。"身浸月色中，握之不在手"，这个想象超真实。"放手月飞去"两句很怪，适才"身浸月色中"，一忽儿月亮却在手心里，幻想奇妙。"去与长庚友"，李阳冰《草堂集序》载"惊姜之夕，长庚入梦"，所以"长庚"可代李白。这两句的意思是，月亮追随李白而去。"独余颓花前，心事向谁剖"，应是作者酒醒的状态。"我认识的人越多，我越喜欢狗。"本是十八世纪罗兰夫人的话。"世态观愈多，愈就喜欢狗"是洋典中用。一句大白话，在语感颠覆了文言。狗狗有何可爱？以其忠诚，以其单纯，以其不嫌家贫，以其对人真有感情等等。最后两句，也含蓄地批评了某些世相和人格。作者在社会上可能遇到了不能容忍之事，但他没有明说。

亲子之爱，是人人都有的情感，却不是人人能写的题材。过去听说，有贫困生上大学，老父送钱到学校去，儿子羞于对人说那是他父亲，便说是家中佣人。绵阳诗人文伯伦笔下的《村妪》却别有一般滋味：

樵苏十指血痕斑，耕获连宵月色寒。

儿若工棚处对象，休言有母在深山。

前两句写老妇砍柴、耕作的辛苦，这个大家都写得出来。关键还是三四句："儿若工棚处对象"，原来是一个打工崽的母亲，结句是她对儿子的叮嘱："休言有母在深山！"生怕儿子犯糊涂，说出事实真相，连累了自己的终身大事。读之令人鼻酸。

滕伟明有一篇文章说："周啸天几乎达到了'无事不可入'的地步，他的题材可说是是空前多样。《邓稼先歌》也是多主题的，但受到最猛烈的炮轰，作者无可奈何地告诉记者：他们把对体制的仇恨发泄到我的头上。噫，选材可不慎欤！"最后一句的意思是，像邓稼先这样的敏感题材，会遭致一些人的攻击，所以应该慎取。

其实，我写邓稼先并非为选题而选题，更不是想选就选。我曾多次参观九院（邓稼先身前工作单位），可就是没有想过要为邓稼先或九院写一首诗。直到有一天，看了鲁豫有约之邓夫人许鹿希访谈，使我大受触动。原来献身可以到这种程度：必须彻底隐姓埋名，人间蒸发。做什么、不能告知家人。什么时候回家、什么时候离家，不能告知家人。谈不上物质享受，穿得像农民，常常是水还没开，面条就下锅了。处理核事故现场，挺身而出，义不容辞。超剂量辐射导致癌症，终年六十二岁。确诊为绝症后，报上才刊登事迹。而邓稼先对家人说："只要我做成了这件事（不说什么事），我这辈子就没白活。"邓稼先去世后，杨振宁安慰邓夫人的话是

"希望你从更长远的历史角度,去看待稼先和你的一生。"就是这些东西,深深打动了我。今天所有的中国人,都托邓稼先的福。如果没有两弹,中国能有今天的国际地位么。我觉得,如果不为这样的人写一首诗,我就对不起自己的良知。媒体把"不蒸馒头争口气"这句话炒得尽人皆知,而这首诗真正的主题句是:"神农尝草莫予毒,干将铸剑及身试。"

诗写成发表后,获得中华诗词学会第五届华夏杯诗词奖第一名,评委告知说:"是邓稼先的事迹打动了你,而你的诗又打动了我们。"著名唐诗学家、我的老师余恕诚教授说:"《邓稼先歌》写得神完气足,读来感人,即使放在盛唐优秀诗篇中亦毫无逊色。获得华夏诗词大奖,是理所当然的。"王蒙这样说:"诗人歌颂了记载了做成一件大事的邓稼先,也写就了一首大诗,差可无恨。"所以,对于我来说,这是一个无悔的题材。甚至可以说,我欣赏自己能驾驭这样的题材。

总之,判断是不是自己的题材,首先是看你被它打动没有,其次是你对这个题材玩味是否充分,有不有别人想不到的东西。这两条都满足了,那就是你的题材,接下来只是构思和语言到位的问题。如果你想到的,别人也能想到,那么你写出来的便是想得到的好。直到别人想不到了,你写出来的才是想不到的好。而写出想不到的好,是每个写诗者应该追求的境界。

一啸扶摇入九重

——王纪波诗词读后

林峰

淮南古城,地处淮河之滨,素有"中州咽喉,江南屏障"之美誉。此间山水富丽,物产丰饶;自古人杰地灵,俊彦辈出。远有夷简、公著;近有辛竹、昭新。皆文光闪烁,星光耀眼。此千年文脉,绵延至今犹自气息顺畅,余韵悠长。近日,央视诗词大会现一蓬勃青年口吐莲花,舌战群雄;连涉险关,斩将夺旗。此即淮南才子——王纪波也。

纪波君,吾畏友也。不惟记忆超群,过目成颂;更有满腹经纶,才情飘逸。想当年,纪波求学黔中,负笈贵大,便得西南耆宿冯泽老之垂青。兼之后天发力,磨铁下帷。青春年少,便已初露峥嵘,声动川黔。"会当振翼穿云去，一啸扶摇入九重"此纪波题安大鹅池句也，亦可视作纪波翱翔九天，雄飞千里之志向。又如"击水三千超北海，仰天一笑出南陵"（山中读书）。气魄何其宏大，情怀何其高远。"莫道狂澜难力挽，纵身犹起浪千钧"（《己丑端午怀屈子》）。诗为缅怀屈子而吟，又何尝不是诗人自身心迹之写照。三国曹植曾有："丈夫志四海，万里犹比邻"之名句。

再比照纪波今日之诗作，真可谓古今一例，人同此心也。

诗人多感且善感，见一飞花、一落叶；闻一声雷、一夜雨，皆能撩拨清怀，触其心绪。故时见灵感隐现，妙语连珠也。清·吴雷发曰："作诗固宜搜索枯肠，然着不得勉强。故有意作诗，不若诗来寻我，方觉下笔有神．诗固以兴之所至为妙。唐人云：几处觅不得，有时还自来．'进乎技矣"（《说诗菅蒯》）。综观纪波诗作亦有如是感想。如"花落已非二月时，心同残照每迟迟。流莺解语终无语，玉笛堪吹不耐吹。幽梦几番人换矣，年轮百转我听之。苍茫风雨云深处，记得小窗影一枝"（《花落》）。此诗明写落花，而暗中写人。诗借花而起，人因诗而现。花人缠绕，人花相映；幽梦几时，人生何处？尘封往事便于不经意间悄然铺开也。再如"红墙黛瓦紫葡萄，榆枣枫杨小土桥。记得当年那轮月，依然系在柳之梢"（《老家》）。诗人回乡省亲，见红墙黛瓦，榆枣枫杨；土桥如旧，明月依然。诗人不觉感慨万端，境由心生也。所谓寄情于物，而实情动于中矣！两诗皆因物起兴，妥贴自然，便似信手拈来一般。正如清浦起龙所言："心已驰神到彼，诗从对面飞来"（《读杜心解》卷三之一）。

出句潇洒而不见飘浮，感慨深沉而不见呆重，此纪波诗之又一特征。如"一身沧海北南东，笔底鸿茫万古融。赤壁酒浇天地月，乌台诗诘马牛风。多愁多感谁多病，独醉独醒吾独穷。莫问平生功与业，花开山驿水邮中"（《咏东坡先生》）。此诗融东坡先生之际遇遭逢同万古绝学于一炉，有铺叙、有寄慨，时空宽阔，意蕴丰满，显得行文倜傥，笔致空灵。再如"铁骨铮铮天外横，檐牙斗拱势峥嵘。眼前万里风云动，镜里千秋日月明。芳草生时春有脚，寒芒射处夜无声。可怜一脉沧浪水，流入人间依旧清"（《游包公园》）。此诗貌似云游，而实为咏古也。与前作迥异在此诗皆从虚处入笔，于包拯实绩竟不著一字，似乎漫无边际，却字字明其耿光、处处见其正气。真可谓：不着一字而尽得风流也。又如"轮转阴阳飞笔底，袖笼今古入云中。"（《咏淮南王刘安》）"明月多情犹识我，芳洲青莲开万朵。浊酒一杯酹青莲，波上熏风吹仙舸"（《马鞍山怀李白》）。皆灵光飞跃，不落俗套。清·朱庭珍云："凡怀古诗，须上下千古，包罗浑含，出新奇以正大之域，融议论于神韵之中。则气韵雄壮，情文相生，有我有人，意不竭而识自见，始非史论一派。"今有纪波诗作可证其说也。

纪波生性坦荡，快意诗酒。付之吟咏便多清壮雄奇之语，但其所作又并非豪放一路。其率性之中又不失缠绵，洒脱之际则暗寓悱恻也。如"一夜春光梦里催，卷起红霞，收起愁眉。登高长啸海天新，燕语呢喃，一醉千杯"（《一剪梅·新年祝词》）。"斗酒煮微凉，天地苍茫，诗心一寸寄沧浪。十万恒沙争过眼，橘绿橙黄"（《浪淘沙·壬辰重阳》）等等。皆在清灵婉转之中，间以壮美之句，故力道倍增。古人论词，有婉约豪放之说。如一味豪迈，失之敦厚，便迹近粗鲁。如一味婉约，失之激厉，又流于纤弱。而纪波深谙个中三昧，能于抑扬之际，收放自如；开合之间，出入随心也。

"文章合为时而著，歌诗合为事而作"此白乐天与元九书中语，然用之于当下亦不可谓不合时宜。歌颂时代，反映现实；扬善贬恶，急公好义，亦今日诗人之天职也。故日后吟事，纪波应以此处着力为多。纪波以文学硕士之身，投笔从戎，除暴安良，践行书生报国之梦想。其气可鼓，其志可嘉。且能于事警间歇，不废诗艺，尤其难能。纪波天赋奇高，生性勤勉，复以潜心笃志，寒窗苦读。自是书山有路，前程远大也。

第十编　中华诗词发展报告（2016）

中华诗词研究院　编

总　论

2016年，是中华诗词发展的重要一年。这一年，党中央、国务院颁布的复兴优秀传统文化的相关政策逐步落实，作为传统文化重要组成部分的中华诗词在创作、理论研究、文献整理、教育活动以及对外交流等方面都取得较2015年更大的进步，尤其在大众传媒以及诗词生态培育方面，有了较大突破。

一、中华诗词在复兴优秀传统文化的背景下受到普遍关注

（一）中华诗词是复兴优秀传统文化工程的重要组成部分

自中国共产党十八大以来，传承与发展中华优秀传统文化成为党和国家的重要文化战略。通过贯彻落实习近平同志的讲话和党中央相继颁布的文件精神，传承和发展优秀传统文化已被提升到"治国理政"的高度，成为各级党委、政府工作的重要内容，成为全国人民共同参与的文化事业。诗词无疑是优秀传统文化的重要组成部分，因此，在国家文化发展战略中，中华诗词被赋予更多的使命。

习近平总书记多次在不同场合强调指出中华诗词的价值和作用，他说，"学诗可以情飞扬、志高昂、人灵秀"，认为"古诗文经典已融入中华民族的血脉，成了我们的基因"，"语文课应该学古诗文经典，把中华民族优秀传统文化不断传承下去"。在2014年文艺工作座谈会上，习近平总书记借用白居易《与元九书》中提出的"文章合为时而著，歌诗合为事而作"的观点，鼓励作家"创作无愧于时代的优秀作品"；借用赵翼《论诗》中的"诗文随世运，无日不趋新"，提倡文艺作品要追求创新；借用

王国维的"三境界"说，嘱咐文艺工作者要求精求新、循序渐进。他还回顾了古代诗歌的传统："《古诗源》收集的反映远古狩猎活动的《弹歌》，《诗经》中反映农夫艰辛劳作的《七月》、反映士兵征战生活的《采薇》、反映青年爱情生活的《关雎》，探索宇宙奥秘的《天问》，反映游牧生活的《敕勒歌》，歌颂女性英姿的《木兰诗》，都是从人民生活中产生的。"习近平总书记提出的诗词发展观和党的以人民为中心的文艺观，对新时期传承和发展中华诗词文化起到了极为重要的指导和激励作用。

2015年10月，中共中央颁布的《关于繁荣发展社会主义文艺的意见》突出强调中华诗词在传承和发展优秀传统文化过程中的重要性，并要求"加强对中华诗词、音乐舞蹈、书法绘画、曲艺杂技和历史文化纪录片、动画片、出版物等的扶持"。2017年1月25日，中共中央办公厅和国务院办公厅又联合印发了《关于实施中华优秀传统文化传承发展工程的意见》，强调"深化对中华优秀传统文化重要性的认识，进一步增加文化自觉和文化自信；深入挖掘中华优秀传统文化价值内涵，进一步激发中华优秀传统文化的生机与活力；迫切需要加强政策支持，着力构建中华优秀传统文化传承发展体系"，再次将"滋养文艺创作"列为重要内容，明确提出要"善于从中华文化资源宝库中提炼题材、获取灵感、汲取养分，把中华优秀传统文化的有益思想、艺术价值与时代特点和要求相结合，运用丰富多样的艺术形式进行当代表达，推出一大批底蕴深厚、涵育人心的优秀文艺作品"，重申加强扶持中华诗词等传统文艺形式的必要性。

中华诗词是优秀传统文化的重要组成部分，它承载着民族文化的精华，正如马凯同志在《努力办好中华诗词研究院》的讲话中所指出的："中华诗词在记载历史、传承文化，启迪思想、陶冶情操，交流情感、享受艺术，丰富人的精神世界、提升中华民族凝聚力、推动社会文明进步等方面，发挥了重要的作用。中华诗词是中华文化瑰宝中的明珠，也是人类文明的共同财富。"作为当代中华诗词的作者与传播者，我们应继承与发展这一优秀传统，创作属于我们自己时代的诗歌，用诗歌传达民族文化的精神内涵，传递属于民族与时代的声音。

（二）在国家文化政策扶持下，2016年传承与发展中华诗词的工作稳步推进

在复兴优秀传统文化的大背景中，诗词界认真学习习近平总书记系列重要讲话精神，认真落实相关文化政策，将诗词文化置于复兴优秀传统文化的大背景中加以提倡与推广，促进中华诗词稳步发展。2016年，中华诗

词无论创作，还是理论研究、文献整理、诗词教育与文化活动，都取得长足进展。

作为传统的艺术形式，中华诗词作者人数与作品数量逐年增加。据中华诗词研究院近年来的调查，一批传承中华诗词优秀传统并大胆尝试开拓的当代诗人群体逐步形成。中华诗词创作在众多方面都有大胆尝试，无论是新题材的开拓还是新诗体的实验，以至在具体的语言、艺术手法、意蕴旨趣等方面，都在不断探索着适合当代社会生活、个人心理表达的诗词抒写方式。新变的观念与尝试已或多或少地影响到年轻一代，促使他们醉心诗歌艺术，勇于创造。现在传统审美方式仍是诗词创作的主流，但随着创作个体人数的增加，创变因素以及个体经验都将会给传统诗词带来更多的新鲜元素，确保中华诗词当代创作的延续、创新和发展。

为了大力加强中华诗词的理论研究，中央机关和各地高校陆续成立专门诗词研究机构，组织开展诗词理论研究等活动。高校以及科研机构的古代文学学者或现当代文学学者纷纷加入中华诗词研究队伍，促使诗词理论研究水平逐步提高。对中华诗词文学史地位的认识，学界逐渐形成一个基本观念，即中华诗词应该成为文学史的书写对象。2016年，诗词理论研究主要集中在史学定位的再探索、诗词当代价值的探讨与深入、诗词审美评价体系的建立等方面。在对中华诗词创作现状的描述与发掘中，学者将视野主要投注到重要诗人个案、诗人群体以及诗坛现象等方面，研究更为深入，更为具体。同时，学者们也在继续思考中华诗词的"现代性"问题，尝试构建当代诗词理论及批评话语体系。值得指出的是，以"明清民国歌谣整理与研究及电子文献库建设""民国话体文学批评文献整理与研究"等为代表的国家重大社科招标项目和国家社会科学基金资助重点项目及普通项目，在本年度纷纷举行开题活动或中期考核，一批新的项目如"中国当代散曲大典"等也于本年度获准立项，标志着现当代诗词已经引起学术领域的充分关注和高度重视。

文献整理是诗词理论研究、教育开展以及传播交流不可或缺的重要工作。当代诗词文献整理已初见成效，《当代散曲百家选》等总集以及《二十世纪诗词文献汇编》《民国名家词集选刊》《中华诗词文库》《清末民国旧体诗词结社文献汇编》《清末民国旧体诗词结社文献汇编续编》等大型丛书陆续出版。2016年，《民国诗词文献珍本整理与研究》、《民国诗词作法丛书》、《中国现代作家旧体诗丛》、《民国词集丛刊》（全三十二册）、《近代稀见史料丛刊（第三辑）》、《上海诗词系列丛书》、《同文书库·厦门文献系列（第一辑）》、《潮汕文库·文献系列》等大型诗词丛书集中出版。中华诗词研究院主持的财政部专项资金支持项目"二十世纪诗词文献整理与研究"第一阶段成果《二十世纪诗歌书系（第一辑）》一套六种，初稿已完成。据不完全统计，本年度正式出版的中华诗词别集类文献有百余种，还有很多诗词别集为自印本或港台版本。此外，诗词界保存当代文献的意识逐渐加强，如中国人民革命军事博物馆永久收藏李文朝将军《血肉筑长城》抗战史诗手稿与原始资料等。在诗词学理论批评方面，文献出版也成绩斐然，如先后出版了《毛泽东诗词解读》《梁羽生妙评民国诗词》《近代叙事诗研究》《沈祖棻词作与词学研究》《诗性文化的旧邦新命》《现代诗词的价值与命运》《中国词学的现代转型》《晚清民国词史稿》《中华诗词现代化散论》《当代诗词论丛（2016）》等。有关当代诗词的目录学、版本学等文献学研究也正进入学术研究的视野。

　　诗词教育工作在各个层面广泛开展，包括大中小学、诗词学会以及民间书院等。诗词教育的内容包括近体诗平仄格律、诗词创作、诗词鉴赏以及诗词评论等众多方面。教育的方式多种多样，包括课堂教学、课外诵读、专题讲座、研讨会、采风雅集、诗词大赛等。诗词教育的教材或教育读物的编写方面，数量也相当可观。2016年延续2015年的势头，在传承与发展优秀传统文化的大背景下，诗词教育工作更为深入。传统的"诗教"观念经由学者阐释，进入教育者视野。诗词不再单纯被视为文艺作品，而是被看作审美教育、情感教育与道德教育的重要载体。在教育实施过程中"寓教于乐"，将审美、情感与道德融入到诗歌的诵读与诗意的讲解中，丰富了诗词教学的内涵。继中华诗词学会诗教工作委员会、中华诗教促进中心成立，一些专门以诗教为工作重点的社团陆续出现。2016年山东曲阜成立中华诗教研究院，在河北怀来泊爱蓝岛成立了第一家子曰诗词创作与培训基地，在北京市门头沟区王平镇马致远故居成立中华诗词学会散曲工作委员会散曲文化教育基地等，全国各地陆续建立了一批开展诗词教育教学的新的平台。

　　借助大众传媒手段传播与推广中华诗词，是本年度取得较大进展的事项。2013年，河北电视台制作的《中华好诗词》以传统诗词背诵为主导，成为当年综艺类文艺节目中的一匹黑马，引起广泛的社会反响。2014年，中国国学研究中心与中央电视台联合制作的《诗行天下》纪录片，取得不错的收视率。2016年春节、2017年春节，中央电视台先后制作播出两季《中国诗词大会》，将传统诗词文化以新颖活泼的电视综艺节目的形式呈现出来，引发全民收视热潮，堪称"现象级"诗词事件。为此，中华诗词学会、中华诗词研究院联合中央电视台在2017年3月上旬，及时召开"中国诗词大会"座谈会，对此现象进行研讨，总结该节目成功举办并产生广泛社会影响的原因，探讨如何乘势助力中华诗词繁荣发展。

从当前中华诗词创作、理论研究、文献整理、诗词教育以及传播交流等方面来看，社会以及诗词界正在形成良性互动态势，初步实现了诗词界、学术界、教育界以及传媒界相互联动、融合发展的局面。这是新时期中华诗词发展文化生态呈现出的新特点。

二、2016年中华诗词发展的突出特点

综合考察2016年中华诗词创作、理论研究、文献整理、教育活动等方面的总体情况，可以发现本年度中华诗词平台加快构建起来，良好的诗词文化生态正在形成，诗词组织、社团与其他文化单位合作更为多元，在挖掘与发现新人方面有了一定进展，在借助传统诗词资源，促进诗词与当代社会的关联，促成热点事件诗意表达，加快中华诗词的普及与提高等方面，都产生了一些新的变化。

（一）诗词文化单位着力打造平台，努力培育诗词文化生态

2016年，中华诗词学会、中国诗歌学会、中华诗词研究院等诗词文化单位在搭建平台上做出较多努力。在诗词创作方面，利用杂志、网站、微信公众号等平台将诗词创作者紧密团结起来，形成了纸媒与电子媒体的联动效应；在诗词评论与鉴赏方面，吸引古典文学与现当代文学学者参与其中，构建创作与评论的良性互动；在诗词理论研究方面，以研讨会、访谈等形式，为诗人与学者提供友好互动与公开交流的平台，拉近创作者与理论研究者的距离；在诗词教育与诗词文化活动开展方面，以优秀的传统诗词为资源，谋求诗词与多种艺术相结合，努力唤醒民众心中深藏的诗意，培养中华诗词的广大受众，为其全面发展奠定了较坚实的群众基础。

（二）各诗词组织、社团与其他文化单位谋求多层次的深度合作

当代诗词不只要传承与创新自身，还要带动优秀传统文化的复兴。诗词的传承与发展是关涉到国家文化建设的一件大事，是关系到各种文艺形式和文化发展各个领域的重要工程。2016年，诗词界与各文化单位加强合作，以诗词艺术为基础，促进民族文化的复兴与当代文化的构建。这一点在诗词教育与文化活动方面表现尤为突出。不少教育科研单位，如北京市

海淀区教育科学研究院等,与中华诗词学会、中华诗词研究院深度合作,开展诗词教育研究的相关课题,并花大力气推进中小学教师诗词文化知识的普及与提高。许多高校以诗词创作与研究兼善的教师为主,将诗词教学纳入学校课程体系,从创作到鉴赏评论都展开了系统研究,或者以深度合作的方式,与中华诗词研究院等单位联合举办诗词教育、诗词学术研讨会或系列讲座。在文化活动方面,中央电视台、中央音乐学院、不少网络媒体都在寻求与诗词文化单位合作的契机,部分合作项目已启动,如中国诗词大会、"意象·净土"音乐会等,都取得较好反响。

(三) 挖掘与发现,更多的年轻人加入诗词文化传承中来

中华诗词一度被称为"白发文学",甚至"夕阳文学"。的确,以往的诗词爱好者、创作者包括研究者年龄偏大。对此,诗词界也有着清醒的认识,并推出相应的举措,比如由《中华诗词》杂志社举办的"青春诗会"品牌系列活动,其目的就是着力推举当代青年诗人。这一举措已取得较好的效果,为诗词界输送不少中青年诗词人才。2016年,诗词界逐渐形成共识,就是让年轻人走到台前,参与更多的诗词工作。中华诗词学会、毛泽东诗词研究会等诗词组织集中换届,增补了一批青年诗人担任副会长、常务理事、理事等职务。不少已成名的老诗人,在不同场合公开表示要给青年诗人更多展示自己的"舞台"。不少杂志、网站与微信公众号等诗词发表平台,更是不约而同地将视野投注到青年诗人身上,大量刊发青年诗人的优秀作品,并邀请学者给予深入浅出的点评。中华诗词研究院在2016年底召开的"《鲁拜集》文言诗体译本座谈会"上,公布了鼓励支持青年诗人创作、青年学者研究的一揽子计划,着眼于挖掘与发现中青年诗人、学者,为他们提供创作与理论研究等方面的支持。这些举措,为诗词界增添了青春活力。

(四) 诗词热点事件增多,促使中华诗词逐步升温

在党中央的提倡与推动下,诗词文化工作在各个层面稳步推进,包括国家层面的谋划与布局,也包括民间的普及与传播。后者的表现在本年度更为突出。2016年中华诗词热点事件增多,掀起可观的诗词热潮。比如,2016年6月,第三届"诗词中国"传统诗词创作大赛启动仪式暨影响力诗人发布活动。2016年9月,第三届"雅韵山河"当代中华诗词学术研讨会暨青年诗人论坛。2016年10月,第二届海峡两岸中华诗词论坛暨聂绀弩诗词奖颁奖大会,分别在北京、广州、武汉举办,产生了广泛的社会影响。再如,2016年2月12日(正月初五),中央电视台策划开播《中国诗

词大会》第一季，取得不错的收视率，为 2017 年第二季高收视率与高讨论度奠定基础。2 月 22 日，微博大 V"杜子建"发了一条微博，请博友为"我有一瓢酒，可以慰风尘"（韦应物《简卢陟》）续写诗句。此举在微博引发续诗狂欢，三天时间续诗 6 万多首，阅读量高达 1800 万。如此种种，促使中华诗词逐步升温，至 2017 年年初《中国诗词大会》第二季播出，中华诗词在全国范围内影响越来越大，并引发持续的讨论热潮。

中华诗词在 2016 年取得了诸多成绩，在打造平台、培育诗词文化生态、与各单位深度合作以及挖掘新人等方面都有不俗的表现。这既是对先前诗词工作的较好总结，也为今后工作奠定了扎实的基础。

三、当前诗词发展需注意的几个问题

在国家文化政策的扶持下，随着资金与人力投入的逐步增加，本年度中华诗词工作取得不少突破，也存在一定的不足，需要在今后的工作中加以注意。比如，对诗词文学特征的重视不够，诗词文化推广方面过于粗放，诗词工作者在文化素养上有待提高，在参与当代文化建设方面有必要加大力度等。这些都是需要诗词界同仁共同努力，花大力气去强调、去纠正、去改善的问题。

（一）诗词是文学体裁，诗词创作要优先考虑它的艺术审美属性

这似乎是老生常谈的话题，但诗词界确实存在对此重视不够的现象。不少诗词刊物由于稿源不足等原因，大幅刊发艺术质量不高的"口水诗"，忽视诗词的审美属性，给社会造成中华诗词作品数量极大、水平不高的印象。在诗词评介与鉴赏方面，一些文章不以诗词的艺术品质为标准，而是生搬硬套传统诗论，或者以过度的赞美代替评论。在诗词教育与文化活动开展中，也有此种情况发生。诗和词本质上都是文学体裁，不管是古体诗、近体诗还是词曲，都有要遵循的审美规范与艺术规律，要在艺术审美的范畴内，运用语言艺术创造意象与意境，从而缔造一件件"艺术品"。

（二）"求正容变""知古倡今"等观念，须大力提倡

"求正容变"是马凯同志提出的诗词发展观，对当代诗词的创作和理论研究起到了重要的指导和推动作用。"复古"与"创新"一直是文学发展中交织缠绕的两条线。以之观照当代诗词，这两条线仍旧存在，"复古"观念尤其深入人心。在诗词创作中，部分诗人一味强调诗词复古。诗词理论研究也常有简单套用传统诗论现象，忽略从文本直接提炼诗学理论，忽

略在题材、体裁以及艺术上的新变以及新的审美风尚。诗词教育与活动开展方面，也多注重传统诗词作品及理论的开发与应用，忽略当代优秀诗词作品的遴选与推广。作为理论研究基础的文献整理，也表现出对传统诗词文献的重视，包括对近代以至新中国成立前诗词文献的辑录出版，较为忽视当代诗词文献的搜集与保存。这种现象的存在，在一定程度上源于创新的方向不明，创新的力度不足，新的审美标准和艺术规范尚未真正建立起来，人们只好回溯传统，积蓄创新的力量。"不薄今人爱古人"，发展和传承中华诗词，需要在继承传统基础上，积极求变建立当代诗词语言与审美规范。

（三）传承和发展中华诗词要力求将工作做精做细

回顾之前较长一段时间的诗词发展道路，可以看出诗词文化的增长点主要依靠扩大诗词创作与理论研究的参与人数、增加资金与人力的投入比重，追求诗词作品数量增多，而忽略诗词艺术质量的高标准、严要求，属于"粗放型"的增长方式。直至近些年，这种情况才有所改善。因此，建议在具体开展诗词工作的过程中，要树立正确的文艺观，以艺术质量为标杆，做到诗词工作精耕细作，科学地、有条不紊地协调推进。

（四）诗词文化工作者要努力提高自身修养，以适应民众越来越高的审美期待

随着较多诗词文化平台的建立、良好诗词文化生态的逐渐形成以及参与诗词活动的年轻人的增加，诗词文化工作者的文化素质也普遍提高。但另一方面，诗词文化的推广与普及，也为诗词文化工作者带来更多挑战。参与诗词活动的人越多、素质越高，必然会造成更高的审美期待，并反过来要求诗词创作水平要能满足他们的审美期待；要求诗词研究更为深入具体，能够充分引导他们进行诗词审美；要求诗教开展能进入教育体系，能培养审美能力，丰富情感体验，深化思想认识；要求诗词活动能有高质量，更能贴近人的内心，更能反映社会与生活的实际；要求诗词文献整理在"竭泽而渔"的同时，能为读者提供精品，引导读者的审美趣味。这些都要求诗词文化工作者注重提升自身素质，有效应对新出现的需求，推动诗词工作持续健康发展。

（五）诗词不只要发展自身，更要参与或带动当代文化建设

发展传统诗词是国家文化战略的重要方面，承担着参与建设当代文化的使命。在诗词教育与诗词文化活动中，诗词不同程度地影响着教育、传媒以及文化产业的发展，为它们带来民族文化的气息与活力。但这还远远

不够。当代文化建设不是教育、传媒等几个领域的静态拼接，而是各领域联动的有机整体。在中华诗词研究院、中华诗词学会等单位的当代诗词研讨与座谈会上，不少专家学者曾建议，诗词文化要参与到城市文化建设中，要深入到城市基础设施建设、旅游开发、文化产业创建中，用诗词这种优雅的方式丰富城市的文化内涵，同时借助城市建设普及与推广诗词文化。

相信，随着诗词文化的普及与提高，以及良好诗词生态的建立，以上问题将逐步得到解决。

四、对今后诗词发展工作的几点建议

考察 2016 年中华诗词发展的整体情况，我们应肯定成绩，发现不足，针对具体问题思考解决的办法。更为重要的是，要探索如何发挥诗词界集体力量，抓住重点，攻克难点，逐渐创造诗词发展的良性循环。

（一）诗词界要认真学习、深化认识，吃透中央精神，用好文化政策

十八大以来党的相关文艺政策，为发展传统文化中的诗词、书法、绘画、戏剧等艺术形式指明了方向，并且在国家层面给予支持和引导。中华诗词研究院、中华诗词学会等单位多次组织文化政策学习与政策落实的研讨。这些学习与研讨在系统性和深度上还远远不够，关注的问题也多集中在一些概念上，政策较难落到实处。因此，有必要系统地、有计划地组织诗词界学习习近平同志在文艺工作座谈会上讲话等重要讲话精神，同时做好《中共中央关于繁荣发展社会主义文艺的意见》《关于实施中华优秀传统文化传承发展工程的意见》的落实工作，树立传承和发展中华诗词的责任感与自信心，做好发展诗词的短期和长期规划。最为重要的是，要形成一个基本共识，即诗词是优秀传统文化的重要组成部分，要将传承与发展诗词文化放在党中央复兴优秀传统文化的大格局中去思考，去谋划，并切实地贯彻下去。要让中华诗词承担更多复兴传统文化的重任，也借助文化复兴的大潮好好地发展中华诗词。

（二）要总结以往经验，抓住重点全面推进诗词工作发展

中华诗词有着丰富的历史资源和当代经验，我们在工作中要善于坚守诗词的艺术准则，考察近百年以来开展诗词工作的历史，发现规律，总结经验教训，抓住重点，为推进诗词发展做好基础工作。

中华诗词作为具有活力的传统诗歌体式的总名，拥有数量可观的当代

作品。当前，诗词研究机构和相关学者都在呼吁现当代诗词进入文学史，希望借此推动诗词理论研究的跨越式发展。这的确是一个在国家文化政策指引下亟待落实的重要命题。现当代诗词进入文学史的先决条件，是优秀诗词的遴选与评鉴。具有学理性的选析、赏鉴或会心可读的点评，是现当代诗词进入文学史的必由之路。诗词界需要以坚守艺术性与时代性为准则，挖掘经典的诗人与诗作，将其中艺术的、当代的元素呈现给学界和大众，培育诗词创作、传播与接受的良好生态。

作为理论研究的基础，文献整理是要加快推进的重要工作。文献整理，除了诗词文字资料外，也要重视当代诗人、诗评家以及诗词学者的访谈以及影像资料的整理等。当代诗词文献数字化、可视化也是文献整理的组成部分，这将对文献的永久保存以及合理、快速地运用提供便利，并将产生深远的影响。

诗词是优秀传统文化的重要组成部分，也是当代文化产品的重要增量。如何在复兴传统文化的背景下，搞好、搞活诗词文化活动，是一个需要认真思考的课题。年初的《中国诗词大会》第二季所引发的讨论热潮，或许会为开展当代诗词文化活动提供一个很好的思路。比如与电视等传媒手段的充分结合，比如以多媒体方式对诗词作品进行二次创作，等等。

（三）在传承优秀的诗词文化基础上，做好"诗词+"工作

要推进"诗词+"工作，首先要构建一个综合性、开放性的平台，借助这一平台，打通诗词界、学术界和民间的相互联系，然后才有可能联合社会各界谋求共同发展。中华诗词研究院出台鼓励支持青年学者从事课题研究的计划，就是着眼于构建诗词大平台，寻求开展"诗词+"工作的人才与途径。此外，诗词界还要多做加法，在原有工作方法与工作规模的基础上，将诗词与音乐、美术、舞台艺术等方式结合起来，将诗词与互联网、云端平台、微平台联系起来，用诗词推进文化产业，为诗词插上翅膀，也为文化产业带来优雅的诗意，从而获得更快更好的发展。

新时期以来，中华诗词获得越来越广阔的发展空间，尤其是近些年。2016年，中华诗词在先前工作的基础上有所推进，也有所突破，部分举措有必要长期贯彻执行下去。在总结成绩时，我们也必须正视诗词发展过程中的不足，针对这些不足，集中智慧，凝聚共识，群策群力推动问题的解决和中华诗词的良性发展。

第一章 诗词创作

2016年是全国传统诗词热迅速升温的一年。中共中央2015年10月颁布了《中共中央关于繁荣发展社会主义文艺的意见》，强调要加强对中华诗词等中华优秀传统文化项目的扶持。时隔一年多，中共中央办公厅和国务院办公厅于2017年1月25日又联合印发了《关于实施中华优秀传统文化传承发展工程的意见》。中央电视台在黄金时间播出的《中国诗词大会》节目，获得了巨大的成功。国家层面的强力推动，引起了热烈的反响。在这种诗词热潮背景下，2016年的诗词创作活动频繁，诗人与诗作数量双重增加，在开拓诗词题材与提升艺术技巧方面皆有突出的表现。

一、诗词创作基本生态

2016年，诗词创作队伍继续扩大。仅据中华诗词学会统计，"截至今年（2016年）9月底，中华诗词学会个人会员总数已达27036名，比去年同期增加了2028名"。此外，还有众多的各省、市、县级诗词学会的会员，以及遍布全国的其他诗词社团和难以统计的、未加入诗词学会的诗词创作者。随着创作队伍的壮大，创作活动也频繁开展，既包括难以计数的个体创作，也包括诗赛、采风、雅集等群体创作。无论个体创作还是群体创作，都可以看到移动网络在其中起到越来越重要的作用。它不仅仅是纸质媒体之外一个发表诗词的新载体，而且还深刻地影响了诗词的写作方式。

（一）传统群体写作越发强势

传统的群体写作，包括组织诗人采风和雅集，在报刊上征稿或倡议以及举办各种规模的诗词创作赛事。这些以创作为核心的活动，激发诗人创作的灵感与热情，对繁荣诗词创作确实存在积极意义。2016年，传统群体写作表现出强劲的发展势头，仍旧是促进诗词创作的重要方式。同时，在移动网络技术的支持下，传统群体创作参与规模逐年增大，并出现一些新的动向。

1. 诗赛等群体创作的参与规模逐年扩大

诗赛是群体写作的重要形式。目前几乎所有的诗赛都可以网络投稿，如"诗词中国"大赛、中华大学生研究生诗词大赛、"海岳杯"诗词大赛、"白雀奖"诗词大赛、"湘天华杯"诗词大赛等。其中，海岳杯和湘天华杯 2016 年均是第一届。诗赛的规模和频度都呈现迅速上升趋势。由中华书局、中国移动等六家单位联合主办、手机投稿的"诗词中国"大赛，从 2012 年起每两年举办一届，迄今共举办了三届。三届的投稿量分别是 2012 年 3.8 万首，2014 年 11.18 万首，2016 年 22.35 万首。投稿量的逐届猛增，与赛事本身的影响扩大以及诗词热连年升温有关，也与移动网络的普及有很大关系。

2. 雅集、采风等群体创作出现新动向

《中华诗词》和《诗刊》等杂志和不少地方诗词社团组织每年都要组织多次现场采风活动，如 2016 年 4 月《中华诗词》组织的江苏兴化采风，《诗刊》子曰诗社组织的 5 月福建晋江采风等。北京的三大花事诗会，即恭王府海棠诗会、法源寺丁香诗会和崇效寺牡丹诗会，不仅有着悠久的历史传统，而且长盛不衰。特别值得注意的是，随着网络的发展，现场人员不断将作品、图文、视频发到网上，甚至对整个活动进行现场直播，使未到现场的诗人有身临其境之感，激发了他们的参与欲。因此，目前这些传统活动都已网上网下多平台联动，其参与规模和持续时间都大大超越了现场。如丙申冬日扬州瘦西湖消寒诗会，参与者效仿传统文人雅集，分韵赋诗，另作有《莺啼序》多首，引发未实际与会的诗人的大力唱和，形成互相"飙诗"的现象。

（二）移动公众号平台兴起，论坛式创作交流逐渐减少

在早期互联网时代，网络诗词创作以论坛为平台。至今有诗人认为，论坛是最有利于诗人进行深度交流的场所。一个诗人把一首作品发在论坛，会有很多人指出各种各样的问题，诗人可以借此反思自己作品的优劣，并做出修订，也可以与他人做反复、深入的探讨。这对于诗人创作水平的提高，对于不同风格的取长补短、互相学习，是非常有利的。

到了移动网络时代，诗词创作、发表与讨论的平台变成了微信公众号，诗词论坛日渐衰落。以诗词门户网站"百花潭"为例，目前"百花潭"首页有近百个诗词论坛的链接，有些已经打不开了，一些虽然还能打开，但发帖和回复寥寥，甚至版主已不再管理。

微信公众号实际上是电子刊物，优点是加快了信息的流动，缺点是交互性远低于论坛。目前，各纸刊、诗社及许多个人纷纷开设了微信公众号，极大地丰富了诗词创作，促进了诗人之间的交流与诗词作品的流通。

原来的网络诗坛,是一个开放包容、深度交流的巨大的诗词培训基地,它不仅对于初学者非常有利,而且对于高手借鉴不同风格的作品,了解其他人的创作走向,也是非常有利的。论坛创作的减少,一定程度上阻碍了诗人之间的深度交流。

(三)移动网络的普及,极大促进了诗词的群体写作

在早期互联网时代,同主题的群体写作可以在聊天室或论坛进行,大大降低了参与成本,并且出现了"马甲写作""角色扮演"等新形式。进入移动网络时代,诗人上网更方便,传播与交流更快捷,群体写作的规模和频度都超过了以往。

1. 以社会热点为题材的群体创作日益频繁

2016年杭州G20会议、南海仲裁案、特朗普当选美国总统等国内外大事,长征胜利八十周年纪念日等社会热点,借由移动网络,都在短时间内形成创作热潮,写出大量诗词作品,以专辑的形式在微信朋友圈以及各种微信公众平台发布与转发。这类创作热潮的出现,或自发,或有人倡导,少数人一开始创作,作品便迅速在网上传播、转发,于是更多人加入,形成一波又一波写作热潮。

2. 借由移动网络,小范围的诗词唱和有时迅速发展为全网群体创作

诗词唱和本为雅集等活动或在传统报刊引导下的小范围内发生的诗词创作活动。在移动网络时代,这种唱和的发生更为直接、迅速,并且参与规模像滚雪球一样不断壮大。一些诗词圈或文化圈内部的创作活动通过网络传播,形成群体性写作。如老诗人刘征的作品《水龙吟·贺中华诗词学会创建三十周年》,在网上和各刊物、各诗词学会都有大量唱和,形成多平台联动,八方诗人响应的壮观场面。新浪微博一位叫"杜子建"的网友发起"我有一瓢酒"(韦应物《简卢陟》)续诗活动,获得广大网友的热烈响应,迅速掀起续诗狂潮,三天时间续诗6万多首,浏览量达1800万人次,这是传统诗词活动望尘莫及的。中新社社务委员、诗人宗金柱(李梦唐)逝世,此不幸消息在网上迅速传开,诗人纷纷写诗悼念。一款叫"风云诗词"的游戏日常玩家在1000人以上,大家通过角色扮演,比赛作诗。

在移动网络时代,群体写作方式发展更为迅猛,它强化了诗人之间的交流,提高了写作兴趣,有利于相互借鉴和学习,或许还为后世提供了一个观摩我们这个时代的窗口。如新旧体诗并重的中国诗歌网微信公众号,本年度设《每日好诗》等固定栏目,每周从该网站发表的四五千首旧体诗中推出代表性作品一首,并配发评论,其《诗词人物》栏目,连续推出近

百名网络旧体诗优秀作者。移动网络时代，无论群体创作还是自媒体式创作，往往受到一些非诗因素的影响和牵制，多会造成作品数量巨大、质量却无法保障的现象。诗词佳作的产生主要得益于优秀诗人的个体写作，过多的群体创作以及流通更为便利的移动网络往往会挤压个体潜心写作的时间，使诗作流于平庸。

二、题材的继往与开新

当代诗词创作继承了时事故实、山水田园、览胜吊古、酬唱赠答等传统题材，陆续引入职事题材、城市题材、校园题材以及哲学思考，丰富了诗词的表现内容。

（一）主流题材的惯性抒写

当代诗词写作的主流题材仍旧是时事、咏怀、感事、吊古、览胜、乡村、赠答、咏史、咏物、讽喻等。各诗词期刊的栏目大体便按照这些传统题材设置。比如《中华诗词》当下每期的常设栏目有：《时代风云》（时事）、《情系山河》（吊古览胜）、《感事抒怀》（内容较杂，包括人情世相、赠答酬唱、咏史咏物、写景咏怀等）、《七彩人生》（各种人生感遇，与《感事抒怀》有重叠）、《刺玫瑰》（讽喻），另外，它还设有一个常设栏目《雅韵新声》，专门用来发表新声韵作品，以凸显其对新声韵的主张。还有一个《田园新曲》栏目，用于发表写新农村、新田园的作品。

其他刊物虽然栏目名称各异，但分类大致差不多，如《诗词家》的《自家山河》《陌上花开》大抵相当于《中华诗词》的《情系山河》《田园新曲》；有的刊物未细分题材，而是从其他角度来设置，如《上海诗词》设《海上清音》（本埠诗作）和《他山之玉》（外埠诗作）等栏目；《诗刊·子曰》则设《视点》《方阵》《诗林》《论坛》等栏目；也有的地方刊物题材栏目设置得更细。如《湖北诗词》除《鄂渚撷英》和《漱玉新篇》系本省诗人栏目外，还有《时代心声》《江山揽胜》《唱和赠酬》《感怀杂咏》《缅怀纪念》《咏物寄情》《桑榆唱晚》《世态针砭》；《江西诗词》也有《江西山水》《赣鄱风貌》两个本省栏目，还有《感时纪事》《神州揽胜》《域外风情》《纪念缅怀》《乡村新唱》《即景遣兴》《咏物寓意》《庆贺赠答》《生活剪影》《咏怀抒感》《一往情深》《哀悼怀念》《读写感悟》等。检视其他一些刊物和微信公众号，发表的作品题材大体不出这些范畴。

这类题材多数是古已有之的传统题材，之所以成为当下的主流，应该与诗词的审美惯性有关，同时，也有一些当下的社会因素。比如，时事题材大多源于近代以来诗人喜好在诗中议事议政的风气；网络特别是移动网络的兴起以及社会对主旋律写作的提倡等，也在一定程度上促进时事题材写作的繁荣。吊古览胜题材得益于经济、文化、交通的发展，诗人出行、出国机会增多。酬唱赠答题材多以手机短信、微信、QQ等平台传播，联络方便。咏怀、感事、咏史、咏物、讽喻题材多表现诗人对生命人生的感慨，以及善恶美丑同在、离合悲欢各异的社会现实。新田园题材则是歌颂美丽乡村，其情怀与抒写方式也缘自长期生长于农业文明的诗词审美惯性。

（二）职事题材的丰富多彩

当代社会职业分工越发繁杂、细致，工作内容、对象都与传统社会有较大差别。然而，无论哪种职业，在具体工作中自然都会发生与职业性质有关的故事，生出不同的喜怒哀乐，因此，职事应该成为当代诗词抒写的重要内容。在这丰富多彩的职事诗词写作中，军人、警察、教师、医生等群体出现了一些代表性诗人，且艺术水平较高。

军旅诗词。可能是受老一辈将帅以及古代边塞诗的影响，军队创作军旅诗词的风气一直比较浓厚。解放军总政治部领导下的红叶诗社，主要由军人组成，成员众多，每年编辑出版两到三册《红叶》诗辑。成立于2013年的中华军旅诗词研究院，在2016年已形成近千人创作群体，连续编辑《中华军旅诗词》14卷。这都在一定程度上促进军旅诗词的创作。此外，部分刊物集中刊发军旅诗词，如《中华诗词》2016年第8期的《军歌嘹亮》，同期的《青春聚焦》栏目又发了驻疆基层军官汪业盛的17首诗词。军旅诗人数量较多，创作出一批质量较高的军旅题材诗词，进一步巩固军旅诗词创作热潮。

警苑诗词。与军旅诗词一样，公安题材也是当代职事抒写的代表。公安系统有全国公安诗歌诗词学会，涌现一批优秀的公安诗人，促进警苑题材创作的繁荣。全国公安诗歌诗词学会创办的《剑胆琴心》诗词内部刊物以及《警苑诗词》微信公众号，在内部网站专门开设的诗词论坛，吸引越来越多的公安人员从事诗词创作。中华诗词论坛专门开设的《警营风采》专栏，也助力警苑题材创作。其代表诗人有浙江余姚女警官谢长虹（风中竹影）、武汉基层民警涂运桥（楚成）等。

教师诗词。活跃在当代诗坛的诗词创作者，较大一部分具有教师的工作背景，包括有中小学或者高校教学经历的，院士诗人也可划入此类。在他们笔下，教育与科研是诗词抒写的重要方面。其中高校教师群体，以深厚的诗学理论为根基，或创作传统意味浓厚的古雅诗作，或以反传统的方式创作口语化、通俗化诗作，或以超越传统的方式积极探索当代的诗词表现方式。这类题材写作，代表诗人较多，比如王玉明、钟振振、周笃文、周啸天、钱志熙、张海鸥、易闻晓、曾峥等。

现代社会分工细化，职业繁多，各行各业都涌现出优秀的诗词写作者。他们依托各个职业系统内部的诗词创作社团，积极参与诗词创作，将本职工作写进诗词，拓展诗词的表现题材，逐渐形成行业或个体的写作特色。当然，也有一些诗人，在创作中有意或无意避开本职工作，专写个人深层次的情感体验。

（三）新场域的题材拓展

现代社会产生了许多新的生活场域，如城市、校园、工矿、企业等。新场域是当代诗人诗意生活的家园，已成为当代诗词的重要题材，体现出当代诗词的时代性。

1. 现代化的城市抒写

与传统诗人生活的山林、庙堂等场域不同，当代诗人日常居住之所为现代化的城市，城市中发生着各种情感骤变、命运沉浮，这些都成为诗人抒写的素材。城市诗词创作颇具规模，刘斌（留取残荷）集2015、2016年两年时间陆续搜集整理了《城市诗词三百首》，在网间流传。这类诗词以现代化城市为描写对象，高楼大厦、灯红酒绿、城际交通等意象纷繁靡丽，体现着城市人正在经历的快节奏生活，以及被生活挤压的焦虑又复杂的情感，表现出较强的现实关怀。其中较有代表性的诗人有曾峥（独孤食肉兽）和宋彬（林杉）等。城市题材在这些诗人的笔下，以现代化的手法、审美化的意象与诗性的语言表达出来，铺展成当代人现实生活与心灵经历的图景。

2. 洋溢青春气息的校园诗词

诗词教育的蓬勃开展，一定程度上促进了校园诗词的创作，从事诗词创作的年轻人日益增多。各高校陆续成立了学生诗词社团，中山大学、华南师范大学、北京大学、南京大学、南京师范大学、武汉大学、华东师范大学、四川大学等高校诗社还联合成立了长安诗社。近年来陆续成立的唐社、铭社、乾社、承社、龙社、谦社、拙社等诗社，也多是以80后、90后的校园诗人或刚毕业的青年诗人为主。2016年第三届"诗词中国"大赛专设了青少年分赛，共收到1.6万多首投稿作品。

在自我情绪与情感的抒写中，校园诗人偏爱描写青春、爱情和淡淡的忧愁，偏爱篇幅短小的绝句与小令。其中，较为引人瞩目的现象是流年体创作。据考察，流年体发源于2009年的百度贴吧，取"似水流年"之意，总体风格是以一种清新的笔触来写少年情思。代表诗人有夏婉墨（尹椿溢）、纳兰契（闫凯）等。有研究者认为，当代校园诗词以青春为主题，对具体的校园生活则表现较少，甚至有所规避；风格也较为古雅，传统气息十足。校园诗词的这种偏向，是一个值得思考的问题。

除此之外，还有诗人以工厂矿山为描写对象，尝试将大机械时代的厂矿写入诗词，表现与传统诗词赖以生存的农业文明反差巨大的工业文明，这类作品和根据新闻写作的社会题材的作品，在主题与写法上有着明显的不同。

（四）哲学思考成为抒写对象

近现代以来，社会科学和自然科学的快速发展，哲学理念的更新，都对文学包括诗歌产生巨大的影响。哲学领域的一些新观念、新思维、新成果，一旦被诗人接受，便会在诗词作品中有所体现。然而，在当代诗词中，哲思已不只是诗词暗含的、需要发现与研究的部分，而是成为诗词抒写的直接对象。具有深度的理论命题，尤其受到诗人关注。他们在诗词中直接叩问宇宙与生命，叩问神灵与生存，将思考的过程呈现在诗词中。有人将这类实验式的、宏大主题的抒写称为"实验体"。

当代诗人抒写时事、山水田园等传统题材，也抒写当代社会特有的职事以及新场域，探索将当代题材融入诗词这种传统文学样式中，表现时代与自我，取得一定成绩，值得肯定。

三、体裁的探索与实践

在体裁方面，当代诗人广泛创作传统古近体诗、词、曲等作品。同时，部分诗人反思传统体裁在表现当代生活方面的局限性，尝试从新诗、民歌乃至国外诗歌借鉴有益成分，变革传统诗体。

（一）新古体诗与旧体新诗

新古体诗大多为非律诗齐言体，押韵上多数平仄分押，也有部分平仄通押。一般认为由贺敬之最早提出，也有人认为由范光陵于二十世纪九十年代首倡。有人认为这种不拘格律的"新诗体"兼具新旧两体之长，避开两体之短，适合表现当代生活。2016年出版的《中国新古体诗选》，共收入190位诗人的470首作品。还有一种创作方式常与新古体诗混淆，被称为"旧体新诗"，即在传统诗体中引入新诗的语言以及创作技巧，平仄格律则比较严谨。严格来说，新古体诗的变革是诗体变革，旧体新诗则是严守格律基础上的写作技巧变革。

（二）竹枝词

竹枝词是介于民歌和七绝之间的一个诗歌体裁，适合写风土人情，清新活泼，格律稍宽，古人多写成七言四句，可视作传统诗词的一个变体，有人认为可归于词文体。近年来很多地方倡导写竹枝词，并将作品整理出版，如《广东竹枝词》《湖北竹枝词》《北京生活竹枝词》等，湖北省诗词学会还专门成立了竹枝词文化中心。这一传统体裁也得到较好发扬，很多人用它来描摹现代城市风情，如2016年出版的《武汉竹枝词系列丛书》包括《武汉竹枝词史话》和几位当代诗人创作的近千首竹枝词，多描写当代名物和生活体验，是传统竹枝词的当代新变。

（三）自度曲

不少诗人有意打破既有词牌的束缚，自度新曲，以此拓展诗词的写作边界。甚至还出现了自度曲的分支，如河南诗人王国钦倡导的"度词"。其中，有不依照词牌的格律要求或当代乐谱而盲目"自度"的现象，创造既非诗又非歌的一些作品，艺术水平高的并不多。东北诗人张智深认为词不仅可以自度，慢词甚至可以不押韵，称"慢词不同于诗，其句长短参差，大大减弱了听觉对韵脚的期待感，故慢词不韵有合理性"。在熟谙诗词格律和当代作曲的基础上，他创作了不押韵的自度曲《黄昏边界·京并之旅》。从当代音乐的角度去考虑创新诗体，或可取得突破。

（四）译诗

以传统诗词形式翻译外国诗歌虽一度兴盛于晚清，后又因白话文学兴起而日渐衰微。近年来，文言译诗逐渐呈现复苏趋势。将外国诗翻译为诗词，与传统括体创作有一定相似性，可以理解为一种特殊的创作。2016年，华东师范大学出版社和中华书局分别出版了眭谦译《莪默绝句集译笺》和钟锦译《波斯短歌行》等译著。译者皆以格律严谨的七绝体翻译了波斯十二世纪著名诗人莪默·伽亚谟的作品，前者收录600多首作品。这两位译者的创译凭借娴熟的传统诗歌创作技巧，为异域诗歌的阅读提供了一种独特的审美，为归化翻译理论敞开了一个新的解读视域。两位译者还翻译了不少欧洲诗人的经典作品，陆续通过微博、微信等媒体对外发表，引起一定关注。就在这一年，其他不同流派的诗人也分别在以诗词形式翻译外国诗歌方面做了不同程度的尝试。如一批"实验体"诗人在孙勇（响马）的组织下，定期讨论，分工协作，用"实验体"的风格集体翻译了众多西方诗歌。知不知斋主则进行了多首双语格律诗的尝试，他将同样的内容，分别写成汉语格律诗和英语格律诗。林贤基（贤机生）则将法国的拉马丁、德国的歌德和海涅以及英国的叶芝等人的作品译成了汉语格律诗。

四、诗歌语言的多种实验

在当代白话文语境下，诗词的语言风格较为多样。归纳起来，大抵有通俗化、古典化、新诗化和解构化四种倾向。

（一）通俗化倾向

诗词语言通俗化是指在诗词创作中，使用稍加锤炼的白话或者浅近的文言进行创作的倾向，诗人尽量少用典或者只用熟典，力求诗作通俗易懂、浅显风趣。这种语言风格目前较普遍，也为多数人所提倡。中华诗词学会和各地诗词学会刊物上的作品，以及其他主流报刊的作品，多属此类。部分诗人如高昌、林峰、刘庆霖、江岚等，以通俗化的语言表达盎然的诗意，创作出不少较有艺术水准的诗词作品。

运用口语是诗词语言通俗化最为常见的方式。受字数、格律以及词谱等的制约，诗词很难完全口语化，偶尔会出现完全口语化的特例，但不宜过度提倡。部分句子可根据表达需要大胆使用口语，运用得当则会产生意想不到的艺术效果，比如曾少立、杨弃疾、彭莫、刘如姬、吴畏、刘白杨等人的作品。

打油诗是语言通俗化倾向中较为特殊的方式，对表现讽喻、自嘲等主题较有优势。诗人熊鉴以及何永沂、杨逸明、廖国华、许清泉、何鹤等，不时创作此类作品。

（二）古典化倾向

部分诗人主张接续传统，用雅正的文言写作，表现出强烈的古典化倾向。这部分诗作语言较雅驯，典实较多，沉潜悲慨，多愤世伤怀之感。

主张语言古典化的诗人，不免有因袭、程式化之弊。因此，部分"实验体"诗人再次回溯传统，主张向汉魏乃至先秦学习，创作了大量文辞古朴的五言古诗及诗经体、楚辞体、杂言诗。也有部分诗人在文言创作中融入了汉译西诗、汉语新诗、白话的词汇及语句，形成一种以高古文言为主、多种风格杂糅的语言特色。代表作品如段晓松（嘘堂）的四言诗《南北》（踏旧履兮，望旧山兮）等。

古典化与通俗化创作观念尽管有所分歧，实际上却难以做出严格的区分。同一位诗人在某种情境下、创作某种题材时，运用通俗化的语言，而在另一种情境下、创作另一种题材时，可能会运用古典化的语言。以2016年发表的林峰《水调歌头·甘肃永泰龟城遗址》和熊盛元《贺新郎·登台州白云阁，步稼轩"甚矣吾衰矣"韵，兼答尤悠》为例，语言用典以及雅驯程度上差异并不大。

（三）新诗化倾向

虽然新旧体诗同时代并存，不可避免地有相互影响，但实际上二者之间存在隔阂。人们往往把口语化误认为是新诗化。事实上，二者的诉求并不一致：口语追求的多是通俗易懂；新诗化表面看也是白话口语，但实际上是追求文本的陌生化和语言的张力。与古典化需要熟读大量古典作品一样，新诗化也需要大量阅读新诗经典作品，来培养语感和审美意识。当下诗词界的部分"实验体"诗人有运用新诗化语言创作的作品。

与口语化一样，新诗化也受到诗词格律和字数的强大制约，整首作品的新诗化只可偶一为之，在一首作品中部分地引入新诗思维和新诗化语句较为可行。写作实践中，这方面的成功案例已然较多，如2016年发表的曾峥《念奴娇·一个武汉人的城市记忆：梦过昙华林》等。

（四）解构化倾向

解构是后结构主义提出的一种批评方法，指对既定结构进行消解或拆分，尝试构建新的结构。当代诗词创作者也有运用解构的方式创造诗歌语言的情况。解构化的一种方式，就是运用文白落差，以文言造句方式言说当代名物，比如上海诗人姚平（无以为名）创作的《在秋的掩护下登楼映剑》，以及他的"雪真优雅风堆放，歌好深沉夜吸收。与我协调先进酒，向谁暗算未来愁"等诗句（《21世纪新锐吟家诗词编年》，华中师范大学出版社2016年版）。

解构化的另一种方式，就是以外文字母、单词甚至句子入诗。2001年，旅日诗人金中一首七律的尾联用了"知我沸腾鲜血里，蕴藏有汝DNA"，并写了《论外来语入诗》一文。2016年彭莫有"树荫如盖，小店无WiFi"，杨逸明有"两制PK孰优胜？海天欲问往来鸥"。外文入诗对诗词的表达边界有所拓展，但缺陷也是显而易见的。一是影响文本的观感，二是外文平仄不确定，与一字一音且讲究平仄的汉字难以完美融合。

五、诗词创作的特点与趋势

综合考察2016年中华诗词创作的总体情况，可以发现当代诗词表现出两大特点，即对精英写作的坚守与平民写作的大势所趋，尊体与文体边界的打破。

（一）对精英写作的坚守与平民写作的大势所趋

在当代诗词创作领域，不少诗人坚持以精英的身份或态度从事诗词创作，从题材到体裁，从语言到技巧都坚守着传统诗词的既定规范。比如，刘梦芙在丙申冬日扬州瘦西湖消寒诗会上接受记者采访时认为"诗词本质上是一种精英文化、小众文化"，同行的另一位诗人则表示"我同意梦芙先生的精英论调"。有学者将此类创作定义为"守正派"，称："'守正体'体现出来的是一种精英写作的态度，是对中国主流诗词创作传统的回归。"（参见周于飞《网络旧体诗词创作的三体并峙格局初探》，《西南科技大学学报（哲学社会科学版）》2016年第3期。）

然而，当代诗词作者散布于各行业，早已平民化，诗词界也出现平民写作的声音。有诗人在陈述自身的创作道路时说，"我以城市平民自甘……在诗旨上去精英化"（参见曾峥《我的创作道路》，载《21世纪新锐吟家诗词编年》，华中师范大学出版社2016年版）。还有人认为精英写作与平民写作是种写作身份与态度，与创作手法上的保守或创新不能简单对应，认为无论保守的传统派还是创新的"实验体"，都有抱持精英写作态度者，而平民写作中也有保守一派与创新一派之分。不论这种说法是否合理，至少表明在2016年平民写作与精英写作这两种观念已然成为诗词界讨论的话题，并开始探讨这两种写作观念背后的价值取向、题材选择、语言风格的差异。

（二）尊体与文体边界的打破

传统诗词各种体裁，无论是创作手法还是语言风格，都具有相对稳定的写作范式。当代诗词作者基本在延续文体传统的基础上进行创作。当然，在题材、体裁以及语言风格上，也或多或少地尝试新变，比如城市题材的介入，新古体诗的提出以及新诗语言的运用等。这些"新变"有一个共同的特点，就是尝试打破文体边界，革新当代诗词创作。

运用小说的虚构与叙事手法创作诗词。部分诗人尝试用小说的虚构与叙事手法去创作诗词，甚至提出"微型小说词""非我诗""大诗"等概念。他们主张"把诗词写得像小说和电影","将叙事进行到底",更要在诗词中勇于虚构,甚至创作长篇小说式的组诗,将组诗中的每首作品作为小说的片段来创作。诗词中的人物可以有年龄、身份、性格、品行的变化,也可以有各种人物关系与矛盾冲突。当然,按照这种构想创作的诗词作品并不多,比如2016年彭莫(金鱼)的《重玩PC版心跳回忆之永远属于你》,描写一部爱情游戏中14个角色的14种人生,是打破小说与诗词界限的尝试之作。

运用电影蒙太奇手法创作诗词。蒙太奇来自法语,有"剪接"之意,后来被电影理论借鉴,用来指称电影的一种手法,即将不同镜头拼接、组合用以表现特定含义。近些年来,在诗词创作领域,诗人们也注意运用蒙太奇手法,运用电影镜头切换组合的手法,尝试让静态的物象活动起来。代表作者如曾峥等(见2016年华中师范大学出版社出版的《21世纪新锐吟家诗词编年》)。二十世纪以来,不少学者以蒙太奇手法解读古典诗词,用以说明或剖析优秀古典诗词具有的镜头拼接式的流动之美。但也有人质疑,这种切换场景的手法到底是现代的电影手法还是传统意象叠加从而构建意境的方法。

现代以来,我国社会逐渐从农业文明向工业文明转变,语境由文言变为白话,诗词作者群体由精英士大夫变为平民。这三大巨变,是导致诗词新变的根本原因。由于强大的审美惯性,诗词的新变进程缓慢,乃至曲折。2016年诗词创作最大的意义,也许不在于创作本身,而在于涌入了许多愿意创作的人,有理由相信未来几年还会涌入更多的人。创作人数的剧增,会带来更多写作风格,更多新变因子,以及一个更值得期待的未来。

第二章　诗词理论研究

现当代诗词具有不同于古代诗词和现当代其他文学形式的复杂性。相较于古代诗词,现当代诗词是活生生地切近于现代读者和研究者的文学形式,创作者们渴望使自己的作品更具有当下性和个性化,而非仅仅成为古典作品的另类复制;研究者们则期待这些作品对传统有所突破,如融入"现代性",表现现代人的生活与思想感情等。相较于现当代的其他文学形式,现当代诗词又在很大程度上承续了古代文学的传统。无论偏重于继承的复古派,还是偏重于发展的创新派,在艺术风格和格律形式等方面都深受古典范式的制约。诗词文本的当下性和艺术标准的古典性，既给创作者带来困惑，也给研究者留下更多的探索空间。

2016年，关于现当代诗词的纯理论性研究，一如继往未见有突出性学术成果；从创作层面看，现当代诗词理论研究成果主要集中在三个方面：创作期待——现当代诗词的价值取向和审美评价标准为何，创作现状——现当代诗坛的真实创作情况如何，艺术实践——如何创作出符合现当代价值取向和审美标准的诗词作品。

一、现当代诗词的价值取向和审美评价标准

（一）诗史定位

现当代诗词该不该入现当代文学史以及该怎样入文学史的问题，长期以来聚讼纷纭。早在20世纪80年代，就有学者开始探讨，进入新世纪以来，对此问题的讨论出现了一个小高潮。2007年《文学评论》第5期发表了马大勇《"20世纪诗词史"之构想》和王泽龙《关于现代旧体诗词的入史问题》这两篇观点相反的文章。《文学评论》同一期发表的杨景龙《试论古典诗歌对20世纪新诗的负面影响》一文，从情、知、趣、政教、语言形式和焦虑等多方面，批评传统诗词给20世纪新诗带来了一系列不良影响。虽然文中没有明确表示反对旧体诗词"入史"，但是对传统诗词历数如此多的"罪名"，无异于间接声援了王泽龙的观点。

此后，学者纷纷撰文，就此问题展开论争。支持旧体诗词应写入现当代文学史的学者们认为：新诗是在批判旧体诗的基础上生长起来的，二者不能截然分开，尤其是不能把旧体诗与新诗截然分开。现当代文学史缺少了旧体诗词这一环节，既难以如实地了解新诗的发生史，又不符合旧体诗词在新时代依然具有旺盛生命力的客观事实。旧体诗词作为一种文学形式，现当代文学史不能对其视而不见。反对者们则认为：旧体诗词看似繁荣，但其吟咏的内容难以反映时代精神，不具有"现代性"，而现当代文学史并不只是为了书写、勾画文学发展的脉络和面貌，更是要在此基础上发掘具有时代倾向性的新东西，引导和促进一代文学的发展。正反两派的争论，反映出他们在现当代文学史观和对新旧体诗关系认识上的龃龉。

2016年发表的相关成果，与之前的观点对立不同，都提倡旧体诗词应当入史，反对的声音几乎消失。如有学者认为，"新旧诗体的关系是加法关系，而非取代关系"，五四以来激进的诗体变革观念是错误的。有学者

进一步指出：旧体诗词一直不被纳入近现代文学史中，是因为"治史者有意识或无意识地将'新的'文学等同为现当代时期内所有的、唯一的或值得书写的文学形式，而粗暴地一笔勾销或选择性地遗忘了所谓'旧的'文学的艺术价值和存在意义"（见曹顺庆《从"无地彷徨"走向"话语重建"：关于旧体诗词不入现当代文学史的思考》，《社会科学文摘》2016年第11期）。因此需要明辨文学的新、旧关系，将旧体诗词纳入文学史。

有一些成果则不再局限于纯粹从文学史观和新旧诗关系来讨论旧体诗词的入史问题，而是思考旧体诗词入史的标准，并且开始书写和初步建构关于旧体诗词的文学史，从操作层面来印证旧体诗词入史的可能性。如有学者提出，应以传播广、影响大、诗艺精作为旧体诗入史的三个标准。有人则认为精神才是判断文学的标准，旧形式的诗歌完全可以表现新的现代思想。有学者更对建构女性词专史做出了具体的探索和尝试。本年度《晚清民国词史稿》的出版，是继2005年第一本民国旧体诗专史《民国旧体诗史稿》出版后，第一部有关现代词文体的专史。这两种著作后先辉映，标志对旧体诗分体研究的深化。可惜均止步于1949年之前，1949年以后旧体诗词散曲发展情况，尚未有严谨、科学的分体文学史加以描述。

(二) 价值判断

价值判断涉及现当代诗词的功能和意义。如果说研究者们对现当代诗词入史问题的辩论，是用历史整体性的眼光来为现当代诗词寻找一个合适的身份，那么对现当代诗词价值的研究，则更多的是站在时代的横截面，进一步对现当代诗词存在与发展的合理性做出探讨和说明。

对诗词价值的研究，在承认诗词对于创作个体和接受个体的心灵具有熏陶、感染作用的基础上，主要集中于从民族、社会和时代的宏观层面来论述诗词的实用价值，认为诗词在民族精神、社会和谐、经济发展、民众教育等诸多方面都有其不可忽视的作用。有学者认为诗词能够"激活诗性思维，拓展民族的精神空间"，"启迪人生智慧，凸显民族的生命哲学"，"培养人格操守，提升民族的精神品质"，强调诗词对于民族精神的重要性。有的学者则探讨诗词对社会的价值和功用，认为："传统诗词是构建和谐社会、培育社会主义核心价值观的有效载体"，是"我国民族人文精神的内核，积淀和涵养了社会主义的核心价值观，是传承传统文化和民族精神的长效滋养剂"（见刘如姬《浅论中华诗词的当代价值》，载《第三届"雅韵山河"中华诗词学术研讨会论文集》）。更有学者将中华诗词的当代价值总结为六点："中华诗词在当代具有治国理政的启发价值；立德育才的教育价值；济世为民的励志价值；阅读欣赏的陶冶情操价值；交流思想的沟通价值和市场经济的广告价值等。"（见李颖芳和杨虎鲨《中华诗词的当代价值与发展走势》，《湖北成人教育学院学报》2016年第11期。）

这一层面的研究具有指导诗词发展的战略高度和意义，但是其不足也较明显：容易流于实用主义的表象，过分强调诗词对社会、经济、文化等的作用，而往往对诗词发展过程中其自身的内在价值与追求有诸多忽视。诗词毕竟不是商品，它的价值发挥是在潜移默化中进行的，太过于强调其实用价值，就走入了用评价政治或经济的标准来评价文学的误区。文学作品包括诗词的确具有现实价值和意义。但如何结合文学自身的发展状态和特点来揭示诗词的价值和意义，需要研究者们把握好尺度。

（三）审美评价

真正意义上的文学创作，总是力求创造经典；而文学史的书写，则是不断寻找、发现和阐释文学经典。但什么是文学经典，就涉及文学的审美评价，即以什么标准来判断作品的好坏优劣。于创作者而言，评价标准意味着他们自觉的艺术追求；于读者和研究者而言，评价标准意味着他们对文学经典的期待。

现当代诗词作品真可谓浩如烟海，但作品数量的庞大，并不意味着艺术成就的卓越。真正能够代表现当代诗词成就的，往往只是一小部分。如何将这一小部分从众多作品中凸显出来，给予它们恰当的艺术评价，是研究者们一直在思考和探索的问题。有的研究者从具体诗歌类型和作家作品个案入手总结其艺术追求，如提出咏史诗的审美标准，是"史要真，论要新，有新的发现、新的认识、新的表达"。有的提出当下的诗词应该在物象的选取上具有时代新特点，采用现代的物象，"表现当代人的生活情感和歌颂当代社会的新人新事新风尚"。有的则是对现当代诗词发展状态进行整体观照。如有的成果对马凯所提出的"求正容变"理论进行探讨，对"正"与"变"进行了详细的阐释和说明：正有三点，分别是格律之"正"，文学之"正"和品格之"正"；变有四点，即格律宜随作品变，语言宜随语境变，题材宜随视域变，技法宜随心法变。有的则对当代诗词事实上被文学职能部门和文学研究者排斥在文学门类之外感到不满，提出应该将当代诗词作为当代文学来看，指出当代诗词的审美取向是人性。有的则从文学经典的角度，来阐释和总结文学（包括诗词）的评价标准，即"典范性"、"生产性"、"阐释性"和"历时性"。这些标准及其相关阐释，不再局限于平面式的二元对立的评判模式，而是将文学文本（诗词文本）

放到其生成、发展和阐释的整个动态过程中加以考量，具有一定的深度。

二、现当代诗坛发展现状研究

（一）诗人诗作个案研究

个案研究是理论研究的基础。对诗人诗作进行个案研究，有利于把握现当代诗坛的发展状态。个案研究，包含单个诗人研究和诗人群体研究。

单个诗人研究，是所有现当代诗词研究成果中数量最为庞大的一部分。2016年的相关研究成果基本上承续了近十年的发展趋向：既有对名家名作的研究，如夏承焘、周作人、张伯驹、胡风、毛泽东、启功等人及其诗词，亦有对声名不显的现当代创作者及其成绩的发掘，而且后者更呈现出显著上升的态势。这些成果所论重点不一，但都注意结合研究对象的个性气质、人生经历与时代背景进行阐发，具有一定的深度。如张伯驹词，研究者"从张伯驹的人格构成入手，梳理他笔下的'新岁月，旧江山'"（见马大勇、马闪红《"天荒地老一真人"：论张伯驹词》，《玉溪师范学院学报》2016年第7期），认为张伯驹虽出自名门而性本淡散，才情卓绝却生不逢时，遭逢逼仄，个性、才情与时代、命运的不偶，造就了他"新岁月，旧江山"的创作面貌。胡风的旧体诗创作，也颇受注意，研究者从其心态入手，认为"追求自由、坚守启蒙和战士反抗精神是胡风文学创作一贯的立场，也是其自觉继承并发扬鲁迅传统的'最佳写照'。政治焦虑式的文人心态是胡风特定生存语境下的另一面相，也是集中反映胡风旧体诗创作时生命状态的心态类型之一。胡风的旧体诗词创作作为一个独特的现象，凸显了社会现实在诗人灵魂深处留下的浓重投影和无可名状的心理创伤"（见张立群《旧体诗词创作与胡风心态》，《文艺报》2016年7月20日）。毛泽东诗词，历来是关注的重点。研究者将其置于中国诗歌古今演变的过程中，考察其诗歌理念与创作的关系，认为"毛泽东的诗歌理论与创作实践是'通古今'的产物。他的诗学理论大致以两条思路来贯通古今：一是持诗文异体思路，主张'诗以言情'，反对'以文为诗'；二是在词体取向上'偏于豪放，不废婉约'，而实际上秉持的是'以诗为词'的思路。"（见黄仁生《毛泽东在中国诗歌古今演变史上的作为与影响》，载《中华诗词研究》第二辑，东方出版中心2016年版。）

对声名不显的现当代诗词作者作品的评论，主要从内容、题材、创作手法、情感表现、思想、风格、语言等方面来分析，颇能凸显出研究对象的亮点和特色，为呈现当代诗坛面貌提供了多样化的支撑。但这类文章的问题也很明显：缺乏理论深度，绝大多数文章中鉴赏性质的成分居多；缺乏对作家作品的整体观照，所论多就某一小点而发，而于其他文学诸要素有所忽视；一味扬善隐恶，对某些作品的评价过高，对其艺术方面的不足完全不论。文学研究不能只看到作品的亮点，也要揭示其不足，文学经验既包含具有正面引导性的内容，也包括一些不足和失败的教训，一味地褒扬并不利于文学的良性发展。

与个体研究相对的是群体研究，这里的"群体"，既包括具有较严密组织形式和文学共识的一群人，如文学社团；亦指具有某种相同身份或者在创作上呈现出某种相近倾向的诗人队伍。

有关诗词社团的研究成果，已经不再满足于对社团做单一的描述与总结，而是努力打破传统个案的平面化模式，将社团放到更为宏阔的地域和时代的视野背景之下进行考察。如有学者以台湾三大诗社之一的瀛社为研究对象，将之置于近百年台湾诗词发展的背景之下来考察，认为近百年瀛社的发展乃是台湾传统文学发展的缩影，其与台湾诗坛各团体和个人的互动、多种多样的活动方式以及对诗坛流风时弊的抵抗，是其葆有生命活力的原因。有的学者以文学革命的时代背景下的苔岑吟社为考察对象，认为"文学革命时期，居于文坛正统地位的旧体诗受到新文学倡导者的批判，其在公共文学空间中慢慢失去话语权，逐渐被边缘化"，与之相应，"苔岑吟社的创作有着很深的感伤情绪，年轻的诗人还有'自我零余者'形象的刻画"（见张宁《文学革命背景下的旧体诗社创作——以苔岑吟社为例》，《宜宾学院学报》2016年第2期）。有研究者对当代各种社团组织和刊载、传播诗词的媒介都进行了较为全面的总结，从职业、年龄段、地域分布、作诗者与研究者、创作实绩等多方面进行统计与数据分析，使人对当代诗词社团与创作队伍的发展情况有比较全面的了解。

还有的成果，注重对现当代特有的新创作群体进行考察，特别是对当代诗词"实验体"派（亦称先锋派）的研究，尤令人瞩目。"实验体"的核心是"在个体中寻本真"，开创了"终极价值"、"自我存在价值"和"城市风情与异域风情"等传统诗词不具备的新主题。这批作者具备中西文化的深厚修养，在写法上受现代主义、后现代主义小说手法的影响，体现出题材上回归生活现场与表现手法上超现实性的矛盾统一的倾向。老干体，一般多带有轻视意味，而有学者结合中国古典诗歌的生成史来为其正名，认为"今之干部体和歌德派，古之雅与颂。二者一脉相承"，"今日讨论干部体问题,既应看到当前的景象、大雅正声和时代精神,又应看到历史演进的轨迹,看到雅颂在诗苑中的地位、影响及其与大政事、小政事的种种'关系与限制之处'"(见施议对《形容圣德自成体,最爱于今老干诗》,载《第三届"雅韵山河"中华诗词学术研讨会论文集》)。

(二) 诗坛现象研究

特定主题的诗词,诸如战争诗歌、网络诗词和新田园诗词等,近年来颇受关注。旧体诗词,随着新文学的崛起,逐渐被边缘化,到了抗日战争时期,又呈现复兴之势。论者指出:抗日战争时期的抗战作品,以抗战为主要书写对象,把战争的残酷、个人的体悟、处境的艰难和爱国忧民的情怀都诉诸笔端,既与特殊的战争时代有关,也与旧体诗词自身所承载的中华民族文化中固有的爱国情怀密切相关。有的则从历时的角度对战争诗歌和演变进行探讨,认为从晚明到抗战时期,中日战争诗歌的纪实性在不断加强,贯穿于中日战争诗歌中的爱国主题,从明代的忠君思想逐步演变为初步觉醒的民族意识,最终升华为全民族的爱国救亡热情。有的选取战争诗歌中出现的鼓意象,探讨其内涵和意义在不同时代的变化:从先唐"将帅"之象征、唐宋时作为战争主题之媒介、元时元政权强烈的侵略性和战斗意识的反映、明清水战特征的展现到现代抗日战争时期"随机创新的多义性",时代语境不同,内涵意义亦随之而变。

网络诗词的兴起,已有二十来年。对其进行考察与研究,则是近几年的事。2016年的网络诗词研究,或侧重于对创作主体的观照,或侧重于对网络诗词盛行原因的分析,或从艺术风格与追求的角度对网络诗词和网络诗人进行分类。《新文学评论》杂志专门开辟的《中国现当代旧体诗词研究》专栏所发《断裂后的修复——网络旧体诗坛问卷实录》第四和第五篇,是承2014年的《断裂后的修复——网络旧体诗坛问卷实录》而来,以问答的形式展示了多位网络旧体诗人的学诗、写作经历,以及他们对于旧体诗坛、旧体诗发展的一些看法。由于是诗人自道,颇能真实反映网络诗人的诗词素养与经验,也能看出诗词的发展动态。《诗潮》月刊在本年度特辟《先锋诗词》,集中发表了12位诗人的作品,并配发了两篇评论,试图提炼先锋诗词的面貌特征。有论者按照审美和艺术追求将网络诗词分为三体:实验体、守正体和新台阁体。亦有学者对网络诗坛"三分"的标准提出质疑和补充,认为这些标准都是针对雅诗而发,忽略了数量众多的"网络俗诗",而后者也是网络诗词的重要部分。

新田园诗词,是以新时代的农村为取材对象。继新世纪以来,新田园诗创作大赛、新田园诗作品集及评论集不断出版，新田园诗作为一个突出的创作现象进入公众视野。2015年在湖北武汉举办的孟浩然田园诗词大赛，引发了对田园诗词讨论的热潮。有人认为，新田园诗词的特色是突显新农民形象。新田园诗的概念涵括两个要素：田园诗是前提，"新"是关键。从理论上讲，新田园诗与传统田园诗的内涵是一致的，只是外延有所不同。新田园诗，应该是以当代的田园风光和田园生活为创作题材，以农村生活的真实体验作为当代田园诗词抒写的基础和灵感来源。

对于近年诗词发展过程中存在的问题，研究者们也有比较清醒的认识，出现了一些严厉的批评之声。有学者指出，近三十年来的旧体诗坛，主要存在三种弊端或病象，分别是"老干体"盛行、"新古董"泛滥以及消费化（即出于商业目的的创作或应制之作）严重。也有人诊断出八种诗坛流弊：大话连篇、空洞浅薄、无病呻吟、堆砌辞藻、因循守旧、贪慕虚荣、孤高自诩、庸俗淫秽。当代流行的"诗化之词"，既乏卓识，又缺真情。有学者指出，当代诗词一味按传统诗词的标准来创作与评价，产出的只能是"泥古"诗词，必须明确当代诗词是当代文学的一部分，才能写出当代人的存在状态。

三、现当代诗词的创作理论研究

（一）题材与经验的探寻

当代诗词，要有时代感和现实感。题材的选择要立足时代和当下生活，不能无病呻吟，一味仿古。学者认为，诗词创作要立足当下生活，在生活中寻找诗材："'直接插入生活'，偏重于书写个人实际、具体的生活内容，雅化日常生活，就是古典诗词的显著特性和传统。表现日常生活，书写个人生活经历及体验，发掘日常生活本身的价值和美，依然是现代诗词的突出特征。"（见陈友康《诗词对日常生活的"直接插入"及其意义》，载《第三届"雅韵山河"中华诗词学术研讨会论文集》。）也有研究者认为，一千年来传统的抒情方式及表现手法已不觉新鲜，现已不能全面切实地表现当代人的生活和思想感情，极有必要注入新的血液，可以外国的历史人物、事件为题材，从外国文学中寻找灵感，拓宽当代诗词的表现畛域。

（二）形式与技巧的总结

对诗词创作形式和技巧的总结，主要是用来指导创作，因而与一般学术论文的侧重点不尽相同，涉及诗词创作过程中各个细微的环节，相关成果也主要集中于刊发旧体诗词的期刊杂志上。特别是《中华诗词》，对全国的旧体诗词刊物有着引导和示范的作用，该刊辟有《诗学新论》《诗潮评议》《诗词解读》《当代诗话》四个栏目专门刊发论诗的文章。其中不少文章是讨论诗词创作的形式和技巧问题，如创作思维、诗词格律、锤炼字句、诗歌语言、谋篇和行文技法，等等。这些文章浅显易懂，直截了当。其中钟振振教授提出"对仗不必拘泥于语法结构与词性，宜分解到单字"的观点，尤受关注，曾引发热烈讨论。

（三）当代诗词创造论文学价值观的提出

当代诗词文学价值观是指人们对于诗词价值的认识看法，以及在诗词活动中所体现的价值观点或观念。包括对诗词文学价值的认识、审美理想、审美判断，与个体价值观、时代精神、政治气候、社会心态等有必然联系，决定着诗词活动中总体的价值取向。诗词创作、诗词阅读、诗词批评都牵涉主体的文学价值观念。一个题材怎么样、为什么、在什么条件下被写入文本，这样写、还是那样写，是诗词文学价值观的问题。诗人与受众的价值观念在阅读、传播中相互建构。彼此文学价值观互相影响，是一种对价值真理的检验、追求。检验真理的标准是"实践"。实践将主体认识和客体事实相对照，一辨真假；而价值判断寻求意义，意义是对人而言的，不一定存在客体事实。检验从哪里下手？价值判断的意义是用"价值"检验，诗词审美价值判断只有靠作者、读者的"境界"彼此对照、反思。以创造论衡量文学价值、审美理想、审美判断，是当代创造论文学价值观的主要内涵，也是传统诗词与当代文学对接的榫头。

2016年现当代诗词理论研究取得了一定的进展，但也存在片面化、简单化的倾向，学理性有待加强，尤其是创作与评论的良性互动偏弱，理论对创作的指导性不强。让人欣慰的是，近年来越来越多的学者已发现了问题，并努力向广度拓展，向深度开掘。随着诗词理论研究的不断推进，高水平的研究成果会不断涌现。

第三章　诗词文献整理

全面清理关于百年来诗词出版与研究的文献资料，是开展百年诗词理论研究的基础性工作，同时能为当前诗词创作、诗词教育与诗词文化活动提供有益的借鉴与指导。近几年来，不仅新的诗词别集、理论探讨成果被不断出版，民国诗词文献的整理出版取得了尤为瞩目的成绩，为进一步开展学术研究提供了大量的珍贵文献。目前，百年诗词别集文献、理论批评文献的出版均积累了大量成果，同时也存在数量巨大、内容庞杂、过于零碎，缺乏系统性的缺憾。对此进行全面深入研究，是一个亟待重视的课题。此处仅就2016年关于百年诗词的文献整理与出版进行梳理，以期能管中窥豹，为做好此项系统性工作提供一定的思路。从整体来看，本年度的百年诗词文献出版态势良好，成果数量增长较快，成果形式逐渐丰富，文献整理的学术质量也越来越高。

一、文献整理的概况

这里所说"百年诗词文献"，特指上世纪初以来创作、出版的诗词文献，一般不包括1949年后产生于台湾、香港、澳门的诗词文献。本年度有关百年诗词文献整理，从产生的时间来看，可以1949年为界，分为现代诗词文献和当代诗词文献。根据内容不同，可分为现当代诗词作家作品文献与现当代诗词理论研究文献两大类。按照载体不同，可分为纸质文献与数字化文献。除此之外，对文献本身的文献学研究，也是文献整理工作不可或缺的一部分。可以说，2016年，无论是对民国文献的整理还是当代诗词文献的出版方面，无论在作家作品文献还是理论研究文献方面，无论在纸质文献出版还是在数字化文献出版方面，无论是在文献整理还是文献研究方面，都取得引人瞩目的成绩。

（一）现当代诗词作品类文献整理取得了长足的进展

诗词作品文献主要包括丛书类、汇编类、别集类等。据不完全统计，本年度出版现当代诗词丛书类文献至少7种，文献内容涉及现代作家旧体诗、民国词、地域诗词、话体文学等众多方面。汇编类诗词文献，有的选集某个时段或某一群体诗人诗作，有的专门汇编某一诗人的全部作品，有的则围绕某一主题编选作品，具有明确的指向性。诗词别集类文献，包括晚清民国、现代以及当代三个时段的诗人诗作，数量上难以统计，尤其是当代诗人别集。近现代别集，也陆续出版笺注本。近百年诗词作品文献的整理与出版，直接促进诗词理论研究的发展。

（二）现当代诗词理论研究类文献，在个案研究与专题研究上有所突破

　　诗词理论研究类文献主要包括专著类、集刊类、期刊论文类以及博硕士论文类。2016年出版的诗词理论研究专著有14种，多涉及现当代诗人或诗社的个案研究、诗词史的梳理、诗词学的现代转型等专题研究。有的以期刊的方式定期出版，如《心潮诗词评论》；有的不定期出版，如《民国旧体文学研究》（第一辑）、《中华诗词研究》（第一辑）（第二辑）等。《文学评论》《文艺研究》等学术期刊，也刊载了少量的现代诗词研究论文。期刊论文类文献，涉及的内容较为广泛，大体包括作家研究、作品研究、专题式研究（包括诗教）、文献考证、诗词理论批评研究、作品传播研究、域外诗词研究、研究综述八大类。相较而言，诗词理论研究文献中期刊论文数量最多，内容也较驳杂，水平更是参差不齐。博士、硕士论文多为作者长时间学术思考的结晶，问题意识较强。

（三）数字化诗词文献的新变与纸质文献的电子文本化

　　随着科技的发展，现当代诗词作品与研究文献大量刊载于互联网与移动网络。当代诗词作品由前期集中发表在BBS、论坛等社交平台，逐渐向微信平台集聚。近两年，移动网络的兴起在一定程度上影响了互联网数字化文献的刊发速率与数量，但并不影响人们借助互联网建设当代诗词数据库，建设诗人与诗词档案，比如中华诗词网、中国诗歌网、中华诗词研究院网、中华诗词论坛以及搜韵网等，都在不同程度上从事过此类整理工作。与此同时，为了更为便利地阅读与研究，纸质文献数字化也被提上日程。民国以来期刊文献数字化推进较早，目前较为成熟的有大成老旧期刊数据库、晚清民国期刊全文数据库以及全国报刊索引全文数据库。图书数字化这两年才真正开展起来，目前可以查阅的有民国文献资源总库、瀚文民国书库、民国文献大全、典海民国文献数据库、中版民国文献库等，其中均包含部分民国诗词文献。但专门的百年诗词电子文献库尚不经见。互联网络、移动平台上的诗词文献，给人们使用文献带来了相当便利，但目前稍显零散与不系统，有待进一步改进。

（四）现当代诗词的文献学研究逐步开展起来

　　随着百年诗词文献整理的全面推进，针对文献本身的研究也逐渐开展起来。本年度诗词的文献学研究集中在文献分类、目录索引的编撰、版本叙录与序跋辑录、年谱及作品系年、作品辑佚与校勘、诗人交游考证等方面。其中，大型诗词学学术研究丛书《民国诗词学文献珍本整理与研究》

(曹辛华、钟振振主编，河南文艺出版社2016年版）引发学界持续关注。在11月召开的民国诗词学高端论坛上，古典文献学以及现代文学文献研究者从此项目生发开来，对现当代诗词的文献学研究展开深入讨论。当然，目前现当代诗词的文献学研究尚不成熟，对文献特点和功能的精准定位，对文献类型的科学分析，文献发生与发展历史，文献分布规律等方面的研究还有待深入。

综上，2016年诗词文献整理工作成果喜人，在诗词文献整理方面取得了长足的进展，尤其在文献学研究以及文献数字化方面都有实质性推进，值得在诗词文献整理的历史上书写浓墨重彩的一笔。

二、文献整理的特点

2016年的百年诗词文献整理，可以说是对前期成果的总结，也预示后期文献整理的方向。本年度文献整理丛书与汇编类较多，在内容与主题上呈现多样视角。诗词学专门研究机构、出版社、专家学者等的共同参与，也在一定程度上促进民国诗词文献整理工作的繁荣。此外，本年度诗词文献整理体现了系统性与全面性，为科学地、完整地保存诗词文献奠定扎实基础。

（一）丛书与汇编类诗词文献整理成果较为丰富，大多具有承前启后的作用，部分成果呈现出诗词与其他文学、史学等门类混编的特点

2016年，丛书与汇编类文献整理成绩突出。丛书类诗词文献较好地总结前期文献成果，在广度与深度上有所推进。如曹辛华的《民国词集丛刊》，既是对《民国名家词集选刊》（朱惠国、吴平编）的承接，同时，随着研究的深入，该丛刊也将会有新的续刊出现。2016年，"同文书库"推出了地域诗词丛书《厦门文献系列》（第一辑），随着地域文学研究的深入，我们将会看到《厦门文献系列》（第二辑）（第三辑）的出现。其他如《上海诗词系列丛书》、《云南当代诗词选》、《近代稀见史料丛刊》（第三辑）、《中国现代作家旧体诗丛》等，也是如此。大型地域词集文献《全闽词》，汇编了唐代至新中国成立之前闽籍词人的全部词作。《全闽词》的出现，为整理地域诗词全集提供了范例。

丛书与汇编类文献，体现了诗词文献与其他门类文献或地域文献进行混编的特点。前者如张剑、徐雁平、彭国忠主编的《近代稀见史料丛刊》（第三辑），其文献种类涵盖了日记、书信、奏牍、笔记、诗文集、诗话、

词话、序跋汇编等各个方面，这些综合性文献具有重要的史料价值，可使人们建立对此段历史的整体性认知。

（二）在内容与主题上呈现多样性，出现不少新的变化

2016年诗词文献整理中，丛书与汇编类文献，编选宗旨与主题多样，既有抗战与长征文献的挖掘，也有某类诗体文献的辑选，还有围绕某一特定诗人群体、某一特定地域等的诗词文献整理。如《重读先烈诗章》与《重读长征原始文本》为抗战时期革命先烈的诗歌汇编，便于学界开拓抗战诗词研究新领域。作为当代诗词精选读本的《当代律诗钞》，也同样可以拓宽学界研究当代诗词的新视野。类编类诗词文献更是如此，如《惠园诗选》、《古诗咏红桥》、《雪庐雅集》、《中华军旅诗词长编》（帅园卷）等，可为学界提供相应专题式研究的便利。《中国新古体诗选》则成为汇集诗体探索成果的范例。

别集类文献作者来自不同的职业，作品尝试揭示现当代丰富多彩的生活图景以及作者各自迥然不同的心灵历程。与20世纪以前诗人以士大夫占绝对优势不同，当代诗人身份来源更加复杂，既有大学院校文史专业毕业的诗人，也有兢兢业业的政府工作人员，还有报刊编辑、医生、经济师、刑警、院士、商人、工人、自由职业者等，几乎涵盖现代生活的各种职业。诗人身份的极大丰富，也丰富了诗词题材与表现风格。别集类文献的主题呈现出多样性：有的专心描摹自我人生经历；有的表达对生活和大自然热爱之情；有的着重歌咏民族历史与文化；有的洋溢着爱国爱家之情；有的侧重表达哲思；有的偏重诗词教育等。随着诗人职业的多样化，体现职业主题的诗词亦不断结集出版，如与气象相关的《气象文化丛书：小记抒怀（二）》、与海洋地质相关的《山海听涛》、与环保相关的《山水清音》、与科研相关的《数斋随想》等。

此外，学术性专著与期刊论文，视角更为多样，极大地拓展了现当代诗词研究的范畴。①作家研究方面，兼及理论研究、交互影响研究、群体研究、个体研究四个方面。就作家交互影响研究来讲，既有同期的横向比较，如《沈祖棻与叶嘉莹诗词讲稿比较研究综述》，又有后学传承前辈的纵向研究，如《王国维对欧阳修词的承继与超越》。②作品研究方面，既有作家作品专论，如《论毛泽东诗词中的实境与虚境》，又有对某种诗词集或诗话、诗论的研究，如杜运威、马大勇《论卢前〈中兴鼓吹〉的词史价值》，韩丽霞《杨钟羲〈雪桥诗话〉写作体例研究》等。③专题式研究方面，除了抗战专题，还出现了大量有关网络诗词研究专题的论文文献，

如卢珺婕《浅论网络诗词创作》，曹金合《论网络接龙诗互动性的审美特征》，周于飞《网络旧体诗词创作的三体并峙格局初探》等，充分昭示了现当代诗词研究的与时俱进。④ 文献研究方面，年谱纪事、诗人交游、作品辑佚、诗词结社或雅集、诗词考证以及报刊文献等无所不包，充分显示了研究者视野的宏通以及研究领域的扩大。其中，曹辛华《论民国词集文献的整理及其意义》和《论民国旧体文学大系的编纂与意义》，从总体上揭示了论述民国诗词文献整理在打通古代诗词与当代诗词方面的重要作用。⑤ 诗词理论研究文献广泛涉及诗词音乐化、平仄律、词学理论、诗学理论、诗教理论等方面的问题。有的论述与揭示词学理论，如彭玉平《论词之"松秀"说》；对民国词的理论研究也出现了多篇文章，如肖瑞峰、李寒晴《晚清民国词创作新变：以词论外国小说》，将词与外国小说结合起来，显示出独特的视角。

（三）诗词文献整理逐步形成诗词研究机构与其他文化单位之间互相协作的局面

中华诗词研究院、南京师范大学民国旧体文学文化研究所、复旦大学中国古代文学研究中心等专门机构参与到诗词文献整理工作中，国家图书馆出版社、浙江古籍出版社、河南文艺出版社等出版机构也对诗词文献整理投入极大精力，国家社会科学基金也对现当代文献整理项目予以支持。作为专门的诗词研究机构，中华诗词研究院和民国旧体文学文化研究所等于2016年继续在诗词文献整理等领域加强合作。中华诗词研究院的成立，旨在推动中华诗词的研究和创作，继承、弘扬优秀诗词文化。2016年6月中华诗词研究院组织专家编制出版了《中华诗词发展报告（2015）》，启动编辑整理20世纪各体诗词文献项目，即《二十世纪诗词文献汇编》。民国旧体文学文化研究所旨在打造南京师范大学学术研究"亮点"，专门致力于对民国诗词文献如民国诗话、民国时期诗词学文献珍本等的整理。截至目前，已出版《清末民国旧体诗词结社文献汇编》、《清末民国旧体诗词结社文献续编》、《民国诗词学文献珍本整理与研究》、《民国旧体文学研究》（第一辑）、《民国词集丛刊》等。此外，中华诗词研究院与民国旧体文学文化研究所等机构还专门组织召开现当代诗词（包括民国诗词）学术与文献整理研讨会，提出编纂民国旧体文学大系的设想以及开发民国文献数据库的主张。复旦大学黄霖教授主持的国家社科基金重大项目"民国话体文学批评文献整理与研究"举行了开题报告会，就民国诗话、词话、剧话、联话、小说话等进行全面研究，开创了民国旧体文学批评研究的新纪元。此类研讨会的召开，深化了学界对民国旧体文学文献的认识，对文献所表现出来的性质、风貌以及学科定位等有了更为深入的理解。

国家图书馆出版社、河南文艺出版社等国内多家出版社致力于诗词学文献的整理出版。2016年已完成诗词学文献出版的，有河南文艺出版社出版的《民国诗词学文献整理与研究》（共55本），国家图书馆出版社出版的《民国词集丛刊》（全32册），厦门大学出版社出版的《同文书库·厦门文献系列》（第一辑），暨南大学出版社出版的《潮汕文库·文献系列》，广陵书社出版的《全闽词》等。此外，尚有一些诗词学文献正在编辑出版，如浙江古籍出版社正在编辑《全民国词》（第一辑），凤凰出版社正在编辑《全民国词话》等，这些文献的出版，将为诗词理论研究提供重要的学术资料。

值得一提的是，现在已有多个与民国旧体文学文献相关的国家社会科学基金重大项目与重点项目正在进行中。如"期刊史料与20世纪中国文学史"（关爱和主持）、"民国词集编年叙录与提要"（曹辛华主持）、"明清民国歌谣整理与研究"（陈书禄主持）、"民国话体文学批评文献整理与研究"（黄霖主持）、"民国诗话词话整理与研究"（钟振振主持）等。

在各研究机构与各文化单位的协同组织下，加入到现当代诗词研究与文献整理队伍中的优秀学者日益增多。上海的黄霖、朱惠国、彭国忠等，南京的钟振振、曹辛华等，苏州的马亚中、马卫中、薛玉坤等，广州的彭玉平、张海鸥、赵维江、左鹏军等，山东的孙之梅，河南的关爱和等，北京的夏晓虹、张剑等，江西的胡迎建，湖北的李遇春，吉林的马大勇等，都从不同角度展开了民国旧体文学与文化的理论研究，表现出学界对民国旧体文学、文化及其文献的足够重视。湖南的宋湘绮对当代词文体美学特征的研究，将学术眼光瞄准当下创作现场，具有导向性的意义。

（四）注重系统与科学的分类，尽可能完整而全面地保存文献

科学的分类是文献整理的基础。然而，长期以来百年诗词文献整理处在缺乏组织的自发整理阶段，缺乏系统性与科学的分类。近几年，这一状况得以改善。2016年出版的诗词文献，尤其是大型的汇编、丛书都表现出编纂者较高的文献学素养，在文献录存的过程中，将分类的观念贯彻其中。比如《民国诗词学文献珍本整理与研究》，由11卷55种诗词文献组成。各卷名称分别为：诗学研究（4种），词学研究（2种），词学整理与研究（6种），诗学整理（10种），诗词法整理（5种），诗选整理（5

种)，词选整理（4种），民国人选民国词（4种），词学家文集（一）（5种），词学家文集（二）（6种），各体诗话、曲话、联话整理（4种）。《民国文献整理与研究发展报告（2016）》以及《论民国词集文献的整理及其意义》和《论民国旧体文学大系的编纂与意义》等，则体现了学界对民国时期文献包括诗词文献整理的反思，以及构建民国诗词学与民国文献学的愿望。

在科学分类的基础上，2016年的百年诗词文献注意文献保存的全面性与完整性。比如《民国词集丛刊》（共32册），收录了此前《民国名家词集选刊》（朱惠国、吴平编）未曾收录的大量民国词集，共计9位民国词人的289部词集，词集选刊采用原版影印的方式，尽可能保存最为原始的一手文献。《中国现代作家旧体诗丛》则重点辑录了现当代新文学作家的旧体诗词，包括鲁迅、茅盾、胡适、郭沫若、郁达夫、萧军、闻一多、沈从文等，诗丛注重具体作品的编年、题解、注释和评点，在全面保存文献资料的前提下，融入最新的研究成果。而在地方诗词文献整理方面，有《同文书库·厦门文献系列》（第一辑）、《潮汕文库》等，最大限度地保存地方诗词文献。

三、文献整理的价值

由于文献搜集艰难、整理目的与思路的差异以及整理者学术水平的参差不齐，百年诗词文献整理工作也存在不少问题，比如文献重复建设、粗制滥造以及文献各类型之间的失衡等。但不可否认的是，2016年出版的诗词文献在现当代诗词学文献发展史上具有承前启后的意义，有利于现当代诗词评论和诗词理论研究的深入开展，为当代诗词提供范例与借鉴，在现当代诗词对外传播等方面，也具有重要的推动作用。

（一）具有承前启后的特征，部分文献整理还具有开拓性

本年度出版的诗词学文献，大多是系列文献整理的阶段性成果，具有承前启后的特征。如《民国词集丛刊》，既是对《民国名家词集选刊》的补充，又将会有新的续刊不断问世。两套丛刊的先后出版，填补了词学研究与民国旧体文学研究领域的学术空白，推动了"全民国词"这一重大学术工程的编纂工作，有利于民国文学文献学（特别是民国词学文献）的发展和民国文学文化史料的展示，必将在民国旧体文学研究领域产生极其深远的影响。又如《近代稀见史料丛刊》（第三辑），通过累积性出版近现

代诸多稀见而又确有史料价值的文献，多层面、多角度、连续地呈现近现代中国社会政治、文化与生活。《潮汕文库》从各个方面反映了潮汕地区的民俗文化、风物人情，2016年出版的文献系列是其中的重要组成部分。《上海诗词系列丛书》由上海诗词学会组织编写，主要反映上海地区古典诗词的创作情况。总之，2016年出版的诗词文献以丛刊为主，既是对以往文献整理工作的延续，又为后续文献整理打好基础，在诗词学文献发展史上具有重要作用。

部分诗词文献还具有开拓性。如《全闽词》严格根据善本原版录入，较少利用二手材料。书中汇编了唐代至中华人民共和国建立之前闽籍词人的全部词作，以词人为单元排列，以词人生年为顺序，生年无考者编于书末。这不仅有助于学界对闽籍词人的全面把握，同时其整理文献的严谨、客观值得学界借鉴。此书首次对清代嘉庆、道光时期和民国时期的闽词进行全面汇编。它的出版，对《全唐五代词》《全宋词》《全金元词》等断代词总集的校勘、增补具有参考价值，如增补《全宋词》失收的两位闽籍词人郑侠、陈宓的词作，增补《全明词》多达百余首。

（二）有助于现当代诗词理论研究的深入以及诗词创作的良性、可持续发展

大型丛书的出版为现当代诗词的理论研究提供更为全面的文献。如《同文书库·厦门文献系列》（第一辑），致力于厦门近代文献典籍的"旧书重版"和"遗稿新刊"，对保护厦门历史文献、传承近代文脉，以及厦台文化交流具有重要意义。其范围之广泛，内容之丰富，主题之多样，在当时中国近现代的特殊时代背景下，称其为"衰世之麟角"亦不为过。该丛书将为研究厦门近现代文化史提供重要资料和较为全面的文献。又如《中国现代作家旧体诗丛》，为民国旧体文学史，特别是民国旧体诗的研究提供文献依据，有助于读者全面而深入地认识现代作家的旧体诗创作。

类编类文献为开启现当代诗词研究新领域提供思路。如《重读先烈诗章》和《重读长征原始文本》为革命先烈的诗歌选集，集中表现了他们忧国忧民、舍生忘死的革命精神和愿为革命抛头颅、洒热血的崇高境界，展现了革命先烈对革命必胜的坚定信念和大无畏的牺牲精神。此类文献，可开启革命烈士诗研究专题。而《当代律诗钞》为当代海内外诗人五、七律名篇佳作合集，集中反映了当代律诗作家创作水平与作品风貌。《中国新古体诗选》则选编了现当代诗体探索的创新性成果。此类文献，可为当代海内外诗人专题研究提供基础材料。

别集文献的科学整理为后续诗词集出版提供新思路、新方法以及成功的经验。2016年出版的诗词别集，在编纂方式上注重资料性。有的以纪念文集方式辑录诗作，有助于在作品全集中重新审视诗词。有的按时间顺序编排，对涉及的字词、典故、写作背景进行详细自注，有助于读者更好地理解作品。有的采用年谱形式编排诗集，且注重诗词本事、名物的揭示。还有的注重诗词与书画艺术的结合，在文献的出版与呈现方式上朝精美的方向更进一步。这些思路与经验值得借鉴，将推动大量诗词别集的整理与出版。

（三）为诗词理论研究提供新的维度与方法

研究专著类文献可启发学者从诗词家和诗词史两个维度切入，开启更为深入的诗词理论研究。如《沈祖棻词作与词学研究》，将研究对象置于民国以来词学发展的大背景下，审视传统与现代双重因素在词学领域的互动与发展，从而全面考察其词学创作及词学主张，是以知人论世式的方法研究当代诗人诗作的一个例子。《晚清民国词史稿》，描述了十九世纪末至二十世纪中叶约五十年的词史历程，回应了"中国文学整体观""二十世纪中国文化主潮"等重要问题的讨论。《现代诗词的价值与命运》，为现代诗词的现代性和合法性辩护，对理性评判新旧诗关系，建立富于包容性的诗歌生态，促进中华诗词发展有重要参考价值。《中国词学的现代转型》探讨古今之变、新旧转型，从世家、社团和大学的角度，尽可能地去搜集挖掘史料，注重复原细节，努力回到现场去探讨词学的转型。《民国文献整理与研究发展报告（2016）》，对指导民国文献的开发保护以及民国史研究都有很好的学术价值。这都将启发学界从历史的维度思考诗词发展的相关前沿问题。

期刊论文类文献则启示学界既要注重传统，又要讲求新变；既要对诗词名家进行持续挖掘，同时重视发现新的诗词作者。2016年发表的期刊论文大多是针对作家、作品、文献、诗词理论等传统范畴进行探讨，部分论文则涉及抗战、网络专题研究和诗词教育研究等新领域。大多文献是对诗词名家诗作的研究，但也有对新作者的发现，如《爱国藏山积千卷，存古情怀书与诗——章鸿钊的风雅情怀》《清遗民的文化记忆和身份认同——林葆恒和六幅〈讱庵填词图〉》《论新发现的应修人的几篇诗文》等。开放的视野，对接传统与现代的尝试，对开拓诗词学研究新领域具有非常重要的意义。

（四）有利于现当代诗词评论健康发展，也为中华诗词海外传播奠定文献基础

具有学理性的诗词评论日益增多，推动了现当代诗词评论的健康发展。如《民国旧体文学研究》（第一辑），通过民国旧体文学本体类、民国旧体文学与学术、民国旧体文学与文化、民国时期域外汉学与旧体文学、民国文献电子资源研究、民国以来旧体诗词曲赋创作、学术资讯与研究动态七大板块的设立，尝试构建以诗学理论与文献整理为根基的诗词评论平台。《心潮诗词评论》，通过开设《诗论纵横》《当代诗话》《序跋选萃》《百家争鸣》《社会诗声》等栏目，发表具有学理性的诗词评论，彰显传统诗词的当代价值。《新文学评论》通过开设《作家语录》《新文学史家访谈录》《批评前沿》《中国现当代诗词研究》等专栏，促使诗词评论者接触诗词领域的诸多前沿话题。

域外诗词文献的发现与整理，促进中华诗词的对外传播与交流。域外诗词别集类文献如《内藤湖南汉诗酬唱墨迹辑释》，不仅收录内藤湖南的汉诗作品，也收录他与中日友人的唱和，以及师友生徒的汉诗等，共计220首，均为手稿真迹。书中涉及的中国学者有陈宝琛、郑孝胥、杨锺羲、王国维、张尔田、张元济等人；日本汉学家有长尾甲、狩野直喜、小川琢治、市村瓒次郎、铃木虎雄、吉川幸次郎、神田香岩等人。汉诗墨迹保留了部分当初联席唱和、互为点评的原稿，反映了汉诗酬唱的过程。期刊论文类文献，如《跨文化视角下的日本诗话》《朝鲜女性汉诗创作特色探究》《日本高中汉诗教学现状分析》《新加坡侨寓文人邱菽园南洋汉诗主题研究》《意象整体和思维整体的再现——评沙博理译"满江红·和郭沫若同志"》《阿瑟·韦利的汉诗翻译》等，分别就诗话、诗歌理论、诗词教学、作家作品、作家诗词作品译介、诗词翻译理论等域外诗词问题展开了论述，有助于促进中华诗词在世界范围内的讨论。

四、文献整理的趋势

2016年，百年诗词文献整理取得不少实绩，较好反映先前文献整理成果，为后续文献整理工作奠定基础，也显现出此间诗词文献整理的趋势。

（一）文献整理目的与宗旨越发凸显

2016年诗词文献整理的目的性较强：有的出于发现与保存文献的目的，将某一主题的文献编辑成册，如《民国词集丛刊》（32册）；有的辑

录相关文献是为了彰显某一主题，比如抗战诗词文献、长征诗词文献、南海诗词文献、军旅诗词文献以及网络诗词文献等；有的文献则为了促进现当代诗词理论研究，如《中华诗词研究（第一辑）、《中华诗词研究》（第二辑）、《民国旧体文学研究》等；有的则为了凸显地域文化特色，将诗词作为文化的重要门类整理相关文献，如《潮汕文库》以及中华诗词学会组织整理的《中华诗词集成》各地诗词分卷等。当然，还有以诗词教育为旨归的文献整理、以诗词文化普及与推广为目的的文献辑录，等等。可以预见，随着诗词界与学界的广泛参与，诗词教育的开展与诗词文化的普及，诗词文献整理将更具指向性。

（二）文献分类整理的意识尤其是诗词散曲文体分类意识增强

科学分类是文献整理的基础。2016 年诗词文献整理已表现出分类的意识。从文献载体角度来讲，有纸质文献与数字化文献之分；从文献规模来说，有丛书类、汇编类、专著类以及期刊论文类之别；从传统文献学角度来看，有诗部、词部、曲部、诗文评（包括诗话、词话等）之异；从文献产生的时段来看，有现代、当代的差异，其中还有晚清、民国等称法。目前来看，民国时期文献整理逐步细化，有利于文献学研究的开展，更有利于学者发现新的研究对象。1949 年以来的诗词文献整理的学理性有待加强。

（三）文献整理主体越发多样，出现高校等研究机构、诗词社团及新媒体平台合作的趋势

从 2016 年诗词文献整理情况来看：有诗人或学者自发性的出版与刊发相关文献，比如各类诗词别集以及各类诗词理论研究专著与期刊论文等；有诗词社团对社员作品或某类作品的定期整理，如《红叶》诗辑等；有中华诗词学会组织各地诗词学会整理本地诗词文献，如《中华诗词集成》的各地分卷；有诗词研究机构或高校组织专家学者整理的文献，如《民国词集丛刊》等；有各地政府部门组织专家整理的当代诗词文献，如《潮汕文库》等；还有诗词爱好者出于兴趣与公益目的整理的文献，如搜韵网的诗词数据库等。由于文献整理者水平参差不齐，难免会出现部分文献粗制滥造，艺术以及整理水平不高等现象。但就总体而言，参与文献整理的主体多样化，将丰富诗词文献整理的内容，繁荣诗词文献整理的局面。

2016 年百年诗词文献整理跨机构合作是一个突出特点。比如中华诗词学会与各地诗词学会的上下联动，做好全国性诗词文献的整理工作。再比

如中华诗词学会与中华诗词研究院的合作互动开始增多，在文献整理上也正加强合作与交流；各地高校与研究机构的学者相互支持，做好国家级文献整理项目；各出版单位勇于承担诗词文献的出版与刊发工作，并积极探索与研究机构以及诗人、学者个人的合作模式；国家社会科学基金以及其他科研基金，也向诗词文献整理有所倾斜。跨机构合作趋势一旦形成，将极大推动诗词文献整理工作的全面开展。

（四）随着百年诗词文献整理工作的整体推进，将逐步树立百年诗词文献学学科意识

如前所述，2016年诗词文献整理者开始有意识地从文献学的角度审视现当代文献，以文献学整理的科学方法从事百年诗词文献整理，充分肯定近些年来百年诗词文献以及其他文学文献整理的意义与价值，总结经验，反思不足，为建立诗词文献学做好充足准备。与此同时，百年诗词文献的丰富而驳杂，急需以文献学的整理观念与科学的方法介入，否则可能造成文献的散佚与流失。因此，可以预见诗词文献学将逐步建立，为当代文献的保存与整理提供学术支持，并培养专门人才。

第四章　诗词教育

2015年10月3日《中共中央关于繁荣发展社会主义文艺的意见》指出："加强对中华诗词、音乐舞蹈、书法绘画、曲艺杂技和历史文化纪录片、动画片、出版物的扶持"，"实施中华文化传承工程，通过国民教育、民间传承、礼仪规范、政策引导和舆论宣传、文艺创作等各个方面，传承中华文化基因"。2016年，诗词教育活动在各个层面继续蓬勃开展，取得新的进展和成绩，也存在一些问题和挑战。

一、诗词教育情况概述

（一）各级诗词学会与老年大学诗词教育稳步推进中的新变化

中华诗词学会是全国诗词教育的重镇。除继续开展中华诗词函授培训之外，2016年8月，中华诗词培训中心在北京举办了中华诗词首届高级研修班。此次研修班规格高，效果好，由学会的几位领导亲自授课，虽然参加人数只有几十人，却是一次积极的探索，是中华诗词学会培训工作走向

深入、由函授走向面授的重要标志。

诗教工作一直是中华诗词学会的工作重点。2016年，中华诗词学会继续落实诗教创先活动，不断加大诗词普及力度，巩固诗词普及成果，取得新的进展和成绩。截至2016年底，全国共有"诗词之市（州）"20个（其中"诗词之市"18个，"诗词之州"2个），"诗词之乡"215个（其中县、县级市、区82个，乡镇133个），"诗教先进单位"205个（其中大学6所、中学53所、小学81所，机关和其他单位65个）。这些诗词教育先进单位，为当代诗教工作的广泛、深入、健康发展，提供了诸多实践经验。

各地诗词学会在中华诗词学会的引领之下，结合实际情况，在诗词教育方面投入了大量的资金和精力，促进诗词教育的广泛开展，取得了不少新的成果。主要有几个方面：

1. 举办各种级别的诗词讲座、会议和采风活动，提高会员的创作和鉴赏水平。

2. 根据中华诗词学会诗教创先活动的精神和标准，协助地方政府积极开展诗词教育先进单位的创建工作。

3. 不少地方的诗词学会以"诗词进校园"活动为工作重点，尤其重视中小学校诗词教育，在中小学校园办讲座，开课程，编教材，办比赛，推动中小学诗词教育活动的发展。

4. 在社区、农村、企事业单位等开展诗词教育活动，比如群众性的诗词诵读，扩大诗词的社会影响。

5. 建设专门的诗教机构，如在山东曲阜建设中华诗教研究院，在河北怀来泊爱蓝岛成立了第一家子曰诗词创作与培训基地，在北京市门头沟区王平镇马致远故居建立中华诗词学会散曲工作委员会散曲文化教育基地，推动诗词与诗教事业的发展。

6. 部分诗词学会还编辑出版了专门的诗词教育读物，如江苏省诗词协会于2016年底编辑了《弘扬社会主义核心价值观中华诗词系列读本》（含"社会诗教本"和"校园诗教本"），得到了专家与社会各界的好评，使诗词教育的事业"更上一层楼"。

各地老年大学大多开设有诗词创作班，定期或不定期地举办诗词讲座或培训，使得诗词教育事业在老年群体中稳步推进。有些地方的老年大学还能做到与时俱进，利用新兴媒体，展示自己的诗教成果。2016年，中华诗词学会微信平台《诗社互联》栏目先后推送了湖南省吉首市老年大学诗词班、湖北省老年大学鹰台诗社、海南省临高县老年大学诗词班、江西省景德镇乐平市老年大学诗词班等的诗词作品，使老年大学的诗词教育与诗词创作成果逐渐受到社会各界的了解和关注。

（二）高校诗词教育蓬勃开展，大学生诗词群体日益壮大

高校诗词教育是传承中华传统诗词文化的重要环节，高校教师诗词群体结盟为中华诗教学会（筹），是推动当代诗词、诗教事业发展的中坚力量。

诗词课程是高校诗词教育的主要方式，对培养大学生诗词创作的兴趣和能力、提升大学生的审美品位和文化修养至关重要。据统计，目前中国大陆约有30余所高校开设有诗词写作课程（参见张海鸥《论大学诗教的模式和意义》，《韩山师范学院学报》2016年第4期）。中山大学是中华诗教学会的中心，是高校诗教的重镇，开设有2门诗词写作课程，分别是中文系张海鸥教授的"旧体诗词写作"和博雅学院陈慧讲师的"诗词格律"。各大学诗词写作课程还有：北京大学"诗词创作与理论"（主讲人钱志熙）、南京大学"古典韵文格律与写作"（主讲人冯乾）、南京师范大学"诗词格律与写作"（主讲人钟振振）、华中科技大学"诗词写作"（主讲人占骁勇）、韩山师范学院"大学诗词写作"（主讲人赵松元、陈伟），等等。又如王步高教授先后在东南大学、清华大学开设"诗词格律与创作"课程，并主编《清华学生诗词选》公开出版。此外，部分高校还曾开展形式多样的诗词教学活动。如北京航空航天大学实行驻校作家计划，两年前联合中华诗词研究院开设诗词写作课程。复旦大学联合中华诗词研究院，开设"中国诗歌古今演变"FIST课程，将现当代诗词纳入教学内容。还有中山大学暑期诗词学校活动等。这些诗词教学活动，讲义和学生作品均已结集公开出版。

讲授诗词课程的教师多为旧体诗词的研究者和富有创作经验的诗人，教学各具特色，通过讲解、诵读、作业、点评等方式，让高校学生能够在较短时间内掌握诗词写作的基本规范和要求，鼓励并指导高校学生进行诗词创作，提升高校学生人文素养和审美水准，对高校学生走上诗词创作道路产生了不可忽视的影响。

此外，有些高校与诗词学会存在各种形式的合作关系。如浙江经济职业技术学院与中华诗词学会联合创办的中华诗词文化学院，自2014年成立至今，持续开展校园诗教活动，效果良好。又如兰州大学文学院与甘肃省诗词学会合作，已发展了300余名大学生学会会员，《甘肃诗词》《边

塞》等刊物也发表了大学生的诗词作品数千首。高校诗教与学会诗教的良性互动，有助于双方增进交流，取长补短，挖掘和培育更多诗词新人，推动诗教事业的进一步发展。

在校学生组织的诗词社团是高校诗词教育的常见组织形式，是高校学生诗词创作队伍的集合地。2016年，《诗刊·子曰增刊》微信公众号推出全国十大高校诗词社团联展和全国高校优秀诗词社团联展，高校诗词社团集中亮相，引起了广泛的关注。"十大高校诗词社团"，为武汉大学春英诗社、中山大学岭南诗词研习社、北京大学北社、复旦大学复旦古诗词协会、华中师范大学寒梅诗社、四川大学望江诗社、贵州大学翰林诗苑、中南大学南薰诗社、西南大学水云诗社和南京大学林下诗社。而西安交通大学沧浪诗社、贵州大学科技学院子衿文学社、深圳大学望海潮诗社等则被列入"高校优秀诗词社团"。当然，优秀的高校诗社远远不止这些，如首都师范大学周南诗社、华南师范大学召南诗社、韩山师范学院馀社等；中国人民大学、浙江大学、北京师范大学、华中科技大学、安徽大学等众多高校，也都有学生诗词社团开展丰富多样的诗词活动。

一般来说，高校诗词社团的日常活动有名师讲座、社课、读诗会、雅集等，并且，不少诗词社团都有自己的微信平台，用以推送诗社活动情况，展示社员作品，交流写作心得。有些诗词社团还有内部刊物或作品集，如贵州大学翰林诗苑于2016年3月出版纪念诗集《学步集》；西安交通大学沧浪诗社于2016年6月编印了社刊第二辑《潄流集》；北京大学北社于2016年11月编印了《北社》第二十二期。武汉大学春英诗社成立较久，诗人辈出，开始着手编写《简明春英史》，于2016年4月起在春英诗社微信公众号上发布，展现了一个高校诗词社团从萌芽到开花结果的成长历程。

高校诗词社团联盟长安诗社的微信平台本年度活跃程度较高，以《常规推送》《周六电台》《周日社课》《周五讲座》等栏目，活跃于诗词界，具有一定的影响力。

高校学生诗词比赛是高校诗词教育的一个亮点，也是高校诗词教育成果的集中展现。2016年较受关注的有上海交通大学主办的"2015全球华语大学生短诗大赛"，中华诗教学会主办、武汉大学承办的"2016中华大学生研究生诗词大赛"，中华全国学生联合会、中华诗词学会及中华诗词研究院联合举办的2016年"聂绀弩杯大学生中华诗词邀请赛"。这些赛事的选手来自中国大陆、台湾等地的高校，通过竞赛交流创作心得，切磋创作技巧，获得的不只是荣誉，还有诗词创作的宝贵经验。

还有地区性的高校学生诗词比赛，如铭社、北京大学北社举办的铭社首届大学生古典诗词大赛（北京站），限京津冀地区高校学生参赛；由武汉理工大学在读研究生秦行国发起的首届江城大学生诗词大赛，限武汉各高校学生参加。又，华南师范大学召南诗社于 2016 年 3 月至 4 月举办了第一届"于汦杯"召南诗社社内诗赛。地区性或校内的诗词写作比赛，有些是高校学生自发组织的，可见当代高校学生诗词创作热情的高涨。

此外，电视媒体也开始注意到高校学生这一诗词群体。2016 年暑期，河北电视台《中华好诗词》节目推出大学季"恰同学少年"，从全国各大知名高校中选出 60 名在校学生，代表各自的高校参赛，经过多轮淘汰，最终北京大学、河北大学和中山大学代表队分别获得冠、亚、季军。

（三）中小学校诗词教育积极探索，取得初步成果

与高校诗词教育不同，中小学校的诗词教育还处于萌芽与探索阶段，专门的诗词写作、鉴赏课程还很少。一方面，中小学阶段有特定的教学目标，学生必须先完成基础课程的任务，再结合年龄阶段的特点和个性发展的需求来学习诗词的基本知识。另一方面，中小学诗词教学师资非常匮乏，许多中小学老师对诗词格律等基本知识缺乏了解，不利于开展诗词教学。因此，要在中小学设置专门的诗词课程，开展诗词创作与鉴赏活动是相当困难的。中小学生往往只能通过语文课本或其中的背诵篇目来了解古典诗词。

不过，这一情况正在逐渐得到改善。中华诗教学会也开始涉及中学诗词教学活动，先后在广东白沙中学、高州中学建立了诗教示范基地。2016 年，不少地方诗词学会，如北京诗词学会、湖北省中华诗词学会、湖南省诗词协会、广西诗词学会、黑龙江省诗词学会、甘肃省诗词学会、四川省诗词协会、江苏诗词协会、上海诗词学会等都把"诗词进校园"作为工作的重点，开展丰富多样的诗词活动，推动诗词文化进入中小学校园。在他们的努力下，不少中小学校被建设成为中华诗词学会评选的全国诗教先进单位。2016 年 12 月，上海诗词学会与中华诗教促进中心等单位联合举办了"格律诗词创作与吟诵进课堂研讨现场会"，就诗词创作、诗词教育、诗词活动理念及方法等问题，特别是"诗词进校园"的意义和可行性问题进行了探讨。

在持续的关注和努力之下，部分中小学诗词教育已取得初步成果。2016 年 12 月，"中华诗词杂志"微信公众号先后推出了山东省即墨小学江

苑诗社和辽宁省灯塔市佟二堡二中竹芽诗社的学生作品选。这两个学校都在 2013 年开始诗词创作教学的尝试，都开设了诗词创作课程，编写诗词教材，成立诗社，开发学生的诗词写作潜力，鼓励学生进行诗词写作，取得了一定的成效。

（四）民间书院与网络诗词教育形式多样，需求旺盛

民间书院多以国学教育为主，也常常包含诗词教学活动，如北京的雒诵堂、明仁德学堂、三易书院，苏州的菊斋私塾等，都开设有专门的诗词写作课。

民间的诗词课程除了面授外，更多依托网络尤其是自媒体平台而得以发展。2016 年，不少诗词网络平台都推出了诗词课程，如微信公众号"国诗馆"的诗词班和网络讲座、"诗词世界"的"诗词写作网络学院"和"诗词创作师资班"课程、"搜韵"的"金水课堂"、"诗评万象"的"格律诗基础理论公益讲座"、"汉诗网"的"绝句系统教学讲座"，等等。另外，有些平台虽然没有开办诗词课程，但也有一些相关活动，如"国学正典"连载《国诗答疑录》，发布诗词课程、公益讲座信息等，也与诗词教育有关。还有不少诗社在网络平台如"千聊大讲堂"开设诗词写作相关的收费讲座和免费公益讲座，听众往往逾千人。

这些诗词课程大多聘请著名的诗人主讲，而且多是活跃于网络的旧体诗人，其讲课内容包括诗词格律、作法讲解和诗词作品赏析等，形式多样，针对性、操作性很强，让学员较迅速地掌握诗词写作的技能。学员来自全国各地、各个阶层、各个年龄段，人数众多，基础不同，水平参差不齐，因而网络诗词课程的开设，在普及诗教方面有重要的作用。根据"诗词世界"微信公众号的统计，2016 年报名参加诗词写作系列课程的学员达 1800 人之多，参加诗词写作及赏析性质讲座的人总计约有 10 万人次，数量相当可观。"国诗馆"也因 2016 年报名学诗词的人数迅猛增加，而调整了收费标准。为了加强诗词教学的交互性，方便学诗者之间的交流互动，不少微信公众号都建立了相应的交流群，聘请成名诗家和学者，在群里授课，批改作业。由此可见，在 2016 年，大众对于诗词教育的需求有较大增长，网络诗词课程成了不少人学习诗词的重要途径。

除了专门的诗词课程，各类诗词网站、论坛如百度贴吧、天涯社区等，也为当代诗词活动提供了良好的平台，客观上有利于诗词教育的开展和诗词文化的传承。这些平台大多采取交流而非教学的方式，吸引了大量的诗词爱好者，让他们有了互相切磋的机会。目前网络诗词平台最大的论

坛是"百度诗词吧",关注人数已超过29万,发帖总数超过570万,其中有些帖子关乎诗词写作方法,如"如何写七律(近体诗入门)""学七言绝句56法""格律通则"等,对诗词教育的普及不无作用。"中华诗词论坛"规模与此相仿佛,发帖总数4000余万。另如"天涯社区·诗词比兴"规模也很可观。"文墨诗魂吧""唐诗吧""中华诗词吧"等论坛,也都拥有过万的关注人数。这些诗词网站、论坛促进了当代诗词发展,它们不设门槛,提倡交流,使得当代诗词在网络上甚为活跃。

此外,作为中国传统的读书法——吟诵也受到研究者与诗词爱好者的重视。传承至今的唐调吟诵(唐文治所传)、粤语吟诵、华调吟诵等吟诵流派,都重视吟诵对于诗词写作、鉴赏的重要作用。不少以吟诵为主要活动的民间机构,也兼及诗词教育,虽然其重点不在诗词写作,但要吟诵诗文,必须弄懂平仄四声等内容,能够熟练地吟诵,也就等于掌握了诗词格律的基本知识。同时,吟诵机构如中华吟诵学会,注重师资培训,开设师资班,重点招收中小学教师、幼儿园教师及学生家长等。目前,吟诵活动已发展到全国各地,为越来越多的人所认识。2016年2月3日,北京市吟诵教育研究会久而吟诵团赴美国迪士尼小镇表演吟诵,向世界展示了吟诵的魅力,提升了吟诵文化的影响力。吟诵教育与诗词教育相结合,对彼此都有益处,其效果是可以期待的。

二、诗词教育存在的问题

2016年,诗词教育工作整体上开展良好,取得了一定的成绩,但也存在一些问题,主要表现为四个层面:重培训、轻教育,这关乎诗词教育的本质;重普及、轻提高,这关乎诗词教育的目的;重博古、轻知今,这关乎诗词教育的方式;多元理念的冲突与发展的失衡,这关乎诗词教育的发展。这几个层面的问题,都应该引起重视,正确引导,循序渐进地加以改善。

(一)重培训,轻教化

当前不少诗教活动止步于诗词创作培训,忽视了"诗教"的本质内容。《礼记·经解》云:"入其国,其教可知也。其为人也温柔敦厚,诗教也。"自古以来所谓"诗教",是借助诗歌这一文体,通过诵读、鉴赏、创作和评论等方式,对民众进行审美教育、情感教育和文化教育。其落脚点是"人",强调的是诗歌对人的"教化"作用,而不仅仅是诗歌创作教育。然而，当代的"诗教"大多止步于诗词创作培训，以写出诗词、写好诗词为目的，较少将审美、情感和文化教育融入其中，难以发挥诗歌的教化功能，偏离了传统"诗教"的本质。

由于重视培训，当前的诗词教育大多带有功利性。许多诗词课程所教仅限于诗词格律、作法等技巧层面的内容，缺乏更深层次知识的传授；学员经过短期训练，掌握了格律规则，做到文从字顺，却难有进一步的发展。有些诗词课程为了吸引更多的学员，采取过度宣传的手段，却是以营利为主要目的。诗词不完全是超越功利的文学体裁，这与诗词教育中存在一定功利性因素并不矛盾。不过，只有全面认识诗词教育，才有可能使之得到健康发展，取得更理想的效果。

（二）重普及，轻提高

如何通过教学来提高诗词创作水平，是一个值得思考的问题。诗词这种文学体裁，有其自身的抒情特性和审美特性。《尚书·尧典》云："诗言志，歌永言，声依永，律和声。"诗词不仅仅要缘情言志，还需要追求艺术的境界。如何表现这种艺术境界？古人认为需要把握好"神思"。刘勰《文心雕龙·神思》云："文之思也，其神远矣。故寂然凝虑，思接千载；悄焉动容，视通万里；吟咏之间，吐纳珠玉之声；眉睫之前，卷舒风云之色；其思理之致乎。"这需要学诗者长期的学习、体验和领悟，沉潜涵泳，渐入佳境。然而，当前诗词教育往往难以达到这样的要求。不少诗词课程仅仅传授诗词写作的基本知识，学员虽多，作品却多是平淡无奇，或者成了某一"家数"的简单复制。这样的诗词教育只能培养具备旧体诗词基本写作能力的人，却很难培养出优秀的诗人。

另一方面，诗词教育如果门槛过高，内容过于艰深，就只能在小范围内开展，而无法达到普及的目的，也无法满足大众日益增长的诗词文化需求。事实上，自晚清民国以来，因新文化运动的冲击，旧体诗词发展受到诸多人为制约。当代诗词的发展，应结合实际，不能好高骛远，首先要填补由于历史原因造成的文化断层，然后再进入更高的层次。因此，诗词教育应确立当前的目标，先普及，后提高，兼顾两者，处理好两者的关系，才能取得更好的成效。

（三）重博古，轻知今

目前诗词教育大多以古代诗词为素材，对当代诗词甚少关注。尽管古人曾经说过学诗当"取法乎上"，不过，学习切近当代、切近生活的诗词作品对于学诗者来说，也是必要的。另一方面，由于现代生活与古代差别甚大，现代人学写诗词，如果只是学习古代的诗词作品，用古人的词汇、情感、意识来表现现代生活，势必有格格不入之感。王充《论衡·谢短》云："夫知古不知今，谓之陆沉。"因此，诗词教育不仅应强调"知古"，同时也应重视"知今"。

由于当代诗词尚未完成经典化的过程，作品纷杂，孰为精品，尚无定论。这有赖于当代旧体诗词创作水平的提高以及当代诗词鉴赏、评论的进一步发展，使得更多优秀的诗人诗作能够被挖掘出来，成为诗词教育的素材。另外，现代意象如飞机、火车等如何进入旧体诗词，也是一个问题。有些诗人提倡诗词应反映现代社会、现代生活，把大量的新物象、新名词直接搬用到诗词作品中，虽然内容新颖，但却缺乏细致的琢磨和锤炼，丧失了古典的美感。因此，在诗词教育中，纯粹学习古代诗词或当代旧体诗词，都是不够的。如何处理好古与今的关系，既创造性运用传统意象，又能创造属于这个时代的新意象，创作出博古知今的优秀作品，是当前诗词教育需要思考和解决的一个难题。

(四) 多元理念的冲突与发展失衡

在新兴媒体的助力之下，当代诗词得以迅猛发展，呈现出诗学理念多元化的局面，也造成一定程度的混乱，有些问题引起了广泛的争议，在开展诗词教育活动时，应客观公正，谨慎处理。由于诗人不同的诗学背景，来自不同的派别、群体，对诗词的抒情特质和审美特质有着不同的理解和追求。通常来说，学会诗群提倡诗词应表现时代与社会，学院诗群注重把握诗词的传统与体制，网络诗群重视对诗词的探索与革新。提倡表现时代与生活，自然就反对泥古，往往认为泥古的作品是"赝品""高仿真"，没有真情实感。有人认为诗词应纯任天然，不假人工，保持"野生"的状态，因而主张诗词向民歌学习，以质朴天然为美，对书卷气较重的作品表示排斥。还有人对诗词的情感提出要求，主张积极高昂的情感基调，反对消极低沉的情感基调。这些诗学话题的讨论，"各照隅隙，鲜观衢路"，往往非此即彼，流于简单化、片面化。另外，对新韵、"老干体"等问题，诗词界仍存在争议。对于有争议的话题，讨论容易过激，甚至引起纠纷，或争论不休，或固守藩篱，这都不利于诗词的健康发展。面对这些情况，在诗词教育活动中，既无须刻意回避，又应当公正平和，做出适当的选择，引导当代诗词朝着正确的方向发展，这其实也符合"诗教"的传统定义和要求。

当前诗词教育的发展还存在失衡的问题。第一是诗教力量不足，能够专门从事诗词教育的人才相当匮乏，亟需培养。开展诗教事业，需要专门的诗教人才，他们不仅要通晓诗词的基本知识，还应具备较好的诗词鉴赏能力，并具有较为丰富的诗词创作经验以及开展诗词研究的理论素养。当前对于诗教力量的培养还未能全面展开，只能在诗教资源相对丰富的地方做一些尝试。民间诗词教育也开始注意到诗教人才特别是诗词教育师资的挖掘和培养，但往往不成体系，规模太小，无法形成较大的影响。第二是诗教水平参差不齐。比如，部分高校开设有诗词写作课程，但水平有高有低，而且课程属性和任课老师的投入程度也会影响教学质量。诗词学会的诗教活动、网络诗词教学活动也难免存在类似问题。要解决这一问题，必须从全面提高当代诗词创作水平入手，鼓励诗教工作的开展，进而促进其稳步推进。第三是诗教资源分布不均，中小学诗教资源尤其匮乏。发达地区诗教资源相对丰富，欠发达地区诗教资源则相对不足。诗教资源分布不均衡，不利于诗教事业的发展。

三、关于诗词教育发展的建议

2016年，诗词教育活动取得了新的进展，也存在某些明显的不足。今后诗词教育的发展，需要诗词界、教育界和文化界的共同努力，重视诗教的本质内涵与要求，逐步建立当代诗教体系；兼顾普及与提高，促进诗教工作全面开展；加大力度引进和培养专门的诗教人才；加强与诗词创作、研究和传播等领域的多层面、深层次交流。

（一）重视诗教的本质内涵与要求，逐步建立当代诗教体系

晚清民国以来，现代化或现代性在国外文化输入刺激下发生，社会的转型与重构建立在反传统的基础上。传统诗教在这一趋势下逐渐走向没落，新的诗教体系尚未完全建立。近年来，随着"复兴优秀传统文化""加强中华优秀传统文化教育"等观点的提出，人们对于诗词教育的需求与日俱增。要开展诗教活动，重建符合当代要求的诗教体系，不可能也没必要完全承袭中国古代的诗教传统，而应充分吸收诗教传统的优秀内容，并结合时代发展的需要，在实践中进行深入探索、积极开拓。要弄清诗词教育的本质内涵与要求，不能把诗词教育简单理解为诗词基本知识的普及或诗词写作技能的培训，而应采取多种多样的方式，促进诗词创作、鉴赏与评论共同发展，挖掘诗词作品的丰富内涵，将审美、情感及文化教育融入其中，要重视诗词教育以人为本的理念，发挥诗词的教化功能，提升人

们的文学与文化素养，唤醒与净化人们的思想品格，达到人文化成的目的，推动诗教事业稳步健康发展。

（二）兼顾普及与提高，促进诗教工作全面开展

诗词本是一种高雅的艺术形式，既需要天分，又需要阅历，在长期的学习和领会中，不断追求更高的境界。历来优秀诗人总是少数的，第一流的诗家更是屈指可数。即便如唐代以诗取士，诗歌的普及程度非常高，但唐诗流传至今也只有五万余首，大量的作品被淘汰于历史的长河之中。当前旧体诗词大有复兴之势，普及工作全面展开，诗人、诗作之多，远迈往古，其中未尝不是泥沙俱下，优劣错杂。有鉴于此，当代诗词教育不仅要以普及为目标，而且要提高创作水平。诗教工作者应提升自己的诗词素养，丰富创作经验，提高鉴赏水平与教学质量，因材施教，挖掘优秀的诗词新人。诗教工作可以和其他诗词活动结合起来，如举办诗词比赛、编辑诗选、推介诗论，等等。发现当代诗词与诗论中的精品之作，鼓励和表彰优秀诗人，这些都有助于诗词、诗教事业的发展。此外，近年来诗词开始走进电视综艺，《中华好诗词》《中国诗词大会》等节目影响广泛，掀起了新一轮"诗词热"。由于节目针对的是普通大众，因此内容比较简单，而且经过媒体的包装与渲染，弥漫着娱乐和商业的气息，显示了诗词娱乐化、商业化的潜力。"诗词热"之后，需要冷静与审视。不应该让"品鉴诗词"仅仅变成"消费诗词"，使得诗词的丰厚内涵在华丽的外衣之下被人们忽视。诗词综艺节目对诗词的普及居功甚伟，如何利用其传播功能，引导大众正确、深入地理解和学习诗词，值得深思。

（三）加大力度引进和培养专门的诗教人才

开展诗词教育活动，需要以语文教师为主体来实施，也需要专门的诗教人才。然而，当前诗教人才仍然非常匮乏，而且分布不均，阻碍了诗教工作的顺利开展。因此，培养诗教人才甚为迫切。一方面，应在各个层面挖掘和引进优秀的诗教人才，给予适当的帮助，使其能够专心从事诗教事业。另一方面，应大力加强专门的诗教人才的培养，才能从根本上解决诗教资源匮乏的问题。解决这一问题的关键，是在高校中文专业开设诗词写作与鉴赏课程，明确地将这项内容列入教学大纲。针对中小学校诗教资源严重匮乏的现状，可以考虑在师范类中文专业开设诗词写作与鉴赏课程，这有利于中小学语文教师诗词素养的形成与提高，为在中小学开展诗词教育储备人才。另外，在高校尤其师范类学校中举办诗词知识竞赛，也有利于诗教人才的培养。如首都师范大学文学院的"中华诗词基本功大赛"，

至2016年已举办8届，考察学生经典诗词背诵、默写与理解，以及诗词常识和诗词创作等内容。

（四）加强与诗词创作、研究和传播等领域的多层面、深层次交流

当代诗词教育与诗词创作、研究、传播等领域息息相关，开展诗教事业，离不开与其他各个领域的互动与交流。诗词组织、诗词刊物、诗词网站、诗词研究机构等都可以就诗词教育的相关问题，开展内容丰富、形式多样的交流活动，比如跨学科交流、跨文体交流、跨地域交流，等等，使诗词教育者能够了解其他领域的最新进展，吸收其他领域的优秀成果，促进诗词教育与其他领域的共同进步。诗词学会、高校、中小学校、网络等各个层面的诗词教育，也应当加强交流与合作，实现诗教资源的互补与均衡。比如诗词学会和高校可以发挥各自的优势，举办诗词研讨会或诗词论坛，邀请诗人、学者齐聚一堂，共同探讨当代诗词教育发展的现状和问题。又如学会与高校、中小学校可以保持合作关系，促进彼此优势互补。同时，应利用网络尤其是新兴自媒体工具，加大宣传力度，扩大诗词教育事业的影响力，使诗词教育工作能够让更多的人受益。

总体来说，2016年的诗词教育取得了一定成绩，对当代诗词的发展与繁荣做出了贡献。随着时间的推移、各界的重视以及诗词创作等领域的发展，诗词教育中的问题将会逐步得到解决。诗词教育将会继续完善，走向成熟，成为中华诗词全面繁荣发展的标志与动力。

第五章　诗词文化活动

在传统诗词事业稳中求变的新形势下，形式多样、内容丰富的各种诗词活动也如雨后春笋般相继开展。各级文化机构以中央重大文化方针为指导，开展主题鲜明的各项诗词活动，发扬优秀传统文化，传递社会正能量，活跃群众文化生活。本章将从诗词发展概况、诗词活动特点和诗词活动得失与展望三方面展开，尝试描述2016年度中华诗词活动全貌。

一、发展概况

2016年，在习近平总书记第十次文代会、第九次作代会重要讲话精神指引下，在中宣部、中国作协、国务院参事室、中央文史研究馆等有关部

门领导下，全国各地的诗词活动蓬勃开展，如火如荼。

（一）在党中央和国家领导的关怀下，群众性诗词文化活动广泛开展

中华诗词事业的建设和发展多年来一直得到刘云山、马凯、刘奇葆等中央领导同志的关怀和支持。2016年10月8日中宣部部长刘奇葆到《诗刊》子曰诗社实地考察，对《诗刊》的诗词工作给予高度肯定，这无疑是对诗词界的极大鼓舞。中华诗词学会在中国作协的直接领导下，工作扎扎实实，稳中有进。各地政府领导也对诗词学会工作给予支持，比如山东省、四川省、内蒙古自治区等地领导先后视察当地诗词学会，听取汇报，结合当代文化建设，对学会工作给予指导。

从中央领导到地方政府，再到各级文化机构对当前诗词发展予以较大支持。本年度全国各种诗词大赛层出不穷，包括中央直属机关和地方政府部门主办的，也有中华诗词研究院和中华诗词学会以及各地诗词学会、诗词网站主办的，有高校、诗社主办的，还有微信公众号等新媒体主办的各种小型的诗赛等。比如由中宣部宣教局、中宣部《党建》杂志社主办，中国楹联学会、中华诗词学会、党建网承办的"把楹联写在党旗上""诗词飞扬党旗飘——百诗百联颂党恩"楹联、诗词征集等系列活动从2014年开始直至2016年在全国展开。又如中国出版集团、中央电视台、光明日报社、人民网、中华书局、中华诗词研究院、中华诗词学会、中国移动通信集团共同举办第三届"诗词中国"传统诗词创作大赛。再如中央电视台策划播出的《中国诗词大会》，让中华传统经典诗词重回人们的视野，掀起了一股传统诗词的回归热潮。各级政府也与作协、诗词学会等单位合作，举办多种类型的诗歌节，如武汉诗歌节、上海市民诗歌节、凤凰·鼓浪屿诗歌节等，都以诗歌为核心，活跃群众的文化生活。

（二）以促进创作为目的，诗词界谨慎开展评比、诗教以及采风雅集等活动

中共中央办公厅、国务院办公厅在2015年10月印发了《关于全国性文艺评奖制度改革的意见》，提出要对全国性文艺评奖加强管理，完善评奖的标准，压缩奖项和数量。在《意见》指导下，2016年诗词赛事、评奖活动逐步规范，较好推动当代诗词创作发展。中华诗词学会成功举办了"第六届华夏诗词奖"评奖活动，共评出一等奖10名，二等奖20名，优秀奖80名。各地诗词大赛的成功举办，极大地提升了诗词的传统地位，调动了诗词爱好者的积极性并提高了全民诗词写作水平。中华诗词研究院与中华诗词学会、中华文化促进会、湖北聂绀弩诗词基金会、诗刊社等在

武汉联合举办了第二届海峡两岸中华诗词论坛暨聂绀弩诗词奖颁奖大会。

在中华诗词学会和各级诗词学会开展的诗教活动中，繁荣创作是其主要目的。2016年，中华诗词学会坚持以标准的定量化促质量，以程序的规范化促效率，以活动的深入化促发展，加大诗词普及力度，巩固诗词普及成果，促进诗词创作的繁荣。与各地方政府新创建了多个"诗词之市（州）"、"诗词之乡"和"诗教先进单位"。

此外，采风、雅集活动也是诗词创作活动的重点。2016年，各级诗词学会积极组织采风活动，激发诗人创作热情，促使他们积累素材，完成创作。而以创作为核心的雅集活动，在各个诗词社团中都较为普遍，雅集规模可大可小，方式也较为灵活，可以线下活动，也可以线上同题创作，直接促进了创作的繁荣发展。

与古近体诗、词相比，散曲的创作活动一直以来缺乏组织。为了促进各种诗体的协调发展，中华诗词学会专门成立了中华诗词学会散曲工作委员会。2016年，中华诗词学会散曲工作委员会散曲文化教育基地在北京市门头沟区王平镇马致远故居挂牌。在一些省市，散曲也逐步受到关注。江西省诗词学会散曲专业研究会（江西散曲社）年会在景德镇召开。山西省原平市2016年12月被中华诗词学会命名为"全国散曲之乡"。这些都极大促进了散曲这种诗体的创作。

（三）在学术界积极参与下，诗词文化座谈与研讨活动频繁

2016年各种诗词讲座和研讨会的陆续举行，不论在诗词界、学术界还是在社会上都产生了良好的反响，为诗词发展提供了学术性的理论支撑。诗词作为中国传统文化的重要组成部分，它的传承与创新离不开以高校研究者为主的高级知识分子的积极参与。在2016年，以高校研究者为主体的诗词学理论探讨与诗词文献整理取得较大突破。比如，南京师范大学词学研究中心、民国旧体文学研究所与中华诗词研究院联合，举办高端诗词研讨会；南京师范大学中国古代文学研究中心、复旦大学中国语言文学研究所等单位，联合主办"明清民国歌谣与民国旧体文学研究"学术研讨会。中华诗词研究院联合广东省文史研究馆、中山大学中文系、诗刊社等举办"第三届雅韵山河当代中华诗词学术研讨会暨青年诗人论坛"。发扬传统诗词文化、保证诗词文化传播科学性与有效性，当代诗词论坛与研讨活动有着不可忽视的作用。

以具有诗学积淀的诗人为核心，各类诗词讲座与研讨普遍开展，在提高人们鉴赏和创作水平的同时，也传播了经典文化，普及了诗词知识。比

如中华诗词学会与湖南攸县人民政府联合举办了"全国第三十届（湖南攸县）中华诗词暨冯子振诗词曲研讨会"。国防大学中华军旅诗词研究创作院以"家国情怀与格律韵致"为中心议题召开了第二届"帅园论坛"。同时，各地诗词学会也举办了多种形式的诗词讲座研讨。2016年5月7日，福建省诗词学会与福建省文史研究馆、省政协文史和学习委员会、民革福建省委等联合举办了"百岁诗家赵玉林先生诗词艺术研讨会"。

（四）诗词出版活动热度持续，移动网络与自媒体成为诗词发布新阵地

诗词出版是诗词文化活动活跃的重要表现。纸质出版物仍是最为活跃的一种出版形式，包括以发表传统诗词为主的期刊、近年才发表诗词的新诗刊物、报纸的文化副刊以及诗词别集、选集、总集等。2016年，报刊诗词发表量大体与近几年持平，诗词别集、选集等的出版增量较大。截至2016年，中华诗词学会组织编辑出版的《中华诗词集成》，贵州诗词学会编选2卷，甘肃诗词学会编选4卷，湖北诗词学会编选4卷，内蒙古诗词学会编选4卷，新疆诗词学会编选2卷，宁夏诗词学会编选2卷，业已竣工。在诸多诗词出版活动中，中宣部《党建》杂志社和中华诗词学会联合编纂、中国书籍出版社出版的《"诗词飞扬"作品精选》以主旋律与正能量获得较多关注。除诗词作品出版外，2016年的诗词理论研究及文献整理的出版也取得不俗的表现。中华诗词研究院组织高校学者与著名诗人编写《中华诗词发展报告（2015）》2016年6月由中国书籍出版社出版，作为我国有史以来首次从国家层面对全国诗词发展状况进行概括总结，以学术性和资料性为准绳，回顾与总结新时期以来的诗词发展状况，获得较高评价。上海复旦大学、南京师范大学等高校学者将诗词研究视野扩大到当代旧体诗词，发表或出版学理性较强的文章、专著。

移动网络与自媒体的快速覆盖，拓展诗词发表的渠道。中华诗词研究院根据"三分官网、七分公网"的原则，开通了研究院网站和微信平台。既发挥网站的宣传作用，又重视将网站办成公众平台，发挥其公益性、服务性的作用。中华诗词学会今年对现有网站版面设置进行了合理调整，加快了更新的频率。中华诗词学会又与上海西江月文化发展有限公司合作，将西江月旗下的"诗词吾爱网"作为"中华诗词学会网站拓展版"。《中华诗词》杂志的微信公众号关注量已达两万人。"子曰"微信公众号正在逐步扩大影响，目前关注量已突破万人。全国公安诗词学会创建微信平台"警苑诗词"，发布《警苑诗词人物卷》32期，《警苑诗词风物卷》2期，

诗词作品57期。贵州省诗词楹联学会官方网站开通运行，《贵州诗联微刊》也已编发了33期，共刊发诗词作品5000多首。在新媒体软件开发方面，第二届海峡两岸中华诗词论坛主办方正式推出了"诗词宝"手机应用，为传播、推广诗词文化拓展新的途径。

二、诗词文化活动特点

2016年诗词文化活动呈现出稳中求变的新型发展动向。不仅传统活动模式稳步推进，新的模式也逐渐开启。全国各文化单位联动，相互配合，共同完成一系列富有成效的诗词活动，对当下诗词事业发展起到积极的推动作用。综合考察全年诗词文化活动开展情况，可以总结出形式多样、范围广泛、题材丰富、主体多变和结合新媒体等特点。

（一）诗词文化活动从以创作为核心，逐步转变为有关诗词的各个层面协同发展

传统诗词文化活动多局限于诗词界内部采风、雅集、出版等，在2016年，这一格局逐步转变：诗词文化活动不仅仅局限于诗词创作领域，诗词理论的研讨、文献的整理、教育的开展等各方面均较往年有所推进。诗词创作仍旧是诗词文化活动的主体部分，比如一系列诗词大赛、评奖、采风雅集以及集体创作等。诗词理论研究也逐步开展起来，如中华诗词研究院与南京师范大学词学研究中心、民国旧体文学研究所共同主办的各类诗词研讨会、高端论坛。在文献整理方面，注重文献的系统性，取得一定成绩。诗词教育蓬勃开展，在大中小学稳步推进。诗词文化传播在电视等大众传媒领域成绩突出。

（二）引入自媒体与多媒体技术，诗词文化活动开启线上与线下相结合的模式

传统的诗词文化活动集中在线下，主要包括诗歌节、雅集唱和、诗词评比和讲座等。2016年度，诗词活动出现新的形式，电视传媒以综艺节目方式展现传统诗词的魅力，传播与弘扬优秀传统文化。同时，传统的诗词评比活动还不断增设新鲜内容来促进诗词发展。比如中华诗词学会"华夏诗词奖"决定从2017年开始增设"华夏诗词奖·作品集奖"和"华夏诗词奖·评论奖"。新媒体的崛起，为诗词文化活动带来新的契机。各级诗词学会建立诗词官方网站、建立诗词活动微信公众号、开发新型诗词软件都是2016年度陆续出现的新模式，这些新兴媒体，依靠自身的线上优势，

开展同题唱和或者进行诗歌游戏，如"我有一瓢酒"续诗活动等。这说明诗词活动与互联网时代、多媒体时代接轨，开启了传统与新型、线下与线上相互结合的发展模式。

（三）积极探索诗词与其他艺术形式的结合，促进与诗词有关的文化建设

诗书一体，诗画合璧是诗人追求的最高境界。各地政府部门和诗书画界也积极从事诗书画联展平台的搭建。国务院参事室、中央文史研究馆以及各地文史研究馆联合举办的"文史翰墨"，自2014年起连续举办，集中展示当代诗书画艺术成果，取得较好反响。随着中华优秀传统文化教育的深入开展，书法艺术、诗词艺术陆续进入课堂，有的教师尝试将两门艺术结合起来，共同呈现传统文化的魅力，完成传承与发展传统文化的使命。

除与书画等传统艺术紧密结合外，诗词与音乐、戏剧等艺术形式也在探索合作的途径。中央音乐学院与中华诗词研究院等单位合作，在国家大剧院音乐厅举行"意象·净土"音乐会，用音乐表达诗意。有的教育研究单位，尝试将诗词排演为戏剧，由中小学学生展演，以实现德育、美育的目的。而在昆曲等传统戏剧展演中，剧本创作时常穿插诗词元素，用以丰富传统戏剧的古典文化内涵，积累不少成功经验。

（四）各地诗词学会和诗词机构组织的文化活动，逐渐获得各级政府的扶持、各文化单位的协作

当下诗词活动的组织，有中央国家机关及所属文化事业单位独家主办的，还有中央机关与地方政府、各级诗词学会联合主办的，还有各级诗词学会自发主办的。诗词活动的主体主要包括政府相关部门、各级诗词学会、诗词社团和高校等，诗词文化活动逐步获得各级政府的扶持以及与各文化单位的协作。可以说，当前诗词文化活动初步形成以诗词文化单位为主体的上下联动、相互配合的模式，这一现象的出现与党中央对中华诗词等优秀传统文化重点扶持以及文化政策的倾斜有较大关系，当然也与中华诗词各个层面工作的稳步推进有关。

（五）诗词紧密联系社会，围绕热点文化事件与社会时事有针对性地策划活动

诗词与社会现实息息相关，它的创作与研究、教育与传播都受到社会现实的影响。2016年，诗词文化活动多有围绕某一具体事件进行集体创作以及刊发的现象，比如南海争端事件后，部分诗词刊物及微信公众号组织诗人创作并刊发南海诗词，自发维护祖国领土完整，表明了诗词活动与热

点事件的密切关联。

传统文化与社会公益的结合是从社会层面入手以推动诗词事业发展的新途径，诗词界也参与其中。2016 年，黑龙江省诗词协会发起了为白血病儿义捐活动，募集到医治费用 30000 余元，发动诗友为大兴安岭白血病患者义捐近 7000 元。同时，黑龙江省诗词学会还在全省诗词界发起了"衣旧情深、让爱暖冬"为贫困山区捐棉衣活动。社会公益是广大公民关注的社会热点。诗词活动与社会公益事业相结合，既给予受资助者物质支持，又给予受资助者以心灵的慰藉。这种促进诗词事业发展、勇于承担社会责任的做法有利于扩大诗词发展的群众基础。

总之，诗词活动在新形势下取得了一系列成果，呈现出新时期诗词活动发展的特点，需要在今后的活动中继续发扬光大，这样更有利于当下的诗词活动开展。

三、诗词活动得失与展望

诗词作为我国优秀传统文化的重要组成部分，对于当前社会主义文化建设以及践行习近平总书记在文代会、作代会上的重要讲话精神都具有现实意义。在当前形势下，考量诗词活动的得与失，思考它们对弘扬传统文化、传递社会正能量、促进诗词教育发展所产生的积极影响，有较强的现实意义。

（一）诗词文化活动的积极开展有利于弘扬传统文化，有利于社会主义文化建设和社会主义精神文明建设

诗词活动的积极开展是当前发扬优秀传统文化精神，推动传统文化复兴的国家文化战略的组成部分。2015 年习近平总书记全国文代会、作代会重要讲话精神极大促进了传统文化发展，对诗词活动的开展具有重要的指导意义。比如全国各级学会和部分地方政府都积极争取创建诗词工作先进单位。再如举办各级各类诗词大赛，鼓励广大群众积极参与到诗词创作中来，借此扩大诗词的社会影响力，进而起到弘扬传统文化的作用。近来余温未散的《中国诗词大会》借助大众传媒的模式将诗词引入公众的视野，以媒体宣传的手段来为广大受众普及诗词基本知识，传播诗词经典，进而扩大诗词在群众中的影响力。这些形式多样、内容丰富的活动为弘扬传统文化、建设社会主义文化强国、提升国家文化软实力助力。

(二) 积极开展诗词文化活动传递社会正能量,增强民族自豪感和民族自信心

诗词活动在当下的发展过程中更多地承担着传递社会正能量的任务。除传统诗教外,诗词更多地与当下热点、社会重大事件相结合,体现出诗词活动的时代性。比如诗词对党建活动的宣传,对维护祖国领土完整的文化支援,对民族精神的弘扬等。这些都是传递正能量、提升民族自尊心和自信心的最好例证。而对社会热点的关注,与社会公益相结合,都体现了诗词创作关注现实、诗词文化活动参与社会建设的趋势。

(三) 诗词文化活动的积极开展对诗词创作、诗词教育具有促进作用

诗词活动的广泛开展有利于普及诗词创作、吟诵。首先,诗词活动的大力开展有利于提高诗词创作水平。比如当下的"雅韵山河"诗词大赛是面向全社会的诗词征集评比活动,且对参赛作品要求较高。除了限定主题、格律等形式外,评审专家也多为高校或社会上著名的诗词专家。再如已多次举办的地方性诗词大赛,因良好的比赛和评比模式,每年都吸引大量诗词爱好者积极参与创作评比,这也从侧面促进了参赛者的诗词创作水平。其次,这些活动在普及诗词知识的过程中也促进了诗词教学活动的开展。从另一层面来说,诗词活动的开展也促进了诗词教育事业的发展。这主要体现在各级政府和社会团体对诗词的逐渐重视。比如各级政府和诗词学会争创"诗词之市(州)"、"诗词之乡"和"诗教先进单位"。这也证明诗词教育受到学校、政府机关和事业单位的重视。因此,各种活动的开展对于诗词事业的进一步发展起到积极推动作用。

中华诗词活动的广泛开展对诗词文化的普及与传播、创作与研究人才的储备等发挥了巨大的作用。当然,从2016年诗词活动开展的整体情况来看,还存在一些不足。

诗词文化活动的参与者还不够广泛。虽然各种诗词活动搞得轰轰烈烈、热热闹闹。但大多数局限于圈内热,也就是各地诗词活动的组织者和参与者绝大多数是诗词学会内部人员,学会之外的人员极少,甚至没有圈外人员参与。社会人群参与程度不高,日常生活中人们对诗词的感知程度不强。由于诗词创作未能进入教学大纲,中小学校没有正式诗词创作课程,诗词创作没有在社会上得到真正普及,今后在相当长的时期内,诗词创作还不能深入到千家万户。

繁荣的诗词出版活动,反衬出诗词精品数量的不足。近几年来,各地诗词刊物不断出版,各种发表途径不断出现,诗词作品更是以每年千万计

的量级增长。但由于学校缺乏传统文化教育，诗词作者的国学功底较为薄弱，真正有韵味、有新意、有内涵的好作品并不多。口号诗、标语诗、概念诗或者泥古不化的模仿诗，淡而无味的打油诗、格律溜等大行其道。再者，全国各种形式的诗词研讨会也是名目繁多，令人眼花缭乱，但真正有价值、有思想、有见解的论文不多。诗词作品的数量与质量的强烈反差，不可避免地导致圈外人对当代诗词产生负面评价，使当代诗词难以真正被文学界承认、接纳。

诗词文化海外交流活动甚少，宣传力度不大。由于受到种种限制，参与海外交流的，不是古典诗歌研究领域的学者，就是新诗界的诗人和学者，当代诗词方面，不管是"请进来"还是"走出去"，或者当代诗词的外译工作，都很冷清。各地诗词学会与海外诗词组织的交流与协作屈指可数。近几年，中华诗词研究院曾组团去过一次台湾，与台湾成功大学、彰化县国学研究会、瀛社等有过一次学术交流。中华诗词学会李树喜以私人身份去过美国，与美国诗词组织有过学术交往。海外诗友来中国参加诗词交流的，除了"海峡两岸诗词高峰论坛"以外，其他各地的中外诗词文化交流也不多，而且这些活动基本局限在华人圈子内。

受到电视收视率和电视台经济效益等客观因素影响，电视媒体对诗词节目的播出兴趣不大。2016年，除了中央电视台《中国诗词大会》和河北电视台《中华好诗词》以外，各地诗词活动新闻较少播出，诗词文化类节目也并不多见。

虽然诗词活动的开展还有着许多不如意处，但种种现象昭示着：中华诗词正由复苏、复兴走向全面繁荣，中华诗词事业正在迎来一个前所未有的历史最好时期，我们完全有理由相信：诗词的春天已经到来。

图书在版编目（CIP）数据

诗国. 新十五卷/《诗国》编辑组编. —北京：
中国书籍出版社，2017. 11
ISBN 978-7-5068-6603-3

Ⅰ. ①诗… Ⅱ. ①诗… Ⅲ. ①诗集–中国–当代
Ⅳ. ①I227

中国版本图书馆 CIP 数据核字（2017）第 281397 号

诗国：新十五卷

《诗国》编辑组　编

主　　编	易　行　沈华维
责任编辑	刘　娜
责任印制	孙马飞　马　芝
封面设计	美迪文化
出版发行	中国书籍出版社
地　　址	北京市丰台区三路居路 97 号（邮编：100073）
电　　话	（010）52257143（总编室）　（010）52257140（发行部）
电子邮箱	chinabp@ vip. sina. com
经　　销	全国新华书店
印　　制	三河市顺兴印务有限公司
开　　本	787 毫米×1092 毫米　1/16
字　　数	249 千字
印　　张	18
版　　次	2017 年 11 月第 1 版　2017 年 11 月第 1 次印刷
书　　号	ISBN 978-7-5068-6603-3
定　　价	55.00 元

版权所有　翻印必究